事故つがいの夫が俺を離さない！

「好きだ、エルフィー。君が俺の世界のすべてだ」
「俺は絶対に、ニコラの大切なものを奪わない……！」

登場人物紹介

クラウス・モンテカルスト

モンテカルスト公爵家の
長男にして、
エルフィーとニコラの幼馴染。
一途にエルフィーを愛しているが、
伝わっていなかった。

エルフィー・セルドラン

魔法薬品会社
「セルドランラボラトリー」の
双子の長男で研究熱心。
明るく朗らかだが、
猪突猛進なところも。
弟が大好きなため、
この婚約には大困惑している。

フェリクス・アーシェット
アーシェット公爵家の三男。
学生時代は主席でアイドル的存在だった。
エルフィーの片思い相手だったが……？
「今夜俺からダンスを申し込むのはエルフィーだけだよ」
「なに言ってるの！それこそが愛よ！ママは嬉しかったわ。
やっとエルフィーちゃんが心からクラウスを好きになってくれたって！」
モンテカルスト公爵夫人
クラウスの母。
ウィットにとんだ人物で、
エルフィーたちを見守っている。
「やっぱりエルフィーは頼りになる僕の兄さんだ！」
ニコラ・セルドラン
一見はかなげだが、
目的のためなら
手段を選ばないしたたかさを持つ。

目次

事故つがいの夫が俺を離さない！　7
番外編　クラウスの激重執着愛の日々　361

事故つがいの夫が俺を離さない！

プロローグ

「エルフィー・セルドラン、結婚しよう」

そう言ったあと、リュミエール王国の若き黒豹と称揚《しょうよう》される男が俺の前で跪《ひざまず》いた。

手には白薔薇のラウンドブーケ。いつもは無造作な黒い短髪を後ろに撫で付け、騎士が慶事の儀式のときにだけ着用する、白地に金の縁取りの軍服をきっちりと着込んでいる。

「一切の責任は俺が取る。結婚、しよう」

幻聴かと、第一声にはぽかんとしていた俺の耳に、二度目のプロポーズの言葉が届いた。

彼の黄金色の瞳は、まっすぐに俺を射貫いている。

「お、お、俺？　俺とクラウスが、結婚⁉」

思いも寄らないプロポーズに、俺の声は裏返った。

頼むから冗談だと言ってくれ。つがいが成立してしまったとはいえ、クラウスと俺とは「事故つがい」だ。

俺がつがいになりたかったのはクラウスじゃない。

クラウスと結婚なんて、天地がひっくり返ってもあり得ない。

誰か、あの日の俺に言ってやってくれないか。

大変なことになってしまうから、あんなものをお守りにするなんて、やめておくんだって。

第一章　卒業式、俺は憧れの人に告白をする

澄み切った青空に、白光りするすじ雲がいくつもの薄い線を描く秋の始まり。

大講堂の鐘が祝福の音を響かせた直後、高い空に赤、青、黄、緑の角帽が舞い上がった。

今日は十三歳から五年間通った王立アカデミーの卒業式だ。

「卒業おめでとう！　エルフィー」

「ニコラ、おまえも！」

治癒魔法科の列で前後に並んでいた双子の弟、ニコラと最初に抱き合うと、クラスメイトたちも「わあっ」と歓声を上げて抱きついてきた。皆でもみくちゃになりながら祝い合う。

「わぁぁぁぁ！　クラウス！　フェリクス！」

別の列からも歓声が上がる。

視線を移せば、アカデミーで二大人気を誇る国防騎士科のクラウス・モンテカルストと、商業流通科のフェリクス・アーシェットが握手と抱擁を交わしているところだった。

第二性《バース》がアルファのふたりはそれぞれの科の首席で、親友同士だ。

「はぁ……クラウス、凛々《りり》しい……」

俺の体から腕を下ろすと、ニコラは胸の前で手を組み、感嘆のため息混じりにつぶやいた。

視線の先にいるのは、言葉どおりクラウスただひとり。

クラウスは、このリュミエール王国の二大公爵家のひとつ、モンテカルスト家の後嗣《こうし》だ。卒業後は王都騎士団で国防に従事し、将来は現モンテカルスト公爵の跡を継いで、国防長官の座に就くだろうと今から期待されている。

騎士らしく長身で筋肉が張った屈強な体つきに、性格まで鋼みたいに真面目一辺倒なクラウス。

アカデミーでの人気は男子八割・女子二割というところで、俺も残り八割の女子と同じく、彼を堅物で面白味がない男だと思う。

それでもニコラは、クラウスのそんな寡黙で真面目なところが好きなんだと言う。

俺にはわからない。だって、俺が好きなのは……

「はぁ……フェリクス、麗しい……」

俺の瞳に映るのは、女子人気八割・男子人気二割、クラウスとは正反対のフェリクス。

プラチナブロンドの長いストレートヘアを風に揺らし、今日の蒼天のような美しいセルリアンブルーの瞳を細めて微笑むその人は、もうひとつの公爵家、アーシェット公爵家の三男だ。

彼の父上は王国宰相で、兄上たちもこのアカデミーでアルファだけの国政運営科を卒業したのち、王国議会議員として活躍している。

そんな家庭環境にありながら、フェリクスは別の視点から公爵家を盛り立てたいと熱望し、アルファにもかかわらず、自らベータばかりの商業流通科に籍を置いて学んだ。

さらに彼は学生のうちに人脈を広げ、すでにいくつかの事業を展開している。

――ああ、美しくて話し上手、そのうえ敏腕で有能で優しくて聡明で優雅で……それからそれから。

とにかく、愛読書のロマンス小説に出てくる王子様みたいなフェリクス。

君とつがいになりたい……！

入学の日、フェリクスは、俺のピンクブロンドの髪をひと束指に絡め、「オメガちゃんは髪の色まで可愛いんだね。まるでリュミエールの桃色ウサギみたいだ」って、微笑みかけてくれた。

俺はあの一瞬で恋に落ちたんだ。

隣にいたニコラは「気障《きざ》で無駄にキラキラしてて、胡散臭いよ。僕は苦手だな」と言ったけれど、ニコラとは双子でも幼い頃から好みが違う。

俺はそのことについて深く感謝している。仲良しの弟と好きな人が一緒だなんて、絶対にいいことないから。

俺がフェリクスを、ニコラがクラウスを、横並びの同じポーズでうっとりと見つめていると、背後でクラスメイトの男女が話し始めた。

「あのふたりの姿を近くで拝めるのも、今日が最後かな」

「そうね、アカデミーを卒業すれば、高貴な身分の彼らと私たちとでは住む世界が違うもの。でも」

女子生徒はそこでいったん会話を止めると、俺にも声をかけてくる。

「ふたりはクラウスとはお付き合いが続くのよね？　セルドランラボラトリーの創業時に、モンテカルスト公爵家が出資した頃からのご縁なんでしょう？」

セルドランラボラトリーというのは、俺たち双子のひいおじい様が創設した癒薬品《いやくひん》会社だ。

ひいおじい様は俺たちくらいの年の頃、オメガのフェロモンに万病に効く成分が含まれていることを発見した。あわせてオメガの手のひらから誘淫力のないフェロモンが出ていて、小さな病気や怪我なら治せることも。

それを「治癒魔法」と名付けたひいおじい様は、魔法で癒薬《いやしぐすり》を錬成する事業を興《おこ》し、モンテカルスト公爵家からの出資で成功すると、オメガのための治癒魔法科をアカデミーに設置申請した。そのときも賛助してくれたのは、当時のモンテカルスト公爵だ。

そしてそれ以降現在でも、モンテカルスト公爵家、つまりクラウスの家からラボへの協賛は続いている。

というわけで、クラウスとは卒業後も関係が続くかと問われれば……

「うん、まあ、そうだね」

俺がそっけなく頷くものの、女子生徒は気に留めず、次にニコラに話しかけた。

「なんといってもニコラとクラウスは、特に懇意ですものね」

「う、うん！　家同士の繋がりで、アカデミーに入学する前くらいまでよく遊んだ幼馴染なんだ。だからいつも僕を気にかけてくれるの」

ニコラの表情がパッと華やぐ。

素直な反応が可愛い。クラウスもニコラのこういうところを好んでいるんだろう。

女子生徒もふわっと表情を緩めると、悪戯《いたずら》っぽくニコラに聞いた。

「皆、ふたりは将来つがいになると噂しているわ。実際のところどうなの？」

「や、やだ、そんな。そんな、つがいだなんて！　そうだね……なれたら嬉しいな……」

首を左右に振りながらも、ニコラは頬を赤らめて、嬉しそうに返事をする。そのままニコラと女子生徒が恋愛話に花を咲かせ始めると、男子生徒は思い出したように俺に訊ねてきた。

「そういえば同じ幼馴染なのに、エルフィーとクラウスは全然接点がなかったよな？　どうしてだ？」

俺は無意識に地面の小石を蹴っていたことに気づき、それをやめた。

「さあ……どうしてだっけ。いいじゃん、そんなこと」

だって面白い話じゃない。ある日クラウスが一方的に俺だけを避けるようになった、なんてさ。

俺だっていまだに理由がわからないんだ。

「ふうん。ま、エルフィーはフェリクスにお熱だったものな。でもエルフィーが治癒魔法科の首席でアカデミー内では対等だったとはいえ、卒業したらフェリクスとは縁遠くなるんじゃ？　公爵家令息のフェリクスには、卒業と同時にしかるべきお家柄のアルファ令嬢たちが未来の妻候補として集うだろうし」

そのとおりだ。

俺は苦い気持ちで足元を見つめた。

『誰もが等しく切磋琢磨《せっさたくま》する同輩であれ』という校訓のこのアカデミーの中でしか、平民の俺と公爵家ご令息のフェリクスとの接点はない。卒業してしまえば礼儀としての挨拶や、同窓生としての多少の会話、よくいって事業での関わりはあるとしても、それ以上はない。

だから今日が、フェリクスに思いを伝えることができる、最後の日。

俺は今夜、プロムパーティーのあとにフェリクスを呼び出し、気持ちを伝えると決めている。

細く息をついて決意を新たにし、顔を上げる。けれどそこで、男子生徒が思わぬことを口にした。

「エリートアルファと平民オメガが結婚するには、ヒートトラップでも起こして無理やりつがいになるしかないぜ？　ほら、セルドランラボの新しい薬、ヒート誘発剤なんだろ？」

「な、なに言って……」

『ヒートトラップ』に『ヒート誘発剤』。この単語を聞いて、心臓がきゅっと縮んだ。

俺たちオメガは男女どちらも生殖機能を持ち、三月《みつき》に一度の七日程度、繁殖《せいよく》行動だけにすべてを支配される発情期がある。そして、発情状態を指す『ヒート』になると、意思とは関係なくアルファの理性を奪い、劣情を誘うフェロモンを発する特性を持っている。

「ヒートトラップ!?　なに言ってるの、野蛮だわ！」

「わ、君、聞いてたのか。冗談だよ冗談。それくらい難度が高いって意味だって」

動揺している俺の横で、目くじらを立てて怒る女子生徒と、笑って誤魔化そうとする男子生徒。

「ヒートのときにわざとアルファに近づくとか、薬で強制的にヒートを起こしてアルファとつがうとか、最低！　そうやって事故つがいになっても互いに不幸になるだけよ。ヒートトラップなんて、絶対に駄目よ。ね、ニコラ？」

女子生徒は釈明し続ける男子生徒を無視して、ニコラに同意を求めた。

「えっ？　う、うん……エルフィーはどう思う？」

「えっ、俺？」

品行方正なニコラならすぐに女子生徒に同意すると思ったのに、身を小さくしている男性生徒に気を遣ったのか、返答を濁して俺に振ってくる。

ニコラだけじゃなくふたりにも視線を向けられて、俺は唾を呑み下してから答えた。

「も、もちろん、駄目に決まってる」

ぎこちなくないかな、俺。気取られてないかな、俺。

実は俺がヒート誘発剤を持っていて「これを使ったらフェリクスとつがいになれるのかな」なんて一瞬でも考えてしまったことを。

もちろん今はそんなつもりはない。俺は自分の力で恋を叶えると決めている。

……よし、行動開始だ。

俺の答えに「そうよね」と満足げに頷いた女子生徒と、女子生徒の憤慨が落ち着いたことにホッとした様子の男子生徒とニコラに断り、商業流通科の列へ向かって駆け出す。

気持ちが強くあるうちに、フェリクスとの約束を取り付けるのだ。

「フェリクス！」

フェリクスはまだクラウスと談笑中で、その周囲をたくさんの生徒たちが囲んでいる。

身長が百七十センチに満たない俺は、人垣の外側から背伸びをしてフェリクスを呼んだ。

「ん？　そのピンクの髪は、エルフィーだね？　……ちょっと失礼」

フェリクスはわざわざ話を中断して、人垣を掻き分けてきてくれる。

取り巻きのご令嬢・ご令息の顔には「治癒魔法科《オメガ》がフェリクスになんの用？」と書いてあるものの、奥ゆかしい良家の彼らは公爵令息の行動に口出しをしない。

フェリクスは貴族らしい上品な笑みを浮かべて、俺の前に立った。

「どうしたの？　プロムでは俺からダンスを申し込むつもりではいたけど、そのお誘いかな？」

俺と踊ってくれるつもりでいたんだと、その言葉に嬉しさが募る。だけど、ダンスだけで今夜を終わらせたくない。

俺は緊張で汗をかいている手を握りしめて、矢継ぎ早に言葉を連ねた。

「話に割って入ってごめん。うん、ダンスもそうなんだけど、あの、あのさ、卒業を機に君に話したいことがあるんだ。西館の談話室を借りたから、プロムのあとで寄ってくれないかな？」

言い切れた。その達成感にほっと小さく息を吐いて、胸を撫で下ろす。

けれどフェリクスは「ええと……」と言って、戸惑うような表情を見せた。

普通に考えて「愛の告白」だろうと取れるから、困ってる？　それとも先約が？　どうしよう、告白する機会さえ与えられなかったら。

途端に居たたまれなくなり、視線を横にずらした。すると、元の位置でフェリクスを待っていると思われるクラウスと視線がぶつかった。

クラウスは苦々しげに眉をひそめて俺を見ている。

平民が公爵家令息に告白なんて無礼だと思っているのか、無駄なことはやめておけと思っているのか。またはその両方だろうか。

俺はクラウスからも視線を外し、長く感じられる沈黙に耐えかねてうつむいた。

優しい声が頭の上から降り注いだのは、その直後だ。

「あのね、エルフィー。俺は役員代表だろ？　片付けや打ち上げなんかもあって、遅くなりそうなんだ。それでも大丈夫かい？　今日から寄宿舎じゃなくて自宅に帰ることになるけど、帰宅が遅くなるとご両親が心配しないかな？」

フェリクスがイエスで答えてくれて、そのうえ心配までしてくれた。

天にも昇れそうなほど背筋が伸び、俺の視線は彼の元へと戻る。

「大丈夫！　きてくれるまでずっとずっと待ってるから、絶対にきて」

「熱烈だね。どんなお話を聞かせてくれるのかな」

フェリクスがふふ、と魅惑的に口角を上げる。次に俺の顔回りの髪を指に絡めると、耳元に顔を寄せて囁いた。

「楽しみにしてるね」

「わっ……」

かすかな息が耳たぶにかかり、甘い声が耳の中に直接入ってくる。

これって脈アリなのでは……炒《い》ったとうもろこしが跳ねるみたいに、期待に胸がはずんだ。

「じゃあ、俺はそろそろ準備に向かうね。お互いにドレスアップして、サロンで会おう」

フェリクスの指が髪から離れる。俺は耳と頬を熱くしたまま頷いて、彼の背中を見送った。

その流れでクラウスの姿が目に入る。いつの間にかニコラもこちらにきていたようで、ふたりで談笑していた。

ああ、いい雰囲気だ、と自然と口元がほころぶ。

普段は表情筋が死んでいるクラウスも、ニコラとは優しい表情で話すのだ。女子生徒が言っていたように、アカデミー内では「ふたりは将来つがいになるのでは？」と噂していた生徒も多い。

――だけど、本当に、なにが原因だったんだろう。

俺はふたりの和やかな様子を微笑ましく思いながらも、胸の奥がちりりと痛むのを感じた。

ニコラと俺は一卵性の双子で、つむじの位置以外見た目はまったく同じだ。それなのにクラウスは、いつの頃からか露骨に俺だけを避けるようになった。

アカデミー内でも常に目をそらされていたし、この五年間で会話をしたのは数えるほど。

幼い頃はどちらかというと、室内遊びが好きなニコラよりも、外遊びが好きな俺と気が合っていたと思うのに――

まあ……今さらもうどうでもいい。俺が好きなのはフェリクスで、クラウスを好きなのはニコラだ。クラウスがニコラを幸せにさえしてくれたら、なにも言うことはない。

ニコラもプロムのあとに、噴水広場にクラウスを誘って告白するそうだ。

ニコラ、俺は半身であるおまえの幸せを心から祈ってる。これだけいい雰囲気なんだから、ニコラの気持ちは絶対にクラウスに受け入れてもらえるよ。

心の中でそう声援を送っていると、フェリクスが遠くからクラウスに声をかけた。「クラウスも早く準備に取り掛かれ」と言っている。

クラウスはフェリクスに手を上げて応じると、ニコラに「では、また」と軽くお辞儀をして、俺のいる方向に向かって足を踏み出した。

……うわ、睨んでくる。

クラウスが俺の横を通り過ぎる瞬間、彼からの強い視線を感じ、俺は顔をしかめた。

鍛錬で浅く日焼けした肌に、なににも染まらない意志を表すような漆黒の髪。そして、若き黒豹と言われるように光を受けると輝く黄金色の瞳は、人に畏怖の念を抱かせる。そんな彼は国を守る騎士としては最高なんだろう。

だからって、曲がりなりにも幼馴染に睨みを利かせる必要はないと思う。

まあ、それももう今さらだ。クラウスの態度に腹を立てている時間がもったいない。フェリクスのダンスの相手として相応しくあるよう、準備万端にするんだから。

「ニコラ、俺たちも着替えに行こう」

俺はニコラを手招いて、いったん治癒魔法科の寄宿舎に戻り、自分たちの部屋で着替えを始めた。

プロムのためにお揃いで作ってもらったのは、背面から見ればドレスに見えるローズピンクのロングジャケットだ。中には小花の刺繍をあしらったフリルつきのブラウスに、光沢のある細身のホワイトブリーチズ。靴は編み上げの白いロングブーツ。

「オーケー。ニコラ、仕上げだ」

ふたりで着替えた最後に、女性やオメガの間で流行しているリップを唇に乗せようとすると、ニコラが首と両方の手のひらを振った。

「やっぱり僕、こんな派手な格好はできないよ」

「え～？　俺、そんなにおかしい？」

ニコラの前で立って、全身を見せる。鏡なんかなくても、俺たちが向かい合えば鏡と同じだ。

するとニコラは、また首を横に振った。

「ううん。エルフィーはとても綺麗だよ。フェリクスとのファーストダンスの相手として申し分ない」

「だろ？」

ウィンクしてみせるものの、ニコラはそれでも首を縦には振らない。

「でもね、クラウスは華美なのを好まないと思うんだ。前に、僕がエルフィーのお気に入りの服を貸してもらったときも、エルフィーがフェリクスの誕生日にとびっきりのお洒落をしてお祝いに駆けつけたときも、クラウスは苦い薬でも飲んだような表情だった。きっと彼は、男が女の子みたいにお洒落をするなんておかしいと思ってるんだよ」

「は、なんだよそれ」

お洒落に男も女も関係あるか。フェリクスなら俺が新しい靴を下ろしたときや、髪を少し揃えただけでも「素敵だね」とわざわざ声をかけにきてくれるんだぞ。……まあ、俺にだけじゃなく、皆に分け隔てなくだけど！

ニコラだってクラウスに褒めてほしくてお洒落をしたのに、クラウスってば、オメガ心のわかんないやつ！　これだから堅物唐変木《とうへんぼく》は駄目なんだ。

かといってクラウスを思うニコラの気持ちを無視することはしたくない。

俺は、ニコラを上から下まで眺めて、いくつかの調整策を考えた。

「じゃあ、ニコラはクラウス仕様にしておこう。シャツの裾と袖口のフリルはなし。リップも塗らない。それでいい？」

本当は、ニコラのために血色がよく見えるリップを買って用意していた。

ニコラはもともと努力家だけれど、五年生になってからさらに学業に打ち込み、徹夜も辞さないことが増えた。卒業式直前まであったテストが終わってからもなお、ラボで扱う癒薬関連の勉強や魔法の取得に余念がなく、外で活動することも少ないためか、常に顔が青白い。

ただしそれは言わずにおく。ニコラは努力している姿を人に……特に俺に指摘されるのを好まないから。

「うん！　ありがとう、エルフィー。エルフィーは頼れる兄さんだ」

「こんなときばっかり兄さんって言うんだから。でも弟よ、可愛いから許す」

「兄さん大好き！　どうかお互いの恋が叶いますように」

屈託なく微笑むと、ニコラはジャケットを脱いでフリルを外し始めた。

その間に、俺はさっきまで着ていたアカデミック・ガウンのポケットから真鍮のピルケースを取り出し、ジャケットの内ポケットに大事に収める。

ピルケースの中、常備のヒート抑制剤の他にもうひとつ入れているのは、セルドランラボ最新のソフトカプセル型ヒート誘発剤だ。

ヒート誘発剤は発情期のないオメガや不妊のオメガに使うもので、カプセル型は、カプセルを指で潰すと中の液状薬が気化して効果を発する、という優れものだ。

オメガフェロモンを利用した癒薬は多々あるけれど、オメガフェロモンを口にすることを敬遠するアルファやベータがまだ多いこと、飲み薬では体質により効果に個人差が大きいことが考慮され、ここ一年でソフトカプセル型の錬成を進めてきた。

先んじて始めたこの錬成には俺も携わったし、フェロモンも俺のものを使って、先月ようやく成功したのだ。

だから俺は、さまざまな苦労を越えて錬成したこの薬をいつも持っている。

そして今夜は特に、困難なことをやり遂げるお守りとして、告白のときに持っていようと思う。

「エルフィー？　エルフィーったら」

ポケットの上からピルケースをギュッと握り、成功を祈っていると、後ろから支度が終わったらしいニコラにつつかれた。

「さっきから呼んでるのに、やっと気づいた。そろそろ向かおうよ」

「ごめんごめん。うん、行こう」

勇気で胸を満たした俺はポケットから手を下ろし、ニコラと並んで部屋を出た。

プロムパーティーの会場は、卒業式式典が執《と》り行われた大講堂の二階にあるサロンだ。

王国随一であるこのアカデミーの施設はどれも立派だけれど、サロンは特に、王城の大広間を模した設《しつら》えになっている。

古代の神々の遊宴の様子がフレスコ画で描かれたドーム型の天井。そこから吊るされたいくつもの壮麗なシャンデリア。緞子《どんす》張りの壁には美しい絵画が飾られ、バランスよく配置された柱には繊細な彫刻。大理石の床は、シャンデリアの細工がはっきりと映るほどに磨き抜かれている。

けれど俺の瞳はその豪奢な内装ではなく、すぐにフェリクスを探して彷徨《さまよ》った。

……いた！

フェリクスは、最高に見目麗しかった。品のあるシャンパンゴールドのテールコートを着て、長い髪を美しい編み込みにして後ろで束ねている。

まさにロマンス小説の王子様だ。口にするのは憚《はばか》られるものの、リュミエール王国の王太子殿下よりも王子様感があると思う。

あまりの麗しさに気後《きおく》れして、自分から声を掛けられずにいるうちに、生徒全員が揃った。

役員代表のフェリクスが挨拶をし、高らかにプロムパーティー開始の宣言をする。

「生徒諸君、改めて卒業おめでとう！　今宵は紳士淑女として、おおいに楽しもう！」

乾杯！　と言葉が続き、生徒たちがシャンパンを掲げた。

初めてのアルコールは口当たりが良く、甘くておいしい。少し飲んだだけなのに、もう酔ってしまいそうだ。

だけどこのあと、フェリクスがダンスを申し込んでくれるんだから、待っていなきゃ。

そう思いながら背筋をしゃんと伸ばし、今はまだ遠くにいるフェリクスを見つめた。

どんな舞踏会でも、ファーストダンスには特別な意味が込められている。妻や恋人、またはその候補が相手を担《にな》うからだ。

期待に高揚感が増していく胸を両手で押さえる。

フェリクスがシャンデリアのきらめき以上にまぶしくて、目を細めながらも視線を送った。

それなのになぜだろう。ゆっくりと歩き出したフェリクスの瞳には、俺は映っていなかった。

彼は華やかな赤いドレスを着たアルファの伯爵令嬢の元へと向かい、ファーストダンスを申し込む。

伯爵令嬢はフェリクスの手を取ると、ホールの中央へ進みつつ俺をちらりと見て、片側の口角を上げた。

そしてセカンドダンスも、フェリクスは俺を誘いにはきてくれなくて――

俺は軽やかに舞う舞踏会の主人公たちを、悄然と見ているだけの外野になっていた。

「……エルフィー」

気づくと、ニコラが俺のジャケットの袖口を心配そうに握っていた。

「あの、あのね、フェリクスは役員代表だし、公爵家令息だし……そうだ、事業のお付き合いもあるから、だからそういう人たちを優先しただけだと思うよ？　気にしちゃ駄目」

「うん。そうだな」

そう思おうとしている。けれど気持ちがついていかない。ダンスを申し込むと言われて、ファーストダンスの相手になれるんだと思い違いをしていた自分が恥ずかしい。

俺は苦笑しつつ、ニコラを見て首を横に振った。

「心配かけてごめん。俺のことはいいから、ニコラはクラウスと踊りなよ。まったく、クラウスも誘いにもこないで、どうしてるんだ？」

「乾杯のあと、すぐに姿が見えなくなっちゃったんだ。役員のお仕事でもあるのかなぁ」

ニコラは俺の袖口から手を離し、サロン内に視線を移す。

俺も一緒になり、ふたりで中を見回すもののクラウスは見当たらない。役員でもプロム中は役目なんてないはずだし、あれだけ背の高い男だ。いなくなるときはわかりそうなものなのに、俺はフェリクスばかり見ていたから……

ニコラへの気遣いが欠けていたことを自省しつつ、再びサロンの左右に目を動かしていると、二曲目の演奏が終わりを告げた。

俺の視線は反射的にサロン中央に戻り、フェリクスの姿を確かめる。

次こそ俺を誘いにきてくれるだろうか。

ひと筋の希望を込めてフェリクスを見つめるけれど、やっぱりフェリクスは別の令嬢の元へと向かい、サードダンスを始めた。

フェリクスは俺を選ばない……うつむいて唇を噛む。

そのとき、羽のように軽やかなのに、肌を刺すような笑い声が聞こえた。

顔を動かさずに視線だけをずらすと、アルファの生徒たちが俺を見て笑っている。

「オメガのくせに、フェリクスのファースト、セカンドダンスをもらえると思っていたのかしら」

「もしかして最後までないんじゃない？」

嘲笑が胸にも突き刺さってくる。

……「オメガのくせに」か。

この世の中に三種ある第二性《バース》。

神に与えられた優秀な遺伝子を持ち、ヒエラルキーの頂点に君臨するアルファ。

凡庸でも、努力により能力が向上する可能性のあるベータ。

そして、発情期があるために卑《いや》しい性とされ、責任ある仕事に就くこともできずに社会から蔑まれてきたオメガ。

治癒魔力を持つことが判明して以降、社会的地位が向上しているとはいえ、この国の人々の心の中で、オメガの地位はいまだ底辺だ。けれどフェリクスは生粋のアルファ一族の公爵令息でありながらも、どのバースにも平等だった。

自身がアルファであることを決してひけらかさず、アルファ特有の驕《おご》りを持つ生徒をいさめることもあった彼は、オメガの俺にもいつも優しく接してくれていた。けれど、もしかして心の中ではずっと蔑んでいたのだろうか。

「エルフィー」

ニコラが俺の袖口を握り直した。双子だから、俺《オメガ》への嘲笑に一緒に傷ついているんだろう。

平気だよ、って言わないと。

そう思うのに、喉がからからで声が出ない。

俺は通りかかった給仕のトレイからカクテルグラスを奪い、中身をぐいっと喉へ流し込んだ。

コーヒーとミルクの混ざった味がするそれは、甘いカフェオレのようでも俺の喉や鼻の奥を熱くする。しだいに目の裏側まで熱くなり、涙が滲んできた。

「俺、ちょっと酔ったみたい。風に当たってくる」

泣いているのを見られたくなくて、ニコラに背を向けて歩き出した。

「待って、エルフィー。もう少ししたらきっとフェリクスが誘いにきてくれるよ」

「ん……すぐ戻るからさ」

背を向けたまま手を振り、引き留めようとしてついてくるニコラを制する。

――ごめん、ひとりにしてほしい。

その気持ちは伝わったようだ。ニコラがあとを追ってこないことに安心して、バルコニーへ向かった。

プロムは始まったばかりだ。今ならまだバルコニーに出ている生徒はほとんどいないだろう。特に北側はアカデミー校舎の煉瓦《れんが》壁しか見えず、景色に趣《おもむき》がないから人がこないはずだ。

予測どおり北側のバルコニーには誰の姿もなかった。それでも窓からホールの様子が見えて、フェリクスが他の人と踊るのが目に入ると切ないから、壁面だけの隅へと進んでいく。

「あ、れ？　……クラウス？」

外灯が柔らかな光を放つだけの椅子もないそこで、ワイングラスを片手に壁に背を預けている人影を見つけた。あれほど長身で、がっしりとした体躯は……間違いなくクラウスだ。

「……エルフィー」

俺に気づいたクラウスは、すぐさま顔をそむけた。

いつもならば怯《ひる》むところだったけれど、少しばかり酔っていたし、文句を言いたかったから彼のそばまで足を進める。

「どうしてこんなところにいるんだよ。ニコラが待ってる。早く戻ってダンスに誘ってやって」

黒地に赤や銀の糸で刺繍があしらわれたロングテールコートの袖を、ごく軽く引っ張った。

本当にごく軽く、だ。

それなのにクラウスは、一歩後退りをすると、勢いをつけて俺の手を払った。

なんだよ、そこまで嫌わなくてもいいじゃないか、と唇を噛みそうになる。

すると、体を鍛えている男特有の低く深みのある声が、気まずそうに謝ってきた。

「……すまない」

え、なに、珍しい。

俺はきょとんとして、クラウスの横顔を凝視してしまう。

こんなに近くで顔を見るのは何年ぶりだろう。

俺から逃げていた瞳がゆっくりとこちらに向く。視線が重なり合った。

――綺麗だ。夜の闇を照らす月みたい。

光が当たると黄金色に輝くクラウスの瞳。昔は月じゃなく「猫さんの目！」とか言いながら覗き込んだこともあったっけ。今のクラウスは「若き黒豹」で威圧感があるけれど、あの頃はそれなりに笑っていて、俺はクラウスが笑うと嬉しくて、また笑わせようとして……

酔いが回ってきたのか、クラウスの瞳から目が離せない。

けれどクラウスはまたもや顔をそむけた。謝ってきたくせにうつむいて、唇を固く結んでしまう。

またそれか……

さすがに傷つく。今は特に、フェリクスのことでナーバスなんだから。

「そんなに嫌うなよ、俺だってクラウスの幼馴染じゃん」

「……っ違う。嫌ってなどいない！」

「えっ？」

うな垂れそうになっていると、短髪が揺れるほどの勢いでクラウスが向き戻った。頬が赤らんでいるのは、きまりが悪くて恥ずかしいからか。

いや、クラウスが恥ずかしいとかないか。お酒を飲んでいるからだろう。

「嫌うわけない。こうなるのは、俺が騎士として鍛錬が足りないせいだ」

は？　なんの話？

意味がわからず首を傾げると、サロンから次のダンスの演奏が漏れ聴こえてきた。

「エルフィー、君に話が」

「よくわかんないけどいいや。とにかくさ、中に戻ってニコラと踊ってやってよ。ほら、行って行って」

クラウスがなにやら言いかけたけれど、クラウスを待っているに違いないニコラの顔が不意に浮かんで、発言権を奪ってしまった。

次の曲で第一部が終わってしまうから、早く行ってニコラを笑顔にさせてやってほしい。俺みたいな淋しい思いをさせないでやってほしい。

そう思うのに、クラウスは微動だにしなかった。

「俺は行かない」

「どうしてだよ。せっかくのプロムだよ？　思い出だよ？」

「じゃあなぜエルフィーは行かないんだ」

深い声で問われる。

「俺は……フェリクスが、踊ってくれないから……」

俺のことなんて今はいいのに、久しぶりに間近で聞くからか、お酒を飲んだからなのか、その声が心の奥にまで染み入ってくる気がして、つい零してしまった。

俺の方こそ、そんなことにこだわるなって呆れられてしまうかな？　いや、その前に、堅物のクラウスには繊細な恋心がわからないかも。

言わなければよかったとすぐに後悔した。けれどクラウスは、二、三度小さく頷いて返事をしてくれた。

「フェリクスは付き合いが多いからな。アーシェット宰相からも重々言われているのだろう」

存外にも優しい声だった。意表を突かれた俺は、ついクラウスをじっと見つめてしまう。

クラウスももう、顔をそむけなかった。しっかりと俺の目を見て、唇を開く。

「でも、俺は嫌だ。俺は好きな人とだけ踊りたい。それができないのなら、誰とも踊らない」

言い終わるにつれて語気が強まった。視線は少しもぶれることなく、まっすぐに俺を射貫いている。

きっとクラウスは、俺にニコラを重ねているんだろう。だからこんなにも熱い語り口になるんだ。

だけどそうか、そういうことなんだ。本当ならクラウスも、立場的に名だたる家門の生徒たちとダンスをする予定があったはずだ。それをニコラのためにすべて断り、角が立たないように身を隠していたんだ。パーティーを楽しむことより、ニコラに悲しい思いをさせないことを優先にして。

クラウスは真面目一辺倒な男だもの。融通が利かない面もあるけれど、だからこそただひとりに気持ちを注ぐんだろう。

いいな。ニコラが羨ましくなる。羨ましすぎるからか、胸の奥がちりちりする。

だけどそんなの、子どもと同じだ。自分が与えられないものをもらえるニコラが羨ましくて拗ねている、子どもと同じ。

俺は自分が恥ずかしくなり、これを知ったときのニコラの顔を、瞼を閉じて思い浮かべた。

――うん、嬉しい。ニコラが愛されていることが嬉しい。

そう思えることにほっとして、瞼を開けてクラウスを見上げる。

「そっか。それでここに隠れていたんだな。おまえ、いい男だな。そういうの、好きだぞ」

ニコラを大切にしてくれることへのお礼のつもりで笑顔を添えると、クラウスはなぜか息を呑むように喉元を上下させた。続いて、ぎこちない動きでバルコニーの手すりに置いていたワイングラスを掴んで呷《あお》った。

「おい、そんな無茶な飲み方したら」

勢いに驚いて、つい、腕を強く掴んでしまう。

クラウスはグラスを手すりに戻すと、俺のその手をじっと見て、すくい上げるように取った。

「君は誰ともまだ踊っていないのか？」

「俺？　そう言ったじゃん。フェリクス待ちだって……わわ！」

言い終わらないうちに体を引き寄せられ、腰に手を回される。ふわっと体が浮いて、軽々と一回転させられた。完全な着地を許されず、床にはかろうじてつま先だけが乗っている。

なんだ？　なにが起こってる？

「ちょ、クラウス……！」

唖然としていると、クラウスは漏れ聴こえる演奏に合わせて、俺とワルツを踊り始めた。

どうして俺とダンスを……さてはクラウス、ワインの一気飲みで悪酔いしたな？　完全に俺とニコラを混同しているに違いない。

「クラウス、待て待て！　俺はニコラじゃない！」

「暴れるな。狭いから、壁に当たる」

耳元で囁かれてゾクリとした。

こんなシーンをニコラに見られたら、勘違いされて修羅場になってしまう。早く振りほどいてここから立ち去らないと！

けれど意外にもリードのうまいクラウスは俺をしっかりと支え、軽やかに回転させる。まるで幻想の世界に導かれたように、頭上の星もくるりと回る。

そして、クラウスのたくましい胸や腹、太ももが俺の体に触れている。

瞳に映る美しさと、鍛え抜かれた体から与えられる安心感に、思わず陶酔しそうになった。

……いや、ニコラの好きな相手とのダンスにうっとりしてどうする！

我にかえると、動揺で心臓が跳ね出した。当然だ。ニコラに知られたら大変なことになるのだから。

そう、この動悸にそれ以外の意味はない。早く終われ、早く終われ。演奏の途中から踊り始めたから、終わるまであと少し。……よし、終わる！

演奏が止まった。同時につま先立ちだった俺の足がゆっくりと床についたので、掴まっていたクラウスの腕から急いで右手を離し、握られていた左手もほどこうとした。

けれど左手はしっかりと握られたまま、クラウスの口元へと運ばれる。

「え？　え……えっ、ええ〜〜！」

なにをするつもりだ、と思った次の瞬間、俺は驚きで目を見開き、身をのけぞらせた。

「ファーストダンスを、ありがとう」

なんと、クラウスはそう言いながら、俺の手の甲にキスをしてきたのだ。

キス！　キスをするなんて！

ファーストダンスだってそう。フェリクスが他の人と踊っても、俺の初めては彼のために取っておいたのに！

いいや、それよりもやっぱりキスだ！

手だといっても、家族以外からキスをされるのなんて生まれて初めてだった。

クラウスめ、俺の初めてをよくも……！

気が動転して、乱暴に手を振り払う。

「この酔っ払い！　双子だからって間違えるにもほどがある！　いいか、ここでのことは他言無用。というか、今すぐ全部忘れろ！」

どんどん頭に血が上って、声も身振りも大きくなった。

このままでは誰かにふたりでいるところを見られてしまう。

俺は踵《きびす》を返すと、急いで室内に戻った。

だから聞こえなかった。クラウスが「エルフィー、絶対に忘れない」と言っていたことは。

室内に戻ると、いったん休憩タイムに入ったところで、生徒たちは飲食を楽しみ始めていた。

俺も食事を勧められたものの、まだ胸がとくとくとうるさかったので、飲み物を持っている給仕を探して顔を動かした。

「エルフィー、見つけた」

そのとき、近くにいたのか、フェリクスが声をかけてきた。

途端にうるさい心臓が凍りつき、鼓動が止む。息の根を止められたような気がした。フェリクスの顔をまともに見ることができない。

するとフェリクスは背をかがめ、俺の顔を横から覗き込んだ。

「エルフィー、一部ではどうしてもご令嬢方からのお誘いを断れなくてごめん。でも今夜俺からダンスを申し込むのはエルフィーだけだよ。二部のファーストダンスは俺と踊ってくれる？」

「え……」

俺はなんて単純なんだろう。フェリクスの甘い言葉に勝手に頬が熱くなり、勝手に口角が上がって、勝手に頷いていた。

彼は王子様のように上品に微笑むと、俺の腰に手を添え、スマートにテーブルに促してくれる。

それから今夜の俺の装いをひとしきり褒め、アカデミー在学中の俺の救護長としての活躍を讃《たた》えてくれたり、卒業論文に書いた『つがい解消薬の錬成について』を、興味深そうに訊ねてくれたりした。

俺だけを見つめて相槌を打ってくれるフェリクスに、俺は夢中で研究内容を話す。

すると、始終微笑んでいたフェリクスが、急に真面目な面持ちになった。

「オメガとオメガフェロモンは素晴らしい可能性を持っているね。そしてその魔力を惜しみなく研究に捧げるエルフィーは素敵だ。エルフィーとは、卒業後も末永くお付き合いしたいいな」

「す、末永く？」

「うん、末永く」

これは、やっぱり脈アリなのでは。『俺からダンスを申し込むのはエルフィーだけ』とか『末永くお付き合い』なんて言い方、普通の友人にするもの？　プロムのあとと言わず、今この場で……

「おや、エルフィー。二部が始まるよ」

告白してしまおうかと気持ちがはやったとき、休憩タイムの終わりを告げる調べが奏でられた。

フェリクスが、すぐに俺に向かって手を差し出してくれる。

「お手をどうぞ」

「はいっ……！」

そうだ、二部のファーストダンスをフェリクスと踊るんだ。告白は、ふたりきりになってからだ。

そう自分を落ち着かせながら、彼の白く美しい手にそっと手を重ねる。

完璧なエスコートでホール中央に立てば、ワルツの演奏が始まった。

一部では地のどん底にいるようだったのに、打って変わって雲の上にいるようだ。

軽やかなステップに優雅なターン。フェリクスとの華麗なダンスに舞い上がった俺は、ついさっきまでのバルコニーでの出来事や、クラウスを待っているだろうニコラのことを、すっかり意識の外に飛ばしてしまった。

俺はこのときのことを、のちに強く後悔することになる。

このとき、自分のことばかりに夢中にならないでニコラのことを思い遣っていれば、違う未来になっていたかもしれないのに——


「——なあ、ニコラがどこにいるか知らない？」

フェリクスとの華やかな時間を過ごしたあと、俺は有頂天のまま治癒魔法科の休憩席に戻った。

そしてそこで、ようやくニコラの姿がサロン内にないことに気づき、クラスメイトに訊ねた。

「ああ、少し前までエルフィーとフェリクスのダンスを見て嬉しそうにしてたけど、今は花摘《てあらい》みに行ってる。少し酔ったふうだったから、酔い覚ましに行ったんだろ」

「じゃあ様子を見てくる」

返答を受け、俺はすぐに出入り口に体を向けた。すると、クラスメイトたちが苦笑いをして俺を引き止める。

「おいおい。いくら双子とはいえ、エルフィーはいつもニコラに過保護すぎるだろ。俺たちはもう大人だぜ？　卒業を機に、弟離れもすれば？」

「そうよ、心配性のお兄ちゃん、私たちとも過ごしましょうよ」

確かに、そう言いたくなるほど俺とニコラは常に一緒にいるかもしれない。

けれど妙な胸騒ぎがした俺は皆に挨拶を済ませると、サロンを飛び出した。

その後、周辺をくまなく捜し歩いたものの見つからず、ふと思いついて寄宿舎の部屋に戻ってみる。

ドアを開くと、ひどく疲れた様子で肩を落としたニコラが、ベッドのへりに腰掛けていた。

「ニコラ！　部屋にいたのか」

跪《ひざまず》いてニコラの顔を見上げ、いつも以上の青白さに息を呑んだ。

「顔色が悪いな。ずいぶん酔った？」

酔い覚ましの魔法をかけるために頬に手を伸ばす。するとニコラはブリーチズの右ポケットに突っ込んでいた手を出して、俺の手を制した。

「大丈夫。クラウスが見当たらなくて、ほうぼう探し歩いてたから疲れただけ」

「それで、見つかったのか？　そういえばこのあとの約束ってできてるのか？」

「ううん、プロム中に言おうと思ってたから、まだ」

「なんてことだ。あいつはずっと」

バルコニーにいたのかも、と言おうとして、言葉が出なくなってしまった。

あのときのことが頭の中を巡る。

後ろめたい気持ちが一番だ。けれど、お酒に酔っていたとはいえクラウスが俺とニコラを混同し、ダンスやキスまでしたとニコラが知れば大変なことになる、と危機感がよぎった。

ニコラには、普段の温和な様子からかけ離れた激しい一面がある。自分の大切なものへの固執が強く、たとえ双子の兄の俺でも、領域を侵すと容赦なく責め立ててくるのだ。

幼い頃、ニコラのテディベアを間違えて抱っこしたときも、アカデミーに入学してすぐの頃、傘を失くした俺に母様がニコラの予備を渡そうとしてくれたときも、それはそれはすごい剣幕で「エルフィーでも僕の大切なものを使うのは許さないんだから！」と一日怒って泣いて、叫んで喚いた。

だからニコラがこの件を知るなら、せめて彼がクラウスと恋人同士になってからじゃないと。頼んだぞ、クラウス。ニコラはこのあとの告白の場面で、おまえがどこにいたのかを問い、おまえは間違いに気づくだろう。しっかりと釈明して、ニコラを宥めてくれ！

頭を高速回転させてそこまでを考えたとき、ニコラが怪訝そうに俺に問いかけた。

「ずっと、なぁに？」

「……あ、いや、ずっとどこにいたんだろうなって」

俺はニコラを騙しているんだ、と胸がぞわぞわした。

クラウスを見つけたときにすぐにニコラに伝えに戻ればよかった。そうすれば最初からふたりでワルツを踊り、いい雰囲気になって、クラウスから愛の告白があっただろうに。

まっすぐに目を見ていられず、ついうつむいたもののニコラは信じてくれたようだ。声の調子が一段明るくなった。

「だよね。僕、もうヘトヘトだよ。でもね、フェリクスとのダンス、見てたよ！　とってもいい雰囲気で、ふたりを見てたら胸がいっぱいになって、もうそれだけで満足しちゃった。だから僕は、今夜の告白は見送って家に帰るよ」

「えっ？　待って待って。俺のことを喜んでくれるのは嬉しいけど、それで告白をやめるなんて言うなよ。騎士科の寄宿舎の前で役員の集まりが終わるのを待っておいたら？」

あまりにあっさりと言うので、驚いて引き留める。

けれどニコラは、眉根を寄せつつ首を横に振った。

「そんなの、いかにもアルファを待ってるオメガだと思われちゃう。それに汗をかいたし、服もしわになっちゃった。こんなだらしない姿で告白したくない」

品行方正なあまりに体裁を気にしてしまうニコラらしい考え方だ。俺なら、なりふり構わないのに。

「そんなこと言わないで頑張ろうよ」

「あきらめるわけじゃないから安心して。クラウスには後日改めて連絡するから。ね？」

ニコラが俺の両手を握り、諭《さと》すように柔らかく微笑む。

「ダンス、本当に素敵だった。確実にフェリクスはエルフィーに好意を持ってる。だから自信を持って告白してきて！　エルフィーの恋が叶うことは、僕の願いでもあるんだから」

そう言うと今度は顔を傾け、下から覗き込むように俺を見た。

ニコラがおねだりするときや甘えるときにする仕草だ。俺の幸せをおねだりしてくれるのは、心からそう願ってくれているからなんだろう。

「うん……ありがとう」

「じゃあ、帰る前に談話室まで送っていってあげるよ」

「いいよ、顔色悪いし、早く帰りなよ」

ニコラの顔色が改善しないので遠慮するも、ニコラは「本当なら告白を見届けたいくらいなんだから」と、結局送ってくれた。

どこまで兄思いなんだと、俺は談話室のドアからニコラの背中が見えなくなるまで感謝の気持ちで見送る。

ニコラもまた、「絶対に成功させてよね」と何度も俺に振り返っていた。

そうして俺は、フェリクス以外の人が入ってこないようにと内鍵をかけて、部屋で待つことにした。

緊張を深呼吸でやわらげて、ソファに座る。

この部屋のソファは八人が掛けられる長さで、アルファの男がふたり並んで寝そべることができる充分な幅もある。

もしフェリクスに告白を受け入れてもらえたらここで一夜を明かしてもいい。

そう思っているものだから、ただ座っていると落ち着かない。ソファに寝そべってみたり深呼吸をしてみたり、ドアを開けて廊下を覗いてみたりを繰り返す。

けれど、プロムが終わってからそれなりの時間が過ぎていくのに、フェリクスが現れる気配はまだない。

しだいに疲れてきた俺は、ソファに背を預け、ジャケットの内ポケットから真鍮のピルケースを取り出した。

黄金色で四角形のそれは、蓋に触れると天使の彫り模様が指先に心地いい。蓋が開くときの音も好きで、カチ、と小さな音を立てて開けた。

親指と人差し指で、ひとつだけあるピンク色のソフトカプセルを取り出す。

まだ発売されて日が浅い、セルドランラボにしかないソフトカプセル型の薬。

俺のフェロモンと魔力を使い、やっと成功した薬。

「フェリクスが早くきてくれますように」

薬に祈ってしまう。同時に馬鹿だな、と思う。いくら奇跡のように生まれた薬だからって、願いを聞いてくれるわけじゃないのに。

俺は気持ちを切り替えて、未来の楽しい想像をした。

ニコラはクラウスと、俺はフェリクスと付き合って、結婚してつがいになる。そうしたらセルドランラボは二大公爵家の恩恵を受けてもっと大きくなり、たくさんのオメガが働ける。

俺は、新しい薬の錬成をしたい。特に研究中のつがい解消薬の錬成だ。

世の中には不幸なオメガが多くいる。つがいを結んでもアルファに捨てられてしまったオメガだ。

サインひとつで夫婦になれ、他人にも戻れる同じバース間の結婚とは違い、アルファとオメガのつがい契約は、遺伝子レベルで結びつく一生涯の契約だ。どちらかが命を終えるまで解消されることはない。

そしてつがいが成立すると、つがいのオメガのヒートを癒やせるのはつがいのアルファだけになる。他のアルファとの交接は激しい拒絶反応を起こすし、新たにつがいを作ることは不可能だ。

対してアルファはつがいを持っても他のバースと結婚することも、同時に何人ものつがいを持つことも可能で、つがいに飽きて捨ててしまうアルファもいる。

そうなるとヒートを治めてもらえないオメガは徐々に心身を壊し、命を落とすことだってある。

極めて最悪なのは『事故つがい』だ。オメガによるヒートトラップも稀《まれ》にあるけれど、ほとんどは社会的地位の低いオメガにアルファが無理強いした場合や、突発的なヒートを起こしたオメガが、ゆきずりのアルファや望まない相手とつがってしまうことで発生する。

想い想われて結ばれたわけではない『事故つがい』の間に生じるのは、悲劇ばかりだ。

俺はそうやって苦しむオメガを、同じオメガとして助けたい。つがい解消薬があれば、新しい人生を生きていけるのだから。

「それにしても、遅いなぁ」

ぷに、ぷに、とカプセルを弄《いじ》る。そのまま何度かそれを繰り返して、いつの間にか「くる、こない、くる、こない」とつぶやきながら弄《いじ》り続けていた。

それでもまだフェリクスは現れず、視界が涙で滲み始める。

俺は誘発剤を持った手を丸めて、甲で涙を拭った。

そのときだった。コンコンコン！　と焦ったようにドアがノックされた。

――フェリクスだ。きてくれたんだ！

はじかれるようにソファから立ち上がり、内鍵を開けに行く。

鍵を開けたら勢いよくドアが開いた。嬉しくて嬉しくて、泣き笑いをしている。

けれどすぐに眉を歪ませてしまった。そこにいたのはフェリクスではなかったからだ。

「エルフィー、フェリクスは今夜、ここにはこない」

現れたのはなぜかクラウスで、顔を合わせるなり歓迎しない言葉を告げられる。

俺はギュッと引き攣れた胸に両手を当てた。

「どうして？　最初から、フェリクスは、こないつもりだった？」

「違う。行こうとはしていた。だが……。行けなくなったから、俺が伝えにきた。エルフィー、もう真夜中が近い。送るから俺と帰ろう」

クラウスの片足が部屋に入ってくる。

「嫌だ……！　俺はフェリクスがくるまで待つ」

「エルフィー」

なんだよ、どうしてクラウスがそんなに哀しそうな顔をして、哀しそうな声を出すんだよ。同情？　哀れみ？　そんなのいらないから、代わりにフェリクスを連れてきてよ。この部屋にきてほしかったのはおまえじゃない。

「出てって！」

クラウスを押し返そうと、張った胸板に両手を突っぱねて足を一歩踏み出す。その瞬間、グニュリとしたなにか柔らかいものを踏んだ。

掃除が行き届いている部屋に、なにが落ちているんだ？

疑問のまま片足を上げて床を見る。信じられないものが目に映った。反射的にクラウスの胸から手を離し、自分の両手のひらを見る。

――ない。握っていたはずの誘発剤が、ない。

すぐさま床に視線を戻した。そこに落ちていたのは、間違いなくヒート誘発剤のソフトカプセルだった。しっかりと潰れて、中から液体が零れている。

「あ……あ、あぁぁぁっ！」

いつの間に落としたのか、とか。そもそもどっちの手で持っていたのか、とか。どうしよう、とか。さまざまな思いが瞬時に頭の中で衝突して、喉から叫び声となって飛び出した。

「どうした、エルフィー」

俺の叫びに、クラウスは部屋の中にさらに足を踏み入れてきた。

クラウスの長躯全部が室内に入り、反動でドアがバタンと閉まった。

同時に、クラウスは鼻をすん、とすする。

「ん、なんだ、この甘い香りは」

「っ吸っちゃ駄目っ！」

室内に充満していく香りは、ヒート誘発剤だ。俺のフェロモンの成分が多分に入っているこれは、アルファにも影響を及ぼす。

「部屋から出て、早く！」

必死になってクラウスの胸板を押す。けれど少しもびくともしない。クラウスの体が大きいこともあるけれど、俺の力が抜けていっている。

「駄目、きちゃう。きちゃうから……クラウス、お願い、出……」

最後まで言えなかった。

体中を血液が巡り、どくどくと騒ぎ出す。息が詰まって苦しくなって、俺はクラウスの目の前でうずくまった。

「エルフィー！」

「触るなっ。……っつ、うぅ……クラウス、早く部屋を出……」

確実にヒートを起こしている。早く抑制剤を飲まなくては。

一歩近づこうとしたクラウスに部屋を出るよう訴えながら、ポケットの中のピルケースを探る。

けれどクラウスは、出て行こうとしない。

なにやってるんだ、早く出ろよ！

ピルケースの蓋を開けながら重い頭をゆっくりと動かし、クラウスを見上げた。

「……ク、クラウス！」

クラウスは全身をわななかせて、目を血走らせていた。額に汗を滲ませ、肩を大きく上下させて必死に呼吸している。

「は、はぁ、はぁ、はぁ……なんだ、これは。体が熱い……っ」

クラウスが膝を床についた。両手を床に突っ張らせて、なんとか倒れ込むのを耐えている。すでに反応が進んでいることを察して、俺の背にヒートの症状とは別の汗が流れた。

そして同時に気づいた。クラウスはオメガのヒートに遭遇するのが初めてなんだ、と。

十三歳から五年間、アカデミーの寄宿舎で過ごす生徒たちは、バースによる不利益を受けない管理体制下で過ごす。在学中の交際も認められていない。管理をかいくぐっていかがわしい交遊をする生徒は無きにしも非《あら》ずだけれど、堅物唐変木《とうへんぼく》のクラウスがそんなことをするわけがない。

だからこそオメガのフェロモンに耐性がなさすぎて、お酒と同じで回るのが早くなってしまったに違いない。

「立って、クラウス。俺、ヒートを起こしてる。巻き込み、たくない。早く、出て行けっ……！」

クラウスを引きずってでも出て行かせたい。けれど俺にはその力も時間の猶予もない。

とにかく口で訴えながら、ピルケースから取り出した薬の包みを剥く。だけど指先が小刻みに震えて全然うまくできない。

まごついているその間にも体は燃えるように熱くなり、やっと取り出せた薬を指で挟んだ途端、強い眩暈《めまい》に襲われた。体がぐらんと揺れ、膝立ちの体が後ろ向きに倒れていく。

「エル、フィ……！」

床に後頭部を打ち付けそうになる寸前だった。クラウスの腕が伸びてきて、がっしりと支えられた。

あろうことか、その反動でピルケースも握っていた薬も床に落ち、薬はころころと転がって、猫脚の飾り棚の下に入ってしまう。

「あ、あ……うぁっ！」

手を伸ばして薬を追いたいのに、腕を回されている体は動かない。

クラウスに触れているところもジンジンと痺れている。

痺れは全身に広がり、指先まで到達していく。痛みはない。ないけれど、昂揚感を与えるような、もっと欲しくなるような、この腕から離れたくないような……これは、なんだ。

そして、クラウスから匂い立つこの香り。今日初めて飲んだカクテルのように粘膜を熱くして、体を火照《ほて》らせる。お腹が熱い。下が……疼いてる？

もしかしてこの香りは、クラウスのアルファフェロモンなのか。

クラウスがヒートに耐性がないように、俺もアルファのフェロモンに耐性がない。

ヒートのときにアルファがそばにいるなんて、初めてのことだった。

こんなに体が疼いて、アルファを欲しいと思うなんて。

――欲しい、欲しい、欲しい、欲しい、欲しい。アルファの精が、欲しい……！

「クラウス、離れろ！」

ヒートが最盛期を迎えようとしている。

こうなったオメガは、性欲を満たすことだけに心身を支配されてしまう。

アルファだってそんな状態のオメガといれば、『ラット』と呼ばれる発情状態に陥ってしまう。

「俺を突き飛ばしていいからっ、早く出て行け！」

俺がつがいにと望む相手はクラウスじゃない。

おまえもそうだろう？　おまえが望んでいるのはニコラだろう？　頼むから早く行ってくれ。

そう言いたくて、くらくらするのを我慢して、閉じていた瞼を必死で開けてクラウスを見た。

「あ……」

「エル、フィー……」

熱を孕んだ視線が絡む。

ダンスのときよりもずっと近い位置に瞳があり、互いの息遣いを頬で感じた。

心臓が破裂しそうな勢いで騒ぎ出す。俺だけじゃない。俺が掴んでいるクラウスの左胸も大きく拍動し、同じ律動を刻んでいる。

――どくどくどく。ばくばくばくばく。

もうふたりの心臓の音しか聞こえなかった。瞳に映るのも互いの姿だけ。頭の後ろらへんでは、「違う！」「やめるんだ！」と必死に警告してくる俺がいるのに、体は目の前のアルファを強く求めている。

これは誘発剤の影響なのか、それともヒートのときに初めてアルファといる影響なのか。いつもの何倍も疼いて苦しくて、泉から水がこんこんと湧き出るかのように、クラウスに触れたい気持ちが湧いてくる。

おそらくクラウスも同じだ。玉の汗をかきながら俺の頬に触れ、顔を寄せてくる。室内の灯りが反射する黄金色の瞳は、獲物を見つけた黒豹のように獰猛だ。

「ん、んんっ……！」

唇がぶつかった。

俺の初めての口づけは、小鳥の羽根が触れるような可愛らしいものでも、マシュマロの柔らかさを感じるような、甘いものでもなかった。

それはまるで、飢えた動物が獲物に喰いつくような、そんな激しさを持っていた。

「……っ甘い」

「っクラウス、もうっ……」

初めは唇で殴り合いをしているようだった。それが徐々に水音の立つものに変わって、クラウスはわずかな息継ぎも惜しむかのように「キスだ」と言ってせがんでくる。俺を片腕にかかえこんで、反対の手で頭を強く固定して、離そうとしない。

わずかに残っている自我でなんとかこの行為から抜け出そうと思うのに、体がまったくいうことを聞いてくれなかった。

クラウスのフェロモンはプロムパーティーで飲んだコーヒーとミルクのお酒の味に似ていて、甘さの中にほろ苦さがあり、吸い込めば焙《ほう》じたコーヒー豆のような柔らかい香りが鼻腔と喉に染み込む。

クラウスの肌からも同じ香りがして、息継ぎをするたびに俺の心身を麻痺させた。

だんだんと、自分が唇を重ねているのは誰なのかもわからなくなってくる。

ただ不思議と、「なにかをしている」という感覚だけは残っていた。

大きくて厚みのある手が脱力した俺の全身を撫で、節《ふし》くれだった長い指が後孔を探る。

「んぁっ……あっ、あ……？」

快感の波に攫われていくさなか、ある映像が頭の中に浮かんだ。

つがい解消薬の錬成中に覗く、秘眼《けんびきょう》スコープに映ったオメガとアルファの遺伝子だ。螺旋《らせん》状に絡まり、解こうとすればするほど強く絡み合う。

けれどそこには自我も意思も存在しない。そうなるのが自然の摂理だとばかりに、オメガとアルファの遺伝子は絡み合う――――

「……き……す……き、すき、す……だ、エ、ルフィー……！」

「んぁっ、あ……あ、あぁぁ！」

誰かに名前を呼ばれたと思った瞬間、熱くて大きいものが急激に俺の体を貫いた。それなのに少しも痛くない。

熱塊《ねっかい》ともいえるそれは奥へ奥へと突き進み、お腹の中をぎちぎちに埋めてくる。それなのにちっとも苦しくなくて、在るべきところに収まったかのような存在感は、感じたことのない愉悦を湧出させる。

「は、ぁあ、いい。気持ち、いい」

腰を強く掴まれ、何度も熱塊《ねっかい》に穿《うが》たれる。

そのたびに新しい快楽が湧き出て、俺の意思を深い深い底へと沈めていく。

けれどもっと、もっと欲しい。泉に湧き出る温水どころじゃなく、活火山のマグマのように噴き出る俺の劣情を満たしてくれる、強い快楽が。

「ふ、ぅぅっ、ほしい、咬んでほしい。咬んで、咬んで、咬んで……！」

「……っぐ、エ……フィ……、あ……てる、きみを……して……る、のに……」

俺をがっしりとしたなにかがくるみ込む。

同時にお腹の中の熱塊《ねっかい》が、いっこうに鎮まる気配はないのに、じっ……と動きを止めた。

まるで意思があるかのように、これ以上は駄目だと踏みとどまるように。

「いやだ……！　止まらないで。足りなくて苦しいんだ。お願い、咬んで、俺を楽にして！　咬んで……！」

頭を揺さぶり、うなじにかかる髪を払った。その瞬間。

「……あっ⁉」

うなじに鋭い衝撃がめり込んだ。体を貫かれたときよりも、もっと激しく甘い痺れが体を走り抜ける。深く深くめり込むそれは、媚薬を含んだ楔《くさび》のよう。

もっと奥まで突き立てて、印《しるし》を刻み込んで……！

「あ、あ、あぁ………」

二本の楔《くさび》が骨まで砕いたかと感じられたとき、愉悦が最高潮に達して火花のように散った。

そうして俺は、鎮まることを知らなかった欲情を昇華すると共に、この一夜の記憶もすべて同時に失ってしまった。

——胸の上が重い。背中が痛い。

ニコラがまた寝ぼけて俺のベッドに潜り込んで、俺もろとも床に落ちたな？　起きているときはお上品なのに、ニコラは本当に寝相が悪いんだから。

「どいて、ニコラ」

瞼を閉じたまま俺に巻きついている腕を掴んだ。けれどその太さに違和感を覚え、寝返りを打って薄目を開ける。

途端に息が止まった。

数秒、酸欠の魚のように口をぱくぱくさせて、やっと言葉にならない声が出た。

「あ、え、は、く、くら」

どうして。どうしてクラウスが俺を抱きしめているんだ。そしてどうして俺たちは衣服を乱しているんだ。しかもクラウスはトラウザーズの前立てが全開で、俺はシャツの下になにも穿いていないうえ、お腹や太ももに赤い斑点が散らばっている。

思い出すんだ。なにがあったかを。昨日は卒業式でプロムパーティーで、その後俺は談話室でフェリクスを待って……

「あ……あ……」

血の気が引いて、体が小刻みに震え出す。

思い出してしまった。フェリクスはこないと知らせにきたクラウスを。

俺は誘発剤を落としてしまい、それでヒートを起こしてクラウスと唇をぶつけ合ったことを。

そこから先は憶えていない。憶えていないけれど、後退ろうとしたと同時に、過ちを犯した証拠が後孔から漏れ出て、床を汚した。

「あ、あ……ぅわあああああ！」

真夜中なのに煌々と灯りがついたままの談話室で、俺は廊下まで響く叫び声を上げた。

クラウスの体がびくっと動く。同時に目を見開くと、はじかれたように体を起こした。

「エルフィー！」

すぐに肩を掴まれる。

「や……いやっ！　いやぁぁ！」

俺はクラウスの手を払い、両手で思いきり突き飛ばした。

立ち上がり、転げていたピルケースと足元で丸まっていたブリーチズを掴んで、一目散に談話室から飛び出す。

背後でクラウスが俺を呼び止める声が聞こえるけれど、立ち止まれるわけがない。

——どうしよう、どうしよう。どうしよう！　クラウスと、過ちを犯してしまった。俺、ニコラを裏切ってしまったんだ！　どうしよう、どうしよう！

西館から出る直前に、なんとかブリーチズを足に通す。けれど前後反対に穿いてしまって、ウエストの部分を押さえながら治癒魔法科の寄宿舎を目指した。

三日月がすっかり姿を消した真夜中、歩いている人は誰もいない。俺の情けない姿は誰にも見られずに済んだ。

「体、洗って、中、掻き出して、クラウスのフェロモンの匂い、全部消さなくちゃ」

独り言を言いながら、部屋に備え付けのシャワー室で体を洗い流す。

「っつ……痛っ！」

勢いを持って降り注ぐ湯がうなじに当たって、鋭く染みる痛みに襲われた。

嘘でしょ？　どうしてここがズキズキ痛むの？

手が小刻みに震える。触りたくない。怖い、怖い、怖い、怖い。だけど……

「嘘、うなじ……うなじが……！」

指先で触れただけでわかる。俺のうなじには、つがいの刻印がしっかりと刻まれていた。

もう叫ぶどころではなかった。俺はシャワー室の床に崩れ落ちて、茫然自失となってしまう。

それからどれくらいシャワーに当たっていたかはわからない。ふと我にかえり、ともかく体を綺麗に洗った。不思議だった。我にかえってしまうと、体に活力が満ちているのを感じた。初めての行為のあとなのに、気怠さが少しもない。

これがつがいを得たということなのだろうか。だとしたらアルファであるクラウスも今、なにかしら体の変化を感じているのだろうか。

けれど願わくは、ヒートに陥った俺に過ちの記憶がないように、ラットになったクラウスの記憶もなくなっていればいい。過《あやま》ちも、つがいになった記憶も、すべて憶えていませんように。

これから俺は、もう誰ともつがうことも結婚することもできないけれど、クラウスはアルファだからニコラとつがいになれる。ニコラにはクラウスと幸せになってもらいたいんだ。クラウスが思い出さなければ、すべて丸く収まる。

自分が招いたことだもの。俺はこれから先、抑制剤を使って耐えていく。今より強力な抑制剤を作って……いや、つがい解消薬を成功できれば、俺もやり直しができるはずだ。

頭の中で今後の不安を打ち消しながら、うなじの生傷と首や下半身に散らばったうっ血痕に治癒魔法をかける。つがいの刻印は怪我でも病気でもなく契約だから咬み痕自体は消えない。

時間をかけ、咬まれた直後の傷の生々しさとうっ血痕だけは消した。

「うなじの刻印はこれで隠していこう」

本当は日付が変わる前に寄宿舎を出ていないといけなかったから、荷物をまとめてある。そこから大判のスカーフを出して首にしっかりと巻きつけ、部屋を出る。

忍び足で敷地から出て、夜明けが近い仄暗い道を早足で歩いた。

アカデミーから俺の家まではさほど距離はない。

「おや、エルフィーぼっちゃん、今お帰りですか？」

「お帰りなさいませ、ご卒業おめでとうございます。お荷物をお運びしましょう」

家の門扉に着くと、いつでも早起きで仕事熱心な執事さんとメイド長さんに出くわして、声をかけられてしまった。

俺はろくに挨拶もせず、逃げるように家に飛び込む。そのまま一心不乱に廊下を進み、父様と母様の寝室、ニコラの寝室の前を通り過ぎて自室に入った。

ふぅ、家族に見つからなくてよか……

「ニ、ニコラ？」

安堵のため息をついたところで、ベッドにニコラが寝ているのが目に入った。

動揺して、荷物を入れた大きなバッグをどすん、と落としてしまう。

「ん～」

音で目が覚めてしまったようで、ニコラがベッドで伸びをした。

「よく寝たぁ……あれ？　エルフィー！」

見えない矢で心臓を射られたようだった。体中の血が急激に心臓に移動するのに、その器である体は硬直して指一本動かせない。

代わりにニコラが満面の笑みでベッドから下りて近づいてくる。

「おかえり、朝帰りだね。ってことは、フェリクスとうまくいったんだね？」

喉も舌も硬直して返事ができない。冷たい汗だけが背中を伝う。

「……どうしたの？　珍しく顔色が悪いね。今頃緊張が出てきた？　ひとまずベッドにおいでよ」

「あ、や……」

「わ、冷たい手。温めないと」

ニコラは俺の肩を抱き、もう一方の手で手をさすりながらベッドに連れて行ってくれる。

「どうしたの？　もしかして、断られた、とか……？　ううん、だけどエルフィーのものじゃない香りがするもの」

俺をベッドに座らせると、ニコラはくんくんと俺の体の匂いを嗅いできた。

「これって、フェリクスのフェロモン？　エルフィー、フェリクスと経験したんだね？」

「えっ、まだフェロモンが匂ってるのか⁉」

あんなに洗い流したのにと驚いて、思わず口にしてしまう。

馬鹿っ、黙れ俺！

慌てて口を閉じるけれど、出てしまった言葉は消えず、ニコラがパッと笑顔になる。

「やっぱり！　そっか、それでそんなに疲れてるんだね。アルファの交接は執拗で大変だと聞くもの。でも、でもおめでとう、エルフィー。これでもう、つがいになったも同然だね。僕でも感じるもの。エルフィーを絶対に離さない、一生愛し抜くって、フェロモンが主張するみたいに絡みついてる！」

俺はブルブルと首を振る。

そんなことがあるわけない。これはクラウスのフェロモンだ。クラウスは事故って俺としただけだ。クラウスが好きなのはニコラ、おまえなんだから！

「ちが、違うんだ、ニコラ、俺……」

けれど、それ以上は言えなかった。

クラウスと事故つがいになってしまったなんて、どれだけニコラを傷つけるか。

「どうして泣くの？　フェリクスの交接が乱暴だったとか？　顔に似合わず加虐趣味があるとか？とにかく話を聞くから、まずは楽な服装になって寛ぎなよ」

ニコラの手が俺の首のスカーフに触れる。

「あっ、だ、駄目、ニコラ、取らないで！」

制止は間に合わなかった。ニコラはするりとスカーフを取り去り、次の瞬間、目を見開いた。

「つがいの……刻印？」

見られた！　ニコラにうなじを見られた！

「どういうこと？　僕たち、発情期は来月だよね？　この時期じゃ、咬まれたとしても契約には至らない……でもしっかりと契約が成立した刻印がついてる」

ニコラはベッドに上がり込み、背中から俺の肩を掴んでうなじに顔を寄せた。

体中から汗が吹き出す。息がうまくできなくなって、目の前がぐわんぐわんと回り出す。

どうしよう、どうしよう。つがい解消薬を作り上げるまでの間、隠し通すべきだったのに。

過呼吸になりかけて、息を吐き出そうと喉元に触れた、そのときだった。

「ぼっちゃん、朝食の準備が整いました」

ドアがノックされ、メイド長さんの声がした。

「……エルフィー。ひとまず朝食室に行こう。父様と母様は僕以上に驚くだろうから、朝食のあとにゆっくりと聞かせて？」

ニコラがベッドから降りる。俺はゴクンと唾を呑み下して、ゆっくりと息を吐いた。

なんとか過呼吸にはならずに済んだものの、今度は胸がムカムカして嘔吐しそうになる。

「大丈夫、僕はエルフィーの味方だよ。フェリクスとのこと、父様母様に僕からも口添えするから安心して」

ベッドから立ち上がれない俺に、ニコラが優しく声をかけてくれる。

俺がヒート誘発剤でヒートを起こしたと確実に気づいているはずなのに、外したスカーフを丁寧に巻き直して、そう言ってくれる。

相手がフェリクスだと信じているからだ。

——絶対に、相手がクラウスだったと知られてはいけない。

自分自身にそう命じながら、俺はニコラに連れられて朝食室に移動した。

「エルフィーもニコラもいよいよ社会人か。大人になったな」

「本当ねぇ。母様も感無量だわ。魔力が強いエルフィーと、勤勉なニコラのふたりが協力してくれるから、ラボも安泰ね」

俺は食事に手をつけられる状態ではなかったものの、父様と母様は久しぶりの息子たちとの朝食を喜んでいる。俺とニコラはセルドランラボラトリーで仕事をするから、それについても嬉しそうだ。

今日は休日だから、父様も母様もゆったりと過ごしている。食後は家族四人で茶話室に移り、それぞれに好きなお茶が用意されたテーブルに着いた。

俺にはまったくもって楽しむ余裕なんてないのだけれど。

「そうそう。大人になったといえばあなたたち！　そろそろ素敵な伴侶を探す時期ね！」

皆がお茶に口をつけたあと、母様が見計らったように言い出した。

通常この国では、学校卒業後の十八歳から仕事に慣れ始めた二十一歳くらいまでの間に伴侶を探す。オメガ同士の父様と母様が結婚したのも二十歳のときだ。だから俺は、フェリクスもすぐに伴侶を決めてしまうと思って、焦っていたんだ。それがこんなことになるなんて。

「エルフィー」

今朝までのさまざまな場面が頭の中で散らかり、なにひとつ収拾がつかずにただただ狼狽していると、ニコラが目配せをして小声で呼びかけてくる。父様と母様に報告をするチャンスだよ、と知らせているんだ。

無理、無理、無理、無理。言えることなんてひとつもない。

「どうした、エルフィー。そんなに汗をかいて……泣いているのか？」

「朝食にもほとんど手をつけていなかったわよね。体調が優れないの？」

ふるふると首を振る俺に気づき、父様と母様が心配そうに声をかけてくれる。

その直後のことだった。リンゴーン、リンゴーン、リンゴーン！　と、来客を報じる門扉の呼び鈴が連続して鳴った。

ずいぶんとけたたましいと思ったものの、とりあえず話が中断して救われた俺は、再び過呼吸になりそうだった呼吸を治癒魔法で整える。

けれど、その呼吸はすぐに乱された。

「失礼いたします！　モンテカルスト公爵家のクラウス様が、旦那様にお目通りしたいとお見えです！」

執事さんが、お辞儀もそこそこに慌てた様子で茶話室に入ってきた。

「ええ!?」

「クラウス殿が？　約束はしていないが、どうしたのだろう」

裏返ったような俺の声と、父様の声が重なる。

クラウスだって？　アカデミーに入る前くらいから一度も家を訪れなかったのに現れて、それも父様に話だって？

これは、俺のヒートに巻き込まれたと、父様に賠償を求めにきたのでは。

「なんだ、おかしな声を出して。どうした、エルフィー」

父様が戸惑って俺を見る。

「クラウスがきてるの!?」

ニコラは頬を染めて椅子から立ち上がった。

「エルフィー、やっぱりどこか調子が悪いんじゃないの？」

母様は心配そうに小首を傾げる。

「あ、あの、あの……」

俺は壊れたおしゃべり人形みたいに「あの」を何度も繰り返す。

そんな俺たちを視界に捉えつつも、執事さんはさらにそわそわした様子で父様に伝えた。

「約束もなく早朝から申しわけないが、たいへん重要なお話があるとのことで……その、装いも正装でおいでで……どちらにお通ししたらよいのでしょう」

執事さんの言葉を受けた父様は「重要な話に、正装で？」と独り言のようにつぶやくと、合点がいったかのように頷く。

「事業のことで、お忙しい公爵閣下の代わりにいらしたのかもしれないな。ラボの業績がいいから、先々代の際に取り決めた出資者への歩合金の引き上げ要求か、それとも新たな出資の持ちかけか……わかった。私の書斎へお通ししてくれ」

「は、はい。ただそういった正装とはわけが違うのですが」

「違う？　ともかくお通ししろ」

首を軽く傾げた父様は、俺たちにはここにいるよう言い残すと茶話室から出て行った。

母様もニコラも心配そうではあるものの、三人の中では俺の心拍数がもっとも高いだろう。ヒートのときよりもバクバクしている。このまま心臓が止まりそうだ。いや、いっそ止まってしまえばいい。

けれど心臓がそう簡単に止まるわけもなく、刻々と時間が過ぎていく。

「遅いわね、お父様」

ニコラと母様が二度お茶をおかわりしても父様は戻らず、母様がため息を吐くように言った。なにか公爵家に失礼なことをしたのかしら、と独り言をつぶやいている。

俺は寝不足と、昨夜から続く感情の大波に揺さぶられ、船酔いをしたような眩暈《めまい》に陥っていた。もう治癒魔法を使う気力もない。

「俺、レストルームに行ってくる……」

一度顔を洗ってこよう。少しでも落ち着きたい。それと父様の書斎の前を通って、様子を窺いたい。

「僕も行くよ！」

するとニコラも椅子から立ち上がった。瞳を輝かせている。

「ねえ、母様。父様とクラウスのお話が終わったら、ここでのお茶にお誘いしてもいい？　僕、クラウスに話したいことがあるんだ」

「いいわね。私もクラウス様にお会いするのはとても久しぶりだし、クラウス様はじきに騎士団の遠征に出発されるのでしょう？　少しでもお顔を拝見できたら嬉しいわ」

ニコラの案に気が紛れたようで、母様に笑顔が戻った。俺の顔だけが蒼白虚無だ。

「そうだよね。じゃあ、書斎の前で待ってようかな。クラウスは真面目だから、用件が済んだらすぐに帰ってしまいそうだもの。エルフィー、行こう！」

返事もできなかった。ニコラはクラウスと会える嬉しさでいっぱいで、俺が白目がちになっていることに気がつかない。体が向かい合った体勢で腕を絡めてきて、後ろ向きのままになっている俺をずるずると引きずっていく。

「あ、ちょうどよかった。ドアが開くよ！」

「えっ」

とうとう俺の断罪が始まるのか。少しだけ待ってくれ、それなら先に、せめて俺からニコラに謝らせてくれ。他人の口から知らせたくない。

「出てきた！　クラウ……え……？」

ニコラの動きがぴたりと止まった。

どうしたんだろう。怒りのあまりに剣を振りかざしたクラウスが、俺を斬りに向かっているとでもいうのか。

覚悟を決めて、茶話室がある方向を向いていた体をゆっくりと書斎側へ向ける。

「……えっ⁉」

驚愕で動けなくなった。

クラウスは剣を持っていない。いないけれど、手には結婚の申し込みを意味する白薔薇のラウンドブーケを持ち、正装は正装でも、騎士が慶事のときだけに着る純白の軍服を身に纏って向かってきている。

な、なんだ？　プロポーズ？　俺を断罪でも、父様に賠償を求めにきたのでもなく、ニコラにプロポーズを？

クラウスは目覚めたときの状況から俺と行為に至ったことはわかっていても、つがいになったことまではわかっていない？　それで、行為を過《あやま》ちだと認めたうえで父様に話を付けて、ニコラにプロポーズにきた？

……やった！　ひとまずの危機は脱した！　あとは俺がつがい解消薬の錬成に集中するだけだ。

すっと眩暈《めまい》が去り、世界が色づく。外から差し込む陽の光の温かさが存在していたことに気づいた。

そうか、今日は晴天だったのか。ニコラとクラウスの門出にふさわしい日だ。

おめでとう、ニコラとクラウス。

俺はふたりの幸せな瞬間の目撃者となるべく、ニコラの少し後ろに移動した。

いつもとさして変わらないといえば変わらない、神妙な表情のクラウスがもうそこまできている。

よかった。よかったなぁ、ニコラ。

半身のニコラがとうとう巣立つ寂しさからか、少し切ないような気持ちも相まって、涙まで出てきた。瞼を開けていられない。

「結婚しよう！」

きた！　クラウスらしいストレートな言葉だ。とても素敵だと心から思う。

……だけど、なんだか声と気配が近いような……

不思議に思い、涙で潤んだ目をぱしぱしと瞬きしながら開ける。

「…………へっ？」

なぜだろう。クラウスは俺の真ん前にいた。

俺を真正面から、じっと見つめている。

目の端にニコラの腕が映るものの、クラウスの体が大きいから顔までは見えなくて。

なによりもこの現状を把握できないから、俺もクラウスを凝視することしかできなくて。

……えっ？　えっ？

「エルフィー・セルドラン、結婚しよう」

クラウスが跪《ひざまず》き、騎士服と同じ、真っ白なブーケを俺に差し出す。

えっ？　えっ？

「君のうなじを咬み、つがいとなった一切の責任は俺が取る。結婚、しよう」

第二章　堅物幼馴染みがキャラ変して溺愛してくる

黄金色の目が、俺を射貫いた――

夢を、見ていた。

＊＊＊

ギィン、キンッ、と剣と剣が激しくぶつかる金属音が響く。

銀色に輝く長くしなやかな両刃は重さがあり、鋒《きっさき》は鋭い。

生半可な気持ちで扱うことを許されない殺傷力のある真剣は、クラウスが属する国防騎士科の生徒が、賜剣《しけん》の儀を経て国防長官からじきじきに授与されるものだ。

アカデミーで救護長の俺は役員たちと同じ天幕に入っていて、フェリクスと隣同士、最前列の席で国防騎士科の剣闘試合を見ていた。

年に一度開催される、アカデミーでも人気の行事だ。

「いいぞ、クラウス、そこだ！」

役員代表であるフェリクスは公平を期さないとならない立場なのに、つい親友のクラウスを推してしまうようだ。俺はフェリクスの、こういう友達思いの一面も好きだ。

俺の瞳は白熱試合が繰り広げられている闘技陣ではなく、麗しい彼の横顔ばかりを映している。

「おっと、エルフィーに聞かれちゃったね。俺がクラウスばかりを応援しているのは、内緒にしててね」

フェリクスは自身の唇の前で立てた人差し指を、俺の唇に触れない距離まですいっと近づけた。

そんなロマンス小説のワンシーンみたいな仕草が自然とできてしまう彼に、俺は簡単にのぼせあがってしまう。

火照《ほて》った頬に両手で触れる。と、ほぼ同時。ガシャンと剣が地面に落ちた音がした。フェリクスと共に闘技陣に視線を戻す。

剣を落としたのはクラウスで、右の手をこぶしにして、ギュッと握っていた。

「珍しいな、クラウスが剣を落とすなんて。おや？　エルフィー、クラウスは少々怪我を負っているようだ。見てあげて」

「うん！」

決勝戦はクラウスの二勝一敗で休憩時間に入り、俺はクラウスに駆け寄った。

怪我といっても相手の攻撃による怪我ではなく、右手のまめが潰れて出血したようだ。

「おぉ、練習をすごく頑張ってるんだな。こういうのはいつ潰れるかわかんないから、次からは皮膚が薄くなりかけたら先に言うといいぞ」

クラウスの手を取り、魔法を送る。物語に出てくる魔法使いのような完全無欠の魔力ではないから、大病や大怪我の治癒はできない。けれど、日常の風邪や怪我程度ならすぐに治せる。

小鳥が隣の木へ移り飛ぶ程度の時間で、血が出ているまめも、潰れる前のまめもすっかり消えた。

もう大丈夫だ、とクラウスに言おうとすると、フェリクスが俺の肩越しに声をかけてくる。

「うん、さすがエルフィーの治癒魔法は効きが早い。素晴らしいね」

「えへへ。それほどでも」

「謙遜しないで。この手は奇跡の手だね」

嬉しい……！　フェリクスが俺の手を両手で包んで微笑んでくれる。最高学年となり救護長に就いてから、こうやって讃《たた》えてくれることが増えた。だから俺は俄然張り切ってしまうんだ。

もちろん人の役に立ちたいというのが大前提だけれど、そのうえでフェリクスが目を留めてくれるのがとても嬉しい。もっともっと頑張らなくちゃ。

「クラウス、他に怪我は……あ」

改めて気合いを入れつつ振り向くと、クラウスはすでに俺とフェリクスに背を向け、休憩用の天幕に入って行くところだった。

愛想ないなぁ。お礼くらい言えないのか？　昔はさぁ……追いかけっこで転びかけた俺を助けて体を打って、俺が泣きながらまだ魔法が使えない手でさするとありがとうって。

エルフィーの手は神様の手みたいだって、大事そうに手を繋いでくれたじゃないか。

――幼いときからクラウスの手は俺より大きくて、そして温かかったな……

＊＊＊

「エルフィー」

深みのある声が俺に呼びかけている。

俺の片方の手を大事そうに握っているのは、この声の主なのか。

大きくて温かい手だ。ごつごつとして厚みもあって、これぞ男の手、という感じ。

この手、誰の手だっけ……

知らず知らずのうちに閉じていたらしい瞼を開く。

するとなぜかクラウスが傍《かたわ》らにいて、俺の手をしっかりと握り、心配そうに顔を覗き込んでいた。

「……クラウス？」

いや、大人のクラウスがこんなことを俺にするわけがない。これは今見ていた夢の続き……？

そう思って目を眇《すが》めると、クラウスは心底安堵したように表情を緩めた。

「よかった。君は廊下で倒れてしまったんだ。呼びかけても応えてくれず、半日気を失ったままだった。気分はどうだ？」

倒れた？　じゃあここは俺の部屋のベッドの上か？　だけど倒れたって、なにがあったんだっけ。

「……あっ！」

意識が戻ったばかりの正常に働かない頭を動かすと、クラウスの後ろに怒りのオーラを纏っている人物が見えた。

「ニコラ……！」

その姿にすべてを思い出して、咄嗟にクラウスの手を払う。けれどもう遅かった。

俺が気を失ったのちクラウスは、父様に申し出たのと同じように「エルフィーと結婚させてください」と、母様とニコラにも頭を下げたそうだ。

「エルフィー。聞いたよ？　クラウスとつがいになったんだってね。どういうことなのか、エルフィーの口からも聞かせてほしいな」

さあぁぁと血の気が引いた。泣き叫んでいないのに、それ以上の憤怒のオーラをニコラから感じる。まるで、歌劇で見た氷の王のよう。十八年間双子をやってきて、こんなニコラを見るのは初めてだった。

「エルフィー、どうした。顔が真っ青だ。体も震えている」

クラウスの片手が再び頬を包んでくる。俺は半分パニックになりながらベッドから飛び起き、それを振り払った。

「は、離せ！　俺に触るな！　俺は父様のところへ行く！　クラウスと結婚なんてするつもりはない。つがいも解消する。絶対に解消する！」

静かな怒りのニコラとは対照的に、俺は喚いた。

普段は楽天的で呑気な俺が、こんなことになるのも初めてだ。感情が制御できない。

「エルフィー」

鎮めようとしているのか、クラウスが抱きしめてくる。暴れる俺を包むように、腕の中に閉じ込めた。

――嫌だ、触るなって言っただろ。離せ！

俺はその言葉を投げつけたいのに、声が出ない。

嫌なはずなのに、クラウスの体温と鼓動、そしてコーヒーみたいなこの香り……香ってくるフェロモンが一番よくない。これを嗅ぐと途端に反抗する気力を削がれ、身を委《ゆだ》ねてしまう。

「つがいを解く術《すべ》はない」

この声もだ。深く穏やかな声は俺の思考力を奪う。今すぐ突き飛ばしたいのに、できない。

「エルフィー、俺はこの生涯の契約に誠心誠意を尽くし、責任を持つと誓った。すでにお父上、お母上の承諾もいただいている。俺は絶対に君と結婚する」

「や、嫌……」

抱きしめられているからか、声が耳の中で響く。その中でも「絶対に」がもっとも大きく鼓膜に響いた。脊髄までびりりと響いて、足の力が抜けてしまう。

クラウスは脱力した俺を軽々と横抱きにかかえ、壊れ物のようにベッドに横たえた。

「う……クラウス。あれは事故だ。俺が突発的なヒートを起こして、事故でつがってしまったんだ。だから責任を感じなくていい。急いでつがい解消薬を成功させるから、はやまるな」

クラウスの体が離れたことで体に力が戻ってくる。

自分の胸に手を当て、かすれる声を魔法で治しながら伝えた。

俺たちは事故つがいだ。互いに好きな人がいて、本来つがうのはその人、クラウスならニコラなのだと、心でも訴えながら。

それなのに、クラウスは怖いくらいに真剣な面持ちで言い切った。

「いいや。誓いを覆《くつがえ》すのは騎士道に反する。つがいの解消も婚約の破棄も、天地が裂けてもあり得ない」

そんなクラウスの後ろでは、ニコラが見たことのない形相で腕組みをしている。

俺はもう、神様でも友人でも猫でも、なんでもいいからすがりたくて、枕の端をギュッと握った。

――ああ、頼むから、誰か昨夜の俺に言ってやってくれないか。

大変なことになってしまうから、ヒート誘発剤をお守りにするなんて、絶対にやめておくんだって。


翌日の午後。

モンテカルスト公爵家の紋章がついた豪奢な馬車が二台迎えにきて、それぞれに俺とクラウス、父様母様とニコラを乗せて、公爵家へと向かった。

じきに騎士団の新人遠征に合流するクラウスには時間がないからと、昨日の今日でもう婚約の儀の場を設定されてしまったのだ。

俺は了承しない、との言い分は即却下だった。縁談は当人同士だけではなく、家同士の関わりだ。我が家は事業に成功している家とはいってもしょせんは平民。公爵家から断られることはあっても、公爵家からの申し入れを断るなんて不敬に当たる。

ただ、断れないという表現は今回の場合には適さない。父様も母様も「オメガ一族のセルドラン家が、純血のアルファ一族の公爵家とご縁を持てるなんて！　それもお付き合いの深いモンテカルスト家！」と大喜びで今日の顔合わせに挑んでいるからだ。

俺はほとんど放心状態で、向かいに座るクラウスに問いかけた。

「なあ、クラウス。閣下と夫人は、本当に了承したのか？　おまえがひとりで突っ走っているだけなんじゃないのか？」

「何度同じことを問う？　こうして迎えにきているのが答えだ。どうか安心してほしい」

にっこり、とはいかないまでも、柔らかな表情を俺に向けてくる。子どものとき以来俺を避け、会えば難しい顔を向けてきた男と同じ人物とは思えない。

これは、つがい契約が結ばれたために遺伝子を操作されて人格まで変わったんだ、と俺は推察している。なぜなら俺もなんとなくクラウスといると落ちつくというか、そばにいるとしっくりくるというか……

ハッとして首を振った。

しっかりしろ、エルフィー。落ち着くな、しっくりくるな。

俺とクラウスは「事故つがい」。

本能のまま体だけで繋がった関係で、そこに心はない。契約による遺伝子の操作に惑わされるな！

怒り狂っていたニコラだって、最終的にはそれを納得材料にしてくれた。

「エルフィー、心までは僕を裏切っていないんだよね？　エルフィーはヒートトラップを起こすほどフェリクスを思っていて、クラウスのことは微塵《みじん》も愛していない。だからつがい解消に向けてつがい解消薬の錬成を成功させ、婚約破棄に向けてクラウスに嫌われるよう努力する。これに間違いはないんだよね⁉」

自発的にヒートを起こしたわけじゃないけれど、立て続けに発せられるニコラの言葉を、途中で遮って釈明するのは難しかった。

また、誤作用でも結果的にヒートを起こしたことに変わりはない。どう釈明しても起こった事実に変わりはなく、ニコラを裏切った俺には頷くことしかできなかった。

俺は昨夜のニコラとのやり取りを思い返しながら、腕に触れる。

ニコラにひと晩中掴まれ、揺さぶられていたそこが痛い。着替えるときに見てみると、青痣《あおあざ》がニコラの手の形にできていた。

もちろん魔法で痛みと痣《あざ》を消すことはできるけれど、俺はこの痛みを持っているべきだ。

ニコラの痛みは、どんな魔法を使おうと消えないのだから――

直感的・楽観的でそのときどきの状況に合わせて目標達成への手段を変える俺とは違い、ニコラは体裁に重きを置き、粛々と目標を達成していく性格だ。

父様と母様の前では子どものときのように癇癪《かんしゃく》を起こす姿を見せず、セルドラン家とセルドランラボラトリーの名誉のために、また、父様や母様に気苦労をかけないために、俺がヒート誘発剤でヒートを起こしたことは決して口にしなかった。

だからこその抑圧は、俺の部屋に戻ってから炎のように俺に向かってきたのだけれど。

「俺がクラウスを愛することはない。つがいも婚約も必ず解消する」

クッションを投げつけられるたび、俺は同じ言葉を何度も重ねた。

「こっちから縁談を断るのは不可能なんだから、クラウスから解消したいと思わせるんだからね？モンテカルスト家からも、エルフィーじゃ駄目って思ってもらうんだ！」

「わかってる」

「だからって不躾な振る舞いはしないで！　セルドランの家名に泥を塗るのは許さない。この婚約が解消できても、セルドラン家とは今後事業の縁も僕との縁も二度と結べないなんて言われないように！」

「それもわかってる。家にもニコラにも不利益なことがないよう、気をつける」

両手と両膝を床につけたまま顔を上げると、ニコラは奥歯を噛み締め、瞼を痙攣させながら俺を睨みつけていた。その容貌は普段の天使の笑みからは想像できるものではなかった。

俺が、ニコラにこんな顔をさせてしまったんだ。

「……っごめん、ニコラ。謝っても謝り――」

「謝っても事態は改善しないよ！　エルフィーにできるのはつがい解消薬を一刻も早く作ることだ！」

そうして、両腕を掴まれたのだ。

「絶対に、僕の大好きなクラウスを奪わないで」

朝まで一睡もせず、まるで呪文をつぶやくようにそう言い続けながら。

「エルフィー、まだ顔色が悪いな」

「えっ、わ、なに」

向かいの座席に座っていたクラウスが急に立ち上がり、俺の隣に腰掛ける。

がっしりとした長躯が俺にぴたりとくっついた。

たくましい腕が肩に回され、俺はクラウスに寄りかかる姿勢になる。

「お、おいクラウス」

「こうしていれば休めるだろう。エルフィーの体にはずいぶんと負担をかけたから心配なんだ。着くまで俺に体を任せてくれ」

「や、いい、いいって……」

ああ、まずい。フェロモンを思わせるクラウスの香りを吸ってしまった。

密着したところから伝わる温かい体温を感じてしまった。

頭がぼんやりしてくる。睡眠が足りていないせいか、瞼が重くなってくる。

「少しの時間でも君の眠りが安らかでありますように」

穏やかな優しい声が遠くなっていく。

俺は、暖かくて柔らかくていい匂いのデュベに、すっぽりとくるまれている夢を見た――

それからどれくらいの時間が過ぎたのかは定かではないけれど、突如耳に飛び込んできた甲高い声に、夢は破られた。

「あらあらあら、クラウスったら、そんな情熱的なことができたのね！　ママン感激よ！」

「まあ！　エルフィーったらすっかりクラウス様に骨抜きで！　仲睦まじいふたりを見るとこちらも幸せな気分になれますわね、公爵夫人」

いつの間にか伏せていた瞼をしっかりと開けて面前を見れば、モンテカルスト公爵夫人と母様がにこやかに会話をしていて、その横では父様が苦笑いを、さらにその横ではニコラが目を吊り上げていた。

なぜかというと、俺がクラウスに横抱きにされて馬車から降りていたからだ。

「わ。わわ。下ろせ、クラウス」

「危ないぞ、エルフィー」

慌てて腕から下りようとした俺を、クラウスはしっかりと抱き止め、さらに盤石な横抱きにした。

「母上、エルフィーは、その……つがいになった際の疲労がいまだ残っているのでしょう。昨夜も気絶したのに、俺が待っていられずに予定を詰めたので心配です。このまま父上のところへ向かってもよろしいでしょうか」

「つ、つがいになったときのって、なに言ってんの？　ちょ、クラウス、駄目だって！　下ろせよ！」

足をばたつかせるも、クラウスの鍛えられた体幹はびくともしない。

俺たちの前では、夫人と母様が相変わらず和気あいあいと話している。

「いいのよいいのよ、もちろんよ！　恥ずかしがらないで、エルフィーちゃん。あなたとクラウスのお部屋をちゃあんと用意してあるから、婚約の儀が終わったらふたりでゆっくりと休みなさいな」

「まあ！　奥様、ご配慮ありがとうございます。愚息でお恥ずかしいですわ」

「愚息だなんて。エルフィーちゃんみたいな可愛いお嫁さんがきてくれて嬉しいのよ」

違う、違うんです！　最終的に嫁ぐのはニコラで、俺とニコラは男だから「お嫁さん」じゃなく

「夫」ですから！

焦りすぎてどうでもいいことが頭に浮かんでくる。

というか、下ろせ、この馬鹿力！

クラウスを睨むも、彼は俺を見つめてきりりと言った。

「じっとして、エルフィー。君が動けば動くほど、俺の守りは固くなる」

「まぁ～クラウスったら！」

「なんて情熱的なんでしょう。私が恥じらってしまいそうですわ」

動いたら地獄。動かなくても地獄……顔を引き攣らせる俺をよそに、夫人と母様はさらに盛り上がった。こうなるともう、ニコラを見ることは恐ろしくてできない。

そうして俺は、お姫様抱っこをされた囚人として、クラウスに運ばれるしかなくなった。

堅物クラウスがこんなことをするなんて、つがい契約怖すぎる！　ここまで人格を変えてしまうとは思わなかった。一刻も早くつがいを解消して、本来のクラウスに戻さないと！

そう意気込んだものの、きっと俺は、馬車の中で夢を見続けているのだ。

クラウスの人格変化、公爵夫人の予想外の反応。

極めつけは、公爵閣下の「エルフィーちゃん、待ってたよ～！　パッパだよ！」なんて言葉。

うん。これが夢以外のなんだと言うんだ。

リュミエール王国の「猛《たけ》き黒豹」と畏《おそ》れられている現国防長官の公爵閣下が、大切な後嗣《こうし》の一人息子を事故でつがわせた不届き者を、両腕を広げて出迎えるなんて。

儀式の席に着いたときにも閣下は鼻の下を伸ばし、目尻を下げっ放しだった。

「セルドラン家の双子が我が家に遊びにきていた頃から、どちらかがクラウスに嫁いでくれないかと思っていたものだ」

「我が家はオメガ一家の平民ですのに、ありがたきお言葉です」

父様と母様がいたく感動して頭を低くすれば、公爵閣下は豪快に笑った。

「どのバースにも役割があるのだから卑下する必要はない。モンテカルスト家は先々代が繋いだ縁を大事にしたい。エルフィーちゃんは今日から私の娘……じゃない、息子だ！　はっはっは」

その言葉が「ニコラちゃん」ならありがたいのに、俺ではまったくありがたくない。

こうして、あれよあれよという間に婚姻承諾の書類に両家の調印が押され、残すは早くも三月《みつき》先に決まった結婚式当日の、俺とクラウスのサインだけになってしまった。

これが夢じゃなくてなんなんだ。現実であるはずがない。

「夢なんかじゃない。現実だよ」

「い、痛っ」

凍りつきそうな声で俺の腕を握ったのはニコラだった。

「今日からエルフィーちゃんは我が家で預かります！」

調印後に夫人が高らかにそう宣言したので、俺はポツリと零したのだ。

「この夢、いつ覚めるんだろう」と。

すると隣に座っていたニコラが皆に隠れて腕を握って、これが現実であることをしっかりと教えてくれた。

それからニコラは俺と共に精一杯の作り笑顔で反対してくれたけれど、父様と母様に異論がなかったので、無意味だった。

そして今。俺はモンテカルスト家に置いてけぼりにされている。

公爵夫人は終始ウキウキした様子で、自ら先導して俺を敷地内の離宮に案内した。

「我が家は皆アルファだから、オメガのエルフィーちゃんが気を遣わなくていいようにここを新居にしましたからね。クラウスと水入らず、ふたりっきりよぉ」

「今日からここが俺たちの住まいだ。俺は五日先には遠征に出て、七日間は戻れない。だからその間だけでも、心ゆくまでエルフィーと過ごしたい」

夢じゃないとわかると、今度は脳みそが勝手に考えることをやめる。虚《うつ》ろになって立ち尽くしていると、いつの間にか俺の隣にクラウスがいた。

「新居……ふたりきり……心ゆくまで……ううん、駄目だ。俺、やることあるんだ。つがい解消の薬、作らなきゃ。帰る。帰ります。さようなら」

言われた言葉たちを拾っても少しも受け入れられなくて、俺は力なくドアの取っ手に触れた。

「あらあら、エルフィーちゃんたら」

「母上、あとは俺が」

すると、クラウスと目配せをして退室した夫人が、パタリをドアを閉めてしまう。

待ってください夫人、俺も行きますから。

もう一度取っ手に手を伸ばすも、その手をそっと握られ片手を腰に回された。羽交い締めにされたわけでもないのに、茫然自失の俺は体格差に抗えない。

吸い込まれるようにクラウスの腕の中に入り、隙間なく体がくっついた状態で抱きすくめられてしまう。

「離して、嫌だ」

「俺たちはつがいだ。婚約をして、結婚もする。一緒にいるのは自然なことだ。ここにいてくれ」

腰に回っていた手が襟の後ろ側をめくり、あらわになったうなじに唇を落とされる。

「ああ、俺の印《しるし》だ……」

「や、やめ」

ちゅ、と吸いつかれて、ぞくぞくと背筋が震えた。クラウスの熱い息と手から、フェロモンが出ているかのようだ。

心が拒否しているのに、体はクラウスに従順になっていく。深い泉の底に、沈められてしまう。

——クラウスに触れられると俺、おかしくなってしまう……！

「エルフィー、愛している」

「……愛……じゃな……」

「愛している」

違う、クラウス。それはつがい契約によるまやかしだ。おまえはニコラが好きだっただろう？

俺のことは長年嫌って避けていたじゃないか。

――おまえはニコラが好き。おまえはニコラが好き……ニコラが、おまえを好き。俺は、絶対に、ニコラが大好きなクラウスを奪わない！

「離せっ、クラウス、離せっ……」

必死で胸を押すけれど、力が入っていない。

「離すものか。君は俺のつがいだ。……もう、二度と離れない」

「ん、んんっ」

甘い声を耳の中に囁き入れられ、愛を説いたその唇で耳朶を撫でられる。唇は瞼や鼻梁をすべり鼻先に降りてきて、顔が真正面で向かい合った。

「愛している。俺のつがい」

精悍な造りの顔が今にも泣き出しそうになっていて、胸が張り裂けそうに痛む。

愛に溢れたこの表情を見るのも、言葉を聞くのもニコラのはずだった。

ニコラ、ごめん……！

ここにきて、俺は自分のしでかしたことをもっとも後悔した。自分の不始末でクラウスとニコラの幸せを奪ってしまった。ニコラはどんなにかこの場面を待ち望んでいたことだろう。

俺が薬を談話室に持って行かなければ……ううん、それよりも前、プロムでクラウスを探していたニコラに、クラウスはバルコニーにいるよと伝えていてやれば、今ここにいるのは俺じゃなくニコラだったのに……！

「う、うう……ごめん、ニコ……んっ」

懺悔《ざんげ》がクラウスの唇に阻《はば》まれる。半開きだった唇を大きく割られ、肉厚な舌が中に入ってきた。

「ん、はぅ……っ。んっ」

まるで、動物の毛づくろいのようだ。歯の上の柔らかいところにも、頬の内側にも上顎にも、丁寧に丁寧に舌を這わせてくる。顎をしっかりと掴まれ、首が痛くなるほど上を向かされて、舌を絡め取られれば足の力が抜けた。

反射的にクラウスの首に腕を回して掴まると、俺が求めていると思ったのか、クラウスは俺の腰をしっかりと抱いて舌を吸いながら移動し、俺もろともベッドに沈み込む。

「やめ、クラウス……止まって」

キスから逃れようと、頭を振った。

ヒートじゃない今日の俺には意思がある。思考は溶かされていくけれど、あの夜のように意思を失うわけじゃない。特にニコラへの罪の気持ちを最大限に自覚した今は、本能に流されてはいけないと脳が警笛を鳴らしている。

「止まれない。ずっとこうしていたい。愛しているんだ。君も俺を愛してくれ」

だというのにクラウスは、フェロモンを漏らしてもいない俺に愛を乞い、キスを続ける。

乱暴ではない。力を入れて押さえつけられてもいない。それなのにどうしてか体の力が抜けていく。心では懸命に逃れようとするのに、絡められた指を解くことさえできなくて。

「やめて」「いやだ」と言いながらも、俺はクラウスのまやかしの愛情に翻弄されるしかなかった。

「……ん……」

いつの間にか眠ってしまっていたようで、瞼を開くと、朝日が差し込む部屋で寝衣を着て、大きなベッドの上で羽毛のかけぶとん――デュベに包まれていた。

もぞもぞと体を動かして横を向けば、隣にはクラウスが眠っている。

「はぁ……」

大きく溜息をついて、クラウスの寝顔を見る。

俺、キスをされながら眠ってしまったのか……

アカデミーにいた頃の堅物な姿からは、あんな濃厚なキスをするクラウスなんて想像できなかった。

「寝顔まで大人になってさ……あんなキスができるなんて、知らなかったぞ」

きっと俺が知らなかっただけで、ニコラとは人目を忍び、顔を合わせるたびにしていたのだろう。だから俺の顔を見てキスをせがむんだ。ニコラと同じ顔だから。

胸の奥がちりりとする。ニコラへの罪悪感だ。俺、ここにいちゃいけない。

せめてベッドから出ようとデュベをまくると、クラウスの肩がぴくりと揺れたのがわかった。

「エルフィー……」

呼びかけに思わず振り向けば、クラウスの、見事なラインを描く二重の双眸がゆっくりと開いた。

思わず息を呑む。大輪の花が一瞬にしてほころぶような笑顔を目の当たりにしたのだ。

片側の口角が上がるのさえ珍しい男の思いがけないまぶしさに、心臓がひとりでに暴れ出す。

クラウスは俺の頬に手を伸ばし、上体を起こすと唇を重ねてきた。

「こ、こら、クラウス……！」

眠る前とは真逆の、唇の感触を確かめるような柔らかいキスだった。

いっそう動揺すれば、今度は額同士をこすりつけてくる。続けてゆっくり顔を離すと、クラウスは再び笑顔の花を咲かせて言った。

「目が覚めて君の顔を最初に見ることができるなんて、夢のようだ」

……寝言は寝ている間に言ってくれないか。

若き黒豹が砂糖菓子より甘い言葉を紡ぐなんて、その方が夢だろうと言いたい。

ただ、クラウスは確かに「君の顔」と言った。

やっぱりつがい契約のせいで、感情まで操作されているんだ……！

本来愛情がなかった相手にここまで愛情を注げるのは、器がそっくりだから。ニコラと瓜ふたつの遺伝子に心も体も混迷させられて、熱に浮かされたみたいに愛を囁いてくるのだろう。

俺のこの推察は、怖いくらいに当たっているはずだ。これを『つがい契約による器と中身の混迷』とでも名付けようか。

そんなふうに考えながらも、俺は必死の思いでクラウスに言い募った。

「なぁ、クラウス。よーく思い出して？　おまえが本当に好きなのはエルフィーじゃないよ？　同じ顔だけど、おまえが好きなのはニコラだよ」

つがい契約による変化に魔法は効かないけれど、魔力を出すときみたいに両手をクラウスにかざしてみる。するとクラウスは、顔をしかめて俺の上にかぶさり、シーツに縫い付けた。

「いいや。エルフィー、君を愛している。わからないなら、わかるまで言い続けよう。愛している、エルフィーを愛している。愛している、エルフィー」

「わーーーー！　わかった！　わからないけどわかったからもういい！」

「む」

クラウスの口を両手で塞ぐ。

すごく胸が痛い。俺もつがい契約のせいでクラウスへの気持ちに誤作動が生じているんだろう。心ではニコラを思っているクラウスに愛を囁かれると、すごく切なくなる。

まるで本当にクラウスのことが好きみたいに、このまやかしの愛が辛い。

「あ、こらっ、なにしてっ」

クラウスが手に口づけてきた。俺の手首をしっかりと握って、クラウスの口を塞いでいる手のひらや指に唇を何度も当て、リップ音を立ててくる。

「クラウス、やめろよ！」

抵抗するも、重なった体の重みが増し、厚みのある唇が首筋に移ってくる。ちゅる、と柔く吸われれば、クラウスの体温の高まり、そして中心の昂りを感じた。

「これって……待て！　俺、無理！　もうクラウスとはできないから！」

太ももに当たるつがいの熱に本能が揺さぶられるのか、お腹の奥がきゅう、と収縮するけれど、ぶるぶると頭を振り、手を突っぱねる。

これ以上ニコラを裏切るのも、好きでもない相手と行為をするのも、俺にはできない。

「わかっている」

ふう、とクラウスがため息を吐いて、おもむろに体をどかした。

表情がかげるのは、つがいになった相手に拒否されるとは思っていなかったからだろうか。

なんにせよ、引き下がってくれるのならありがたい。

「じゃあ、二度としなくていい？」

ほっとして、つい口角を上げながら確認すると、クラウスの片眉がぴくりと動いた。

「俺たちはつがいだ。そうは言っていない。だがプロムの夜、順序を飛び越えたうえ準備も充分にせずひどくしてしまったのを後悔している。君の体に負担をかけてすまなかった。次は万全を期して、不備なく行いたいと思っている」

「……へ？」

がっかりよりも、びっくりだ。『準備』に『万全を期して不備なく』とはどういうことだ。

俺が知らない交接の特別な準備があるとか？　それを知っているクラウスって、真面目な顔して実は百戦錬磨？　それともニコラと経験が？

まさかな。キスはあったとしても、体裁を大事にするニコラが結婚前に交接に至るとは考えられない。クラウスとは頻繁に話をしに行っていたけどそう長い時間じゃない。夜は遅くまで勉強することが常で、眠るときには俺と同じベッドに入っていた。

じゃあクラウスは誰と……いやもう、下世話なことを考えるのはよそう。他人の交接事情なんて想像したせいか、胃が重い。みぞおちや胸がちりちりと焼けるようだし、大事なのはそこじゃない。

俺は力の抜けた体をなんとか起こし、クラウスに訴えた。

「あのさ！　万全に準備をすれば大丈夫とかそういうことじゃなくて、行為自体が無理なんだ。体が……そう、体がこんなに辛いなんて思わなくて。もう二度としたくないっていうか、もう一生、ヒートのときも自慰だけでいいと思ってる」

嘘だけど。つがい契約を結ぶ前よりも体が軽くて力がみなぎる感じがあるけれど。

「……俺はそんなに君に負担をかけたのか……」

クラウスがしゅんと肩を落としてベッドを下りる。いつもは広い背中がやけに頼りなく見えた。

しまった、これじゃ「おまえの交接は下手だ」と言ったみたいに聞こえたか？

ごめん、クラウス。俺は実際には交接の記憶がないし、同じ男としてオメガの俺でもその言葉が剣になるのはわかる。だけど言い直すとこの場を切り抜けられない。

それにこれはクラウスのためでもある。つがいを解消したときに、ニコラに罪悪感を持つことになるだろう？　だからお互いのために、交接は二度としないでいよう。

そう背中に語りかけていると、クラウスが顔だけをこちらに向けた。

「俺は左隣の部屋で着替えてくる。エルフィーには侍女がくるから、それまでゆっくりと過ごしているといい」

「侍女さん？　必要ないよ。自分でできるし、俺はオメガだけど男だよ？　女性に着替えを手伝われるなんて嫌だよ。せめて男性にしてよ」

「それこそ却下だ」

俺が断った瞬間、声だけでなく、瞳にも威圧感が混じった。アカデミーの在学中に俺に向けていた瞳だ。

今思えばフェリクスと話しているときが特に多かった気がする。

浮かれていた俺に嫌悪していたんだろうけれど、今は浮かれていないぞ、と俺も軽く睨み返す。

「どうしてだよ」

「……うちの使用人はすべてアルファだぞ。却下と言ったら却下だ。なら自分で着替えてくれ。右隣の部屋が君の私室だ。衣類は母上が揃えているはずだから」

それだけ言うと、ふい、と背をそむけてクラウスは寝室を出て行ってしまう。

ついさっきまであれだけ甘かったのに、急にいつものクラウスに戻ってしまった。

オメガとしての危機感が薄い俺に呆れたのか？　だけど俺のフェロモンはもう他のアルファには効かないじゃないか。ならやっぱり交接を断ったことに怒っているのか……

「あれ？」

さっきは準備云々に気を取られていたけれど、クラウスは「ひどくした」「負担をかけた」と言ったし、溯《さかのぼ》ればモンテカルスト家の馬車の中でも似たようなことを言っていた気がする。

ラットになっていたはずなのに、クラウスはあの夜のことを憶えているのか？　どれくらい？

疑問の答えが知りたくて、俺は寝衣のまま、寝室を挟んだ左隣の部屋のドアを開けた。

「なあ、クラウス」

たくさんの本が並べられた天井までの本棚や、重厚感のある机や椅子が置かれた執務室みたいな造りの部屋があって、廊下側とその奥にもポインテッドアーチの浅浮彫《ローレリーフ》を施したドアがある。

そこにクラウスの姿はなく、足を進めて奥のドアを開けた。

「クラウス、ここか？　……あっ！」

衣装や装飾品が並んだ棚があるその部屋に、確かにクラウスはいた。

シャツだけ手に持った丸裸でドア側、つまりは俺の方を向いて。

「わ、ごめん！」

急いでドアを閉めてその場でしゃがみ込み、もう遅いとわかっていても両手で目を塞ぐ。

うわ、びっくりした。クラウスの体、俺のと全然違う！

体格がいいのはわかっていたけれど、美術館にある古代剣闘神の彫像そのものだった。

広い肩と胸、引き締まったお腹には鍛えられた筋肉が寄って、太ももなんか俺の倍はあるのにそこにも筋が張ってて……それより、ふ、太ももの間のアレ！

なんだ、あの大きさ。昴りは鎮まっているんだよな？　それであれ？　アレが俺のお腹の中に入ったの？

「んっ……」

お臍《へそ》の下がきゅんとして、太ももの間が熱を持つ。後孔も窄まり、中で生温かいぬめりが生まれたのを感じた。

どうしちゃったんだよ、俺。想像しただけでヒートみたいに体が熱くなっている。

これもつがい契約のせい？　嫌だ。こんなの怖い。

しゃがんだまま、震える体を抱きしめる。すると、クラウスの部屋のドアが開いた。

「男の着替えくらい、寄宿舎で何度も見ただろう。そんなに驚かなくても……エルフィー？」

簡単な身支度を終えたクラウスが、寝室側に出てくるなり鼻をすん、とすする。

「ん……フェロモンが。なぜ……まだ発情期が終わっていなかったのか？」

「違うよ！　馬鹿、馬鹿馬鹿、クラウスの馬鹿！　俺はアルファの体なんか見慣れてないんだ！　おまえが裸でいるからびっくりしてこうなってんの！」

「馬鹿」

優秀なクラウスだ。「馬鹿」なんて言われたことがないんだろう。俺だって人に使ったことはない。これはクラウスに投げつけているようでいて、俺自身に言っている。いやらしいことを想像してここを反応させるなんて、俺は馬鹿だ。恥ずかしい、情けない。消えてしまいたい！

「ふ、ふふ、ははは」

「なに笑ってんだよぉ」

汚い言葉を不快に感じていると思ったのに、軽快な笑い声が聞こえてきた。

見上げると、クラウスは隠すように片手で顔を覆って肩を揺らしている。

「昔と反対だな。……ふ、くくく」

「昔ぃ？　なんのことだよ、なに笑いを噛み殺してるんだよ！」

「悪い。つい嬉しくて……おいで、エルフィー」

言うなり、クラウスはうっすら紅潮した頬を緩ませ、はにかむような笑顔で俺をかかえ上げる。

わ……この顔、幼い頃みたい……じゃなくて、またお姫様抱っこ！

「おいでって、おい！　どこへ行くんだ」

こんにちは、と頭をもたげている股間を押さえている俺を見て、クラウスはまたも軽快に笑って寝室に戻ると、ベッドにぽすんと俺を沈ませた。

両足に跨がられ、寝衣のくるみボタンを上から順に外される。

「ま、待って。俺、交接は無理って言った。クラウスとはもうできない！」

クラウスの笑顔がかげる。俺のせいでつがいになってしまったのに、つがいへ欲情を向けるな、なんて酷なことを言っているのは承知だ。だけどこれ以上ニコラを裏切れない。

「……エルフィーが嫌なことはしない。ただ解放するだけだ。今度は優しくするから、目を閉じて、任せてくれないか」

俺の必死の懇願に、一時動きを止めていたクラウスの手が、再び動き出す。

「優しく、って。わ……！」

胸とお腹をあらわにされる。クラウスのごつごつした手が薄氷をすべるように触れた。

「美しい……あの日のままだ」

クラウスはまぶしいものを見るように目を細め、感動でもしているかのようなため息を漏らした。

「あの日って」

事故つがいになった日のことなのか、と問おうとするも、クラウスの指先が肌をすべり、胸の飾りを捉える。ここも肌と同様に、触れるか触れないかのようなかすかな触れ方で回し撫でてくるから、じれったさが逆に感度を上げた。

「ふ……ぅっ、や、やめっ」

「エルフィー、力を抜いて」

深くて低いのに、鼓膜に絡みつくような甘い声。ただの声なのに、感覚をさらに敏感にする。

「や……無理、勝手に力、入っちゃ……あ、あぁ！」

膨らんでしまった飾りを柔くひねられると、なんとも心もとない。ひとりでに背が反り、胸が突き出る。

――もっと、もっと強く触れられたい。

「や、嫌、触んないで、んっ、ぁ、んっ……！」

心と裏腹の言葉を絞り出すけれど、クラウスは飾りを弄《もてあそ》ぶ。指で転がし、硬さを持てば頂きを爪先にひっかける。力を入れてつまんだかと思えば、根元をくにくにとよじる。

クラウスが指を動かすたびに甘い痺れが生じて、血流に乗って下腹を疼かせた。

「やぁ……も、いやぁ……！　ぁあっ」

両方の飾りを同時に刺激されれば極まって、寝衣のズボンを濡らしてしまった。

「は……ぅう、出ちゃ……た。やだよ、こんなの……」

恥ずかしい。胸を弄《いじ》られただけで達してしまった。生理的な涙ではなく、本当の涙が零れてしまう。

「泣く必要はない」

クラウスは俺の涙を唇で吸うと、ズボンに手をかけた。

「ちょ、ちょっと待っ」

膝をくっつけて反抗するものの、大きな手は俺の膝頭同士を簡単に割って、あっという間にズボンを取り去ってしまう。

朝の光が差し込むベッドの上で、白い涙で濡れた俺の秘密の場所を暴かれてしまった。

「……可愛いな。エルフィーの」

小動物でも愛でるように言われて、火照《ほて》っていた顔がもっと熱くなる。

俺はオメガだぞ。男でもココは他のバースに比べて小さいんだ。仕方ないだろ！　見るな！　言えていない。口をパクパクとさせていると、クラウスはお腹を濡らした白濁を手に絡め、萎えた直後の敏感なそこを撫でつけてきた。そしてそのまま節《ふし》くれだった指で、包み込むように握る。

「ひぁっ！　ぁ、ああ、あぁっ」

その瞬間、その付け根から頭の天辺へ向かって、きぃんと鋭い痺れが駆け上がった。

お腹の奥底に残っていた欲情を絞り出すかのように、一度達したそこを上下される。

こんなの、知らない。感じているのはここなのに、頭の中まで痺れてくる。

「ぁあ、ふ、ぅん……んっ。やめっ、今、出たばっかりなのに……！」

「ん……。エルフィー。フェロモンも、後ろの蜜も、溢れ出てきている」

短く息を吐きながら苦しそうに言われて、快感とは別のちりっとした痺れが胸に突き刺さる。

つがいのこんな痴態を見て、平常心でいられるつがいはいないだろう。絶対にクラウスとはしない、と思っている俺でも思うんだ。

もっと強くしてほしい。……中に、入ってきてほしい、って。

だけど駄目だから。俺たちもう、本能に流されちゃ駄目だから。

「ほっといて。これ以上おまえに触られたくない！」

ひどい言葉をぶつけるけれど、クラウスは深く穏やかな声で囁いてくる。

「いいから。頭を空にして身を委《ゆだ》ねるんだ」

「ぁ、うぁっ」

熱芯と変化したそこを上下にこすられたまま、もう片方の手でお尻の谷間をなぞられ、指先で後孔を探り当てられる。すでに孔液が溢れているそこが、淫らな水音を立てた。

つぷ、と指が入ってきて、圧迫感を与えられているのに気持ちいい。

「クラ……ッ」

つい呼びかけそうになって口をつぐむ。すがるように名前を呼びたくない。感じているのだと知られたくない。けれど、だけれど。

——気持ちいい。もっとこすって、撫でて、指を増やして広げて、かき混ぜて……！

「クラウス、だめだ、これいじょ、っだめ……」

中でうごめく指が二本に増える。深く沈められ、ある一点をかすめられると、どうしようもなく声が上ずった。しばし存在を確かめるように弄《いじ》られたのち、とんとん、とつつかれる。

「やあぁ、あぁ！　そこ、やだっ！」

「ここがいいのか？」

首を振って拒むのに、クラウスはやめてくれない。

「ちが、違う、だめだって言ってるっ」

「エルフィー、腰が揺れている。ここが好きなんだな。憶えておく」

「違っ、嫌なんだって、や、ぁあっ。熱い、クラウス、痺れて熱いっ、苦しいっ……頭、変になるから、っあぁっ……！」

クラウスの腕を掴んだのと同時だった。

お腹が震え、すっかり反応を戻していた熱芯の先から二度目の劣情がはじけた。

白い飛沫《しぶき》は大きく跳ね、クラウスの手だけでなく口元にも及んで、形のいい唇を汚してしまう。

クラウスは赤い舌先をちろりと出して、それを舐め取った。それればかりか、手で受け止めた白濁がしたたる手首にも、舌をすべらせる。

「やっ……！」

やめて、と言おうとするも、達したばかりで喘いでいる俺は、涙目になるばかり。

「甘いな。エルフィーの出すものは、なにもかもカシスジャムのような味がする」

馬鹿なことを言うな、という言葉も発声できない。俺はひとつ覚えのように首を左右に振った。

クラウスに頬を挟まれ、それを止められる。

「エルフィー、俺に慈悲を。口づけを赦してくれ」

「んっ……」

返事をする前に額に唇を落とされる。眉間にも鼻筋にも唇が降りてきて、そのたびに熱い息がかかった。ふう、ふうと何度も。

クラウス、すごく我慢している。

汗が黒髪を濡らしている。切迫した呼吸で肩が大きく揺れている。トラウザーズの下だって、前立てがはちきれそう。

こんな状態のつがいを目の当たりにして、嫌だと首を振るなんてできない。

それに俺だって。

俺の唇は、つがいにキスをしてほしいと言っている。

俺の体は、俺のたったひとりのつがいに抱かれたいと……

震える手を伸ばす。すぐそこにあるつがいの頬を挟み、瞼を閉じた。


「エルフィー、そろそろ動けないか」

ベッドの上で頭からデュベにくるまって丸まっている俺を、クラウスがぽふぽふと叩いた。

「動けない。俺は今、最高に落ち込んでいるんだ」

顔を見ることもできず、デュベ蓑虫エルフィーのままで答える。

「なぜだ」

なぜだって？　発情期でもないのにヒートみたいになって、駄目だって言いながら気持ちよさに流されて、挙句ひとりで達しまくって自分からキスをしようとしたんだぞ。

あのまま二度寝してしまったからキスは未遂で済んだものの、己の御されやすさに落ち込まずにいられない。つがい契約のせいだからって、ニコラに申しわけが立たない。

俺が無言を貫いていると、クラウスは困ったように声をかけてきた。

「だが、そろそろ準備を済ませないと母上が……」

「エルフィーちゃ～ん。ついでにクラウスー。まだ仲良ししてるのかしらぁ？　ママンもパッパもエルフィーちゃんと、ついでにクラウスとの朝食を楽しみにしてるんだけど～」

クラウスが話し終わらないうちに、ダンダンダンッ、とやや大きめのノック音と共に、公爵夫人の声がした。

「ほら、母上が自ら迎えにきてしまった」

「えっ」

蓑虫状態のままでガバリと跳ね起きる。デュベの中身の俺は裸同然なのだ。

こんな姿を見られたら「していました」と言っているようなものじゃないか。

「おはよう！　入るわよ」

バタンッ、カッツカッツ、バーン！　と、公爵夫人の所作とは思えない勢いで、前室のドアに続いてこの寝室のドアが開かれた。

「母上、断りなく夫夫《ふうふ》の寝室に飛び込んでいらっしゃるとは、品位の欠片《かけら》も見えませんね」

夫夫《ふうふ》だって？　違うだろ、まだ婚約者だろ？　しかも本当のおまえの相手はニコラだぞ！

夫人の勢いとクラウスの発言に目を剥いた俺とは対照的に、クラウスは無表情で淡々と話す。

「まっ、相変わらず可愛くない反応ね。ちゃんとノックも声かけもしたじゃないの」

夫人は虹色の羽根でできた扇子を広げ、ファサリファサリと扇《あお》いだ。

「それよりつまらないわ。クラウスったら準備完了じゃないの。生まれたままの姿でふたり寄り添い、微睡《まどろ》んでいるものだとばかり思っていたのに」

扇子で口元を隠して奥ゆかしさを演出しながらも、覗き魔みたいなことを言っている。

夫人は昔から奇抜なところはあったけれど、こんな人だったのか。

「ところでエルフィーちゃんは……」

クラウスから目線を移される。

俺はデュベをぐいっと前で合わせて、ギリギリ両目だけを出した状態で笑顔を貼り付けた。

「お、おはようございます！　着替えてすぐに参りますので！」

あられもない姿であることをどうか悟られませんように。

そう願いながら挨拶をすると、夫人はにっこりと微笑んで扇子を畳んだ。そしてその先を勢いよく右隣の部屋に向け、従えていた侍女さんふたりに命じる。

「あなたたち、やっておしまいなさい！」

「はい、奥様！」

「え？　え？　うわっ！」

侍女さんたちは良いお返事のあと、両側からデュベを引っ張って剥がすと、俺を右隣の部屋へ連行した。

なにも着けていない下半身を見られ、前がはだけた寝衣をするりと奪われる。

「エルフィー様、こちらは」

女の人に丸裸を見られたと混乱していると、彼女たちは一瞬動きを止めた。

「あ……これは、なんでもないんです」

腕の痣《あざ》を見られている。自分を抱くようにしてその烙印を隠し、唇を結んだ。

ありがたいことに、教育が行き届いている公爵家の侍女さんたちはそれ以上追及してこようとはしない。「かしこまりました」と頭を下げるとてきぱきと動いて、あっという間に俺の身支度を整えてくれた。

「ま〜！　エルフィーちゃん可愛い！　お人形さんみたいよ」

いつの間にか夫人もこの部屋にきている。扇子を胸の前で握りしめると、「ん〜」とむずかるように体を揺らした。

俺が着付けられたのは、大きなリボンタイがついた立て襟の白いシフォンブラウスに、若草色のブロケードブリーチズだ。男の装いではあるものの、ブリーチズは草花模様の織りに花の形の飾りボタンがあしらわれて、女性的な可憐さも持ち合わせている。

「お洋服はね、まだ少ないけど昨日のうちに大急ぎで用意したのよ。次は一緒に選びましょうね」

「ありがとうございます。……とても素敵です」

社交界で定評のある夫人のセンスは、お洒落好きな俺の好みをぴたりと当ててくれている。

誉れ高きひとり息子をたぶらかしたのも同然の俺に、どうしてこんなに良くできるんだろう。閣下も夫人も縁を大切にしたいのだと、昔からニコラか俺に嫁いでほしかったのだと言っていたけれど、それならがさつな俺と違って、おしとやかなニコラの方がよかっただろうに。

「エルフィー、よく似合っている……か、かわ、可愛いよ」

「……はっ!?」

唐突なクラウスの誉め言葉に目を見開く。

な、な、なに突然。アカデミーでは俺がお洒落をして歩いていたら、しかめっ面で目をそむけていたくせに!

しかもなぜ照れる。さっき俺の俺を見て余裕たっぷりに「可愛い」と言ったくせに! 俺まで赤面してしまうじゃないか。

「ま、クラウスったら。素直に言えるようになったのね。いいわね、いいわね、その調子よ。妻はね、夫に褒めてもらうと、もっと可愛くなれるの」

「母上は黙っていてください」

「あなたは褒めてもちっとも可愛くないわね。まあいいわ。エルフィーちゃんがいるから。さ、行きましょ、エルフィーちゃん。閣下もお待ちよ」

そして俺は、閣下が先に入っていた朝食室に到着するなり、思いがけないことを告げられた。

「今日から公爵夫人教育が始まるよ。王国の歴史から我がモンテカルスト家はもちろん、王国内の王侯貴族の系譜と功績の修学、礼儀作法の確認まで。エルフィーちゃん、しかと励んでくれたまえね」

閣下はにこやかに宣《のたま》うものの、立派な肩章や勲章メダルがついた深紅の軍服を着て、組んだ手の上に顎を乗せて言う国防長官の姿は、至極迫力ものだ。

俺は思わず唾を呑み込んだ。

そうだ、思いがけなくはない。俺は仮の婚約者だけれど、公爵家に嫁ぐ者なら当然のことだ。

だけどそれが、ニコラではなく俺にできるだろうか。

鏡に映したようにそっくりな双子でも、ニコラと俺とはやっぱり違う。俺は魔力が高めで運動も得意だけれど、座学は苦手だ。

反対にニコラは運動が苦手で、魔力は高くないものの努力家だからオメガなのに勉強ができ、なにより落ち着きがない俺とは真逆の品行方正な優等生で、常に大人たちから褒められていた。

父様や母様が俺たちへの愛情に差をつけることはなかったものの、今は亡きおじい様のニコラ贔屓《びいき》は幼心にも明らかだったし、魔力の強さがはっきりするまでは、「ニコラが兄貴でエルフィーが弟」と、友達からからかわれることも多かった。

ただアカデミーに入ってしまえば、一般科目やマナー科目よりも魔力の強さが評価されたから、心の奥底で澱《よど》んでいた俺の劣等感はしだいに薄れていった。

それに、フェリクスが「君の力は素晴らしいね」と、何度も賞賛してくれたから。

彼のお父上は文官派の宰相で、兄上たちも同じ道に進む中、ひとり違う選択をした彼だから視野が広かったんだろう。一部の特権意識の強いアルファと違って、魔力を禍々《まがまが》しいものとは捉えていなかった。

——フェリクス、どうしてあの日きてくれなかったの？　俺とクラウスが婚約したことを知ったら、なにかしら思ってくれる？

「エルフィーちゃん、そう心配しなくても大丈夫よ」

「……あ、は、はい！」

フェリクスの笑顔が頭に浮かんで、胸がズキリと痛みかけたときだった。

書庫室で夫人に声をかけられて、我にかえった。

夫人は、王国史に国内の王侯貴族一覧とその功績の記録、モンテカルスト家の慈善活動・社交活動の記録に文化支援や商業支援……そういった資料が並べられたワゴン型の本棚に手をかけて、心配そうに俺の顔を覗き込んでいる。

俺が膨大な資料を前に途方にくれていると思ったのだろう。

「ただね、我が家は立場的に縦横からの干渉が強いから、結婚式までに憶えられるところまで憶えましょうね。エルフィーちゃんが取っつきやすそうなものからでいいのよ。ほら、これとか、これなら……」

そう気遣いを受けて、気持ちを切り替えた俺が資料の中から最初に手にしたのは、『リュミエール王国戦記』という題目の、美しい装丁の伝記本だ。

それはまだ俺が生まれる前、王国が近隣国に脅かされた際の戦記で、勝利を勝ち取るのに大貢献を果たした女性騎士団の団長『リュミエール王国の咲き誇る薔薇』と、その側近であるふたりの女性従士『芽吹きの蕾』の活躍が描かれたものだった。

物語風に描かれて挿絵も多くあるので、学問書よりもロマンス小説派だった俺でも楽しんで読むことができた。アカデミーに入る前に女家庭教師《ガヴァネス》に教わったかも、とか、功労を築いたのに実名が記されていないのがまた想像を掻き立てるな、なんて思いながらあっという間に読み終えた。

けれどたった一冊終えただけだ。ここからは難しい内容のものも含め、早いペースで憶えていかなくてはならない。

なるほど、結婚前にモンテカルスト家に住まうのは、クラウスの要望だけでなく、公爵夫人教育のためでもあったのか、と俺は納得と不安が混じったため息を吐いた。

そしてその後はモンテカルスト家の活動記録を手に、ときおり入る夫人の注釈に耳を傾けながら勉強を続けて、二時間は過ぎただろうか。

クラウスが侍女さんたちを従えて、部屋を訪れた。

「エルフィー、進んでいるか？」

「……ああ、まあ、ね」

俺はそっけなく返事をする。

進んでいるか、じゃないだろう。誰のおかげで苦手分野に取り組む羽目になったと思っているんだ。俺にはつがい解消薬を錬成するという大切な任務があるのに、これでは取りかかれないじゃないか。

とはいえ、夫人がそばについて丁寧に指導してくれているし、俺とクラウスがつがいを解消できたのち、ニコラに後を継ごうとしても「出来損ないエルフィーの弟だから信用ならない」と言われては元も子もない。

クラウスが遠征に出ればいったん家に戻れるそうだし、ここにいる間だけでもニコラの顔を立てるために頑張るしかない。

俺はニコラと約束した「不躾な振る舞いはしない」を思い出し、愛想笑いを作る。だけどおそらく目は笑えていない。

すると、クラウスが俺の顔をじっと見つめてきた。

「疲れが見えるな……君の好きなお茶とお菓子を用意したんだ。一度休憩しよう」

「えっ、やった！」

単純な俺なので、そう言われて不満も疲労も吹き飛んだ。

実はクラウスと侍女さんたちが入ってきたときに、お茶とお菓子を載せたワゴンを持ってきているのに気づいていたのだ。

俺はお菓子を見ようと思わず身を乗り出してから、はしたないことだと気づき、慌てて畏《かしこ》まる。

「あ、いえ。まだ勉強中ですので、落ち着いたら頂戴します」

夫人の手前もあり、ニコラなら言うであろう台詞をひねり出した。

品行方正にはほど遠いけれど、これでセルドラン家の恥にはならずに済むだろうか。

「いいのよ、エルフィーちゃん。気が利かなかったクラウスの気遣いが見れて得したわ。休憩にしましょう。楽にしていて」

俺が顎を引き、姿勢を正しているのを見て、夫人が柔らかな笑みを向けてくれる。

「そうだ。エルフィーは自然体でいいんだ。そもそも母上、エルフィーに公爵夫人教育など不要ですのに」

クラウスはちゃっかり俺の隣の椅子に腰かけながら頷くと、続けて夫人に苦言を呈《てい》する。

「仕方がないでしょう。クラウスの伴侶になれば、ふたりで一緒に王宮に行くことや、公式行事に参加することが増えるんだから。エルフィーちゃんがいくら素敵な子でも、周囲は小さな振る舞いひとつにも視線を向けてくる。オメガちゃんってだけで、差別をする人もまだまだ多いんですからね」

そうか。勉強と礼儀作法の習得は公爵家の一員になるからということだけでなく、オメガに向けられる誹謗中傷の防衛策でもあるんだ。

再び納得していると、クラウスが上官に答えるような声で言った。

「母上、心配は不要です」

そして次に、体ごとしっかりと俺の方に向いて、凛々《りり》しい表情を見せる。

「エルフィー」

「んっ？」

つられて俺もお尻をずらし、クラウスとしっかり向き合った。

だけどなんだろう。凛々《りり》しいというよりも、なんだか圧がすごいのだが。

「俺が君を守る。君に剣を突き刺そうとする者は、俺がすべて排除する」

わっ！　わわっ！　薔薇が！

クラウスの背後に紅い薔薇がぶわっと咲いた！　もちろん幻影だけれど、俺には見えた。なに薔薇を背負っているんだクラウス。人格崩壊が激しすぎるぞ！

強面《こわもて》とはいえクラウスは男前だ。真摯な瞳に見つめられて、ロマンス小説の台詞みたいなことを言われてしまうと、勝手に顔が熱くなる。

特にその黄金色に光る瞳は反則だと思う。

それに王都騎士の期待の新人である若き黒豹が「排除する」なんて言うと、冗談に聞こえない。怖いからやめてくれ。

「そ、そういえばっ。クラウスって俺の好きなものとか知ってたんだ～？」

瞳をすい～とそらして話題を変える。侍女さんたちがテーブルに並べてくれたのは、さまざまな乾燥フルーツが入ったお茶と、カシスジャムとクリームチーズをたっぷり挟んだスコーンだ。

確かにふたつとも俺の大好物で、俺の表情はもちろん緩んだ。そしてなぜか、クラウスの表情もふわりと柔らかくなる。

「ああ、幼い頃、俺の分まで食べて、口の周りをクリームチーズだらけにしていただろう？」

「ああ～！　そうだったわね！　エルフィーちゃんたら両手にスコーンを持ってね！」

「うっ……」

忘れていた記憶を呼び覚まされて、違う意味で顔が熱くなった。

クラウスめ、もはやおまえの言葉が剣だぞ。おまえ、潜在意識では俺を嫌いな気持ちがあるから遠回しな嫌がらせをしているんじゃないのか？

「どうした、食べないのか」

目の前にスコーンを差し出される。

ええい、いっそ再現してやるよ。昔の俺を。それで俺を嫌っていたことをはっきりと思い出し、つがいを解消するがいい。

俺は大口を開け、クラウスの手からスコーンにかじりついた。

「……んまっ！」

モンテカルスト家のスコーン、やっぱりうまっ！　懐かしの味！

俺は口周りにクリームチーズとジャムがついたことに気づいたけれど、あまりのおいしさについそのままにして、満面の笑みになってしまう。

するとクラウスの目と口元がなだらかな弧を描いた。「ふっ」と息を吐くように笑みを零して、指で俺の口元を拭ってくる。

「わ、やめ……！」

遅かった。クラウスはそれを自分の口へと運び、舌先をちろりと出して舐めてしまう。

不意に今朝「アレ」を舐められたことが頭をよぎった。

「おまえ、な、なんてことを……！」

「甘いな。エルフィーの味と同……コホン」

おいっ、今なにを言おうとした。人のことは言えないけれど、アレを思い出すのはやめろ、やめてくれ。わざとらしい咳払いは良しとして、頬をうっすらと染めるのはやめるんだ。

「まあ、クラウスったらお行儀が悪いこと。でも可愛いから許すわ！」

夫人は「おーほっほ」と、扇子を振りながらご満悦な表情だ。

「ほら、食べて」

クラウスは夫人に一瞥もくれずに、さらにスコーンを差し出してくる。

「もういいって。あとは自分で食べるから」

手を伸ばしてクラウスの手のスコーンを奪おうとすると、逆にその手をがっしりと掴まれた。

「いいから。俺が食べさせる。ほら、口を開けて？」

冗談じゃない。二度とやるかという気持ちで、プイとそっぽを向く。

「じゃあ食べない。もうごちそうさま！」

「そうか。なら、残りは俺が頂こう」

はあ？　これまたなにを言っているんだ。いい加減にしてくれ。

「まあ、クラウスったら、お行儀が悪くてよ。でも……アリね！　エルフィーちゃんが食べきれなかった物をあなたが食べる。共同作業って感じじゃないの。さ、クラウス、もっとこう、エルフィーちゃんに寄り添って、見つめ合いながら頂いておしまいなさい！」

ガクッと一方の肩が下がってしまう。

なんだ、この親子は。クラウスの人格崩壊もはなはだしいけれど、夫人もそれを面白がっている。

「では」

夫人の言葉を受けたクラウスは至極真面目な表情で頷き、スコーンを自身の口元へ運んだ。

「わー！　わー！　食べる。食べるから」

半分ヤケでクラウスの手のスコーンにかじりつく。すんでのところでクラウスの口に入るのを阻止できたものの、おかげでさっきよりも口元を汚してしまった。

そんな滑稽な俺を、クラウスは愛おしそうに見つめてくる。

「可愛いな。俺のつがいは本当に可愛い」

可愛いわけあるか。童顔のオメガとはいえ、十八歳を過ぎた男が「あーん」されてスコーンにかじりつき、口元を汚すなんて誰が見ても喜劇だ。恥ずかしいったらない。

「ナプキン、ナプキン……」

「ああ、俺がやろう」

反論する気も失せてナプキンを取ろうとすると、それさえもクラウスに奪われてしまった。

クラウスは壊れ物でも扱うかのように片手で俺の頬を支えて、もう一方の片手で口周りを丁寧に拭く。

瞳をじっと見つめながらそんなことをされて、だんだんと居たたまれなくなってきた。

だというのに、このキラキラとした黄金色に射貫かれると、なぜか目をそらせないのだ。

俺はクラウスにされるがままになっていた。すると、拭き終えて手を下ろしたクラウスが唇の結びを解き、つぶやくように言った。

「エメラルドグリーンの湖に、俺が映っている」

「へ？」

「そのエメラルドグリーンの瞳に、俺だけが映っている」

二回言った……

この声と表情を「蕩《とろ》けている」と表現するんじゃないだろうか。クラウスの強面《こわもて》、どこへ飛んでいった⁉　表情筋総動員で、恍惚の舞を踊っているぞ！　怖い、怖すぎる。

けれどそこで思い至る。

——そうか、ニコラだ。クラウスは俺の瞳にニコラの瞳を重ねているんだ。クラウスはニコラとはいつもしっかりと目を合わせて話していたから。

これぞ俺が命名した『つがい契約による器と中身の混迷』だ。

だけどそろそろ限界だ。このお茶の時間だけで、俺の心には乱気流が発生している。もやもやもやもやと、不快な霧まで発生している。

これでは頭の容量が足りなくなって、普段以上に勉強に集中できなくなりそうだ。

いい加減にお助けください、夫人。

俺が救いを求める視線を向けると、夫人はふふふっと楽しそうに笑った。

「クラウス。エルフィーちゃんがはにかんでいるわ。そのあたりで解放しておあげなさい。お勉強もそろそろ再開するわ」

はにかんでいるわけじゃないんですが、ともかくありがとうございます、夫人。

クラウスは持ったままだったナプキンをテーブルに置くと、凛々《りり》しい表情に戻って夫人に頷いた。

それでもゆっくりとお茶を飲んで、俺が二個目のスコーンを食べ終わるとようやく席を立つ。

「エルフィー、いかなるときも俺が守るから、あまり根を詰めてくれるな」

退室際、再び薔薇を背負い、甘い微笑みを向けてそう言い残すのを忘れずに。

そんなことがあってから残りの三日間、俺はフリではなく、本当に死に物狂いで勉強をした。

進んで勉強したかったわけじゃないし、必要以上にセルドラン家の点数を稼ごうとしたわけでもない。とにかくあんなふうに百八十度変貌したクラウスと距離を取りたかったからだ。

夫人もクラウスも、閣下でさえも心配してくれたけれど、朝から晩まで勉強に打ち込んで、クラウスと話すのは食事のときと休憩のときだけ。

そのときだってしつこいくらいに夫人にマナーの確認をお願いしてみたり、閣下に公爵家と繋がりが深い王侯貴族家の確認をしてみたり、なるべくクラウスと話さなくていいようにしていた。

夜だけは同じ寝室なのは仕方ないから、ベッドに入ったらすぐに疲れをアピールして、すぐにデュベを頭からかぶって寝たふりを……実際すぐに眠っていたのだけれど、した。

もうクラウスのまやかしの愛情に振り回されたくない。

明日を乗り越えればクラウスは七日間の新人遠征だ。俺はいったん実家に帰れるから、その間につがい解消薬錬成を進めるのだ。

――と、思っていたのだけれど。

「おはよう、エルフィー」

「お、おはようクラウス」

昨日までと同じく先にベッドから飛び出し、着替えが終わりしだい本宮に向かおうと目論《もくろ》んでいたのに、さすがに疲れが出たのか寝過ごした新居五日目の朝。

クラウスは枕に片肘をつき、満足げに寝起きの俺を見つめていた。

「しまったな～。今日はオベンキョまとめの日だから、早起きしようと思ったのに。よし、寝坊した分も今から頑張るか！」

「駄目だ」

「うぁ」

体を起こそうとすると、クラウスの鋼の体がのしっとのしかかった。

「母上に休みを申請した。今日は俺と羽を伸ばそう」

ちゅ、と眉間に唇が降りてくる。

「やめろ、クラウス、俺は休んでる暇なんかない」

頭を振ったおかげでいったん唇は離れたものの、代わりに手で頬を挟まれた。視線がぶつかる。

クラウスの瞳は、光が当たっていないのに黄金色に揺れている。

どうして……

「エルフィー、今日は俺といてほしい」

「あ……。んんっ」

俺はこの瞳に弱いのかもしれない。視線を外せずにいると、唇を奪われた。

温かい唾液が唇を濡らし、柔らかい舌が口の中を撫でる。

……気持ち、いい……

頰を固定していた片手をうなじに回され、四本の指で刻印をなぞられれば、体の奥深くが甘く疼いた。

「ふ、んぅ……」

コーヒーに似た香りが鼻腔をくすぐってくる。淹《い》れたての、立ち昇ってくるあの感じ。

クラウス、もしかしてフェロモンを出してる？　駄目。これ、頭が真っ白になってしまうから。

ひとしきり口内を愛撫され、うなじや髪を丹念に撫でられて、力を失くした俺はベッドの上にくったりと沈められた。

「ずるいぞ、クラウス。フェロモンを出しただろう」

「つがいに愛情を向ければおのずとフェロモンが出る。ずるくない」

「う……」

言い返せない。もっともだ。そばにいればほんの少しのきっかけでフェロモンが漏れるつがい同士もいる。俺だってこの間、クラウスの裸でフェロモンを漏らしたじゃないか。

俺は事故つがいの当事者となったことで、アルファとオメガのフェロモンの怖さを再認識している。

フェロモンは相手の意思を奪う。つがい同士ならなおのことだ。

クラウスは愛する人を混迷させられ、俺の体はまやかしの愛に逆らえない……逆らえないんだ。

拒否する意思までは奪われていないし、絶対に恋や愛の感情じゃないと断言できる。それでも、認めたくはないけれど、俺だって日ごとクラウスに絆《ほだ》されている。クラウスの人格変化ぶりを恐ろしいと思いながらも、どこか心地よさを感じている。

あの頃の幼馴染が戻ってきた。そんな心地よさなのかもしれない。

けれどもし、フェロモンに惑わされて徐々に拒否する意思も奪われ、心地よさが増して好意に変わり、最後にはクラウスを愛していると錯覚を起こす日がきてしまったら？

——いいや、俺は絶対にクラウスを好きにならない。

心の中でニコラと自分に誓うけれど、世の中の事故つがいに置き換えれば、オメガは否応なしに相手アルファにのめり込む。そして捨てられたとき、当然心身を壊すだろう。

彼らのためにも、必ずつがい解消薬の錬成を成功させなければ……

手を強く握り込む。すると、その手を大きな温かい手が包みこんでくる。

「君は頑張りすぎだ。俺も寂しい。俺は明日出発なんだ。今日くらいエルフィーの一日を俺にくれないか」

クラウスはそう言って、乞うように、祈るように俺を見つめた。

瞳に吸い込まれそうだ。吸い込まれて、俺さえ知らない俺の内側まで見透かされてしまいそう。

——ねぇ、クラウスおねがい。おべんきょうを終わらせて、早くおれたちと遊んでよ。

黄金色の瞳の奥に、重厚で重いドアがある。

これはモンテカルスト家本宮の、クラウスの個室のドアだ。

幼い頃、ニコラとモンテカルスト家に遊びに行く日、待ちきれずに約束より早く向かうと、公爵家令息であるクラウスは勉強か剣の稽古を必ずやっていた。

ある日のこと、俺は母様やニコラが応接間で待つよう言うのを聞かずにクラウスの部屋へ行き、ノックもせずにドアを開いた。

ねえ、早くこっちにきてよ、と乞うように祈るように。

クラウスの家庭教師《チューター》は俺を注意したけれど、クラウスは分厚い本を閉じて俺のところへきてくれた――

「――いいよ、行こう」

あ……俺、あの日のクラウスの返事を再現してしまった。

これもつがい契約と、つがいのフェロモンによる作用なのか。クラウスが俺を避け始めて以降、すっかり忘れていた記憶を思い出すなんて。

「ありがとう、エルフィー」

「わっ」

過去と現在のドアの間で佇んでいると、また唇を奪われた。

やめろ、と肩を押せばクラウスは歯を見せて笑って、次は頬にキスを落とす。俺がまた同じように肩を押して逃げれば、子どもの追いかけっこのように、次は額に。鼻に、耳に。

「なんだよ、クラウスふざけんなよ」

「はは、次はどこを狙おうか」

そうやって押し問答をしていると、いつもの侍女さんたちがやってきてようやく解放された。

俺たちはそれぞれの個室に分かれて身支度を整え、朝食を済ませてからモンテカルスト家を出る。

クラウスは俺に勉強を休ませてどう過ごすのかと思えば、騎士団の闘技修練場に向かうと言った。

闘技修練場というのは、王城に隣接した、目の覚めるような青い芝を張った野外にある修練場だ。

今修練中ということは、ここにいるのは皆、先輩なんだろう。すぐに数人の騎士が駆け寄ってきて、クラウスに「明日からだな」とか「待っていたぞ」と話しかけている。

それにしてもすごい迫力だ。国防騎士科の生徒たちもそうだったように、勇壮なアルファ騎士の集団が近くにいると、オメガの俺は気後《きおく》れしてしまう。

いうなれば猛獣類のなかに迷い込んだ、小動物のような気分だ。

「エルフィー、緊張する必要はない。皆、気のいい人たちばかりだから」

身を縮めていることに気づかれたようで、クラウスに背をぽんぽんと撫でられ、慌てて頷き返す。

「あれー？　そのコ、セルドラン家の坊ちゃんの片割れ！」

それと同時に、騎士さんのひとりが笑みを浮かべながらそばへやってきた。その間に他の騎士さんはクラウスの腕を掴み、模擬練習をしようと誘っている。

クラウスが俺を気にしてくれるけれど、この騎士さんは怖くなさそうだ。俺はクラウスに笑って手を振って「ここで待ってる」と声をかけた。

遠征前に体を動かしたかったんだろう。そこになぜ俺を付き合わせたのかはわからないけれど。

そう思いつつクラウスを見送ると、騎士さんは俺を見て軽く首を傾げた。

「ここに一緒にきたってことは、デート？」

「あ、いえ、散歩というか、ただの付き添い？　みたいな」

クラウスは俺と出かけてみたいと言っていたから、そのつもりもあるのかもしれない。かといってモンテカルスト家とセルドラン家が縁を結んだことはまだ発表されていないから、デートなんて恋人同士がすることを肯定するわけにもいかない。つがい解消薬ができればニコラが正しい婚約者になるのだし、今は濁しておいた方がいいだろう。

「ふーん。ようやくクラウスの長い片思いが終結したと思ったんだけどね」

「えっ」

「口に出して言ったことはないけど、あいつ、ずっと君を思っていたようだから。四年間同室だった俺にはわかるんだ」

「やっぱり、やっぱりそうですか⁉」

食い気味になってしまう。

だってこれってニコラのことだ。ニコラとクラウスはアカデミー内でも噂になっていたもの。この人、俺とニコラを間違えて話しているんだろう。

同じ治癒魔法科の生徒でも、パッと見では俺たち双子を間違えることが多々あった。見直したり話したりすれば気がついていたものの、騎士科の、それも先輩だった人には俺たちの見分けはできないだろう。

「嬉しい……！」

よかった。やっぱりニコラはクラウスに愛されていた。家に帰ったらニコラに教えてやらなきゃ。

「お、両思いか。ならあいつに気持ち、伝えてやってよ」

「ええ、そうします！」

もちろんニコラに伝える。そしてつがいが解消できたらニコラからクラウスに。

ニコラのはにかむ顔を想像してホッとしていると、騎士さんはしみじみとつぶやいた。

「いや、よかったなぁ。あいつにあれこれ仕込んだ甲斐があったよ」

「あれこれ仕込む？」

先輩騎士が後輩に仕込むと言ったら騎士道に関することだろうけれど、少し違う含みを持っているように聞こえて、首を傾げる。

「おっと、口がすべった。……まあいいか。騎士科の寄宿舎の伝統みたいなものでね、女の子……男オメガちゃんも含めて、悦ばせ方、とかね」

強調する言い方に含み笑い。これってもしかしてベッドでの作法的な……？

「クラウスは堅物でウブだから、真っ赤になってしどろもどろになってたけど、人一倍技術の習得が早い男だから、あっちのとこも話を聞いただけでうまくやれると思うよ。ヒートのとき、たっぷりと可愛がってもらいな。……って、あれれ？　君も真っ赤」

「あ、あの、あのその」

ぼんっ、と顔と体が熱くなるのがわかった。つがいになったときの記憶はないけれど、クラウスはキスもうまいし、俺が達するのを手伝ってくれたときも手慣れていて、やっぱり百戦錬磨なのかとか、アルファはそういうのも生まれつきの能力なのかも、なんて思っていたんだ。

そういうことだったのか。

「はは、かーわいい。なに、もしかしてもうふたりは……」

「サイラス先輩」

先輩騎士さんが俺の顔を覗き込んで、互いの顔の位置が重なった瞬間だった。

クラウスが強面《こわもて》をいつも以上に殺気立たせて、彼の肩をぐいっと引いた。

「お、クラウス」

「俺のつがいに馴れ馴れしくしないでください。向こうで手合わせ、お願いします」

「えっ？　つがい？　ちょい、クラウス、そのあたり、詳しぐっ、わわっ」

クラウスが「サイラス先輩」と呼んだ彼は、騎士さんたちの中でも群を抜いて大柄なのに、クラウスはものともせず、問答無用とでもいうように引っ張っていく。

そんなに殺気立つほど練習したいのか？

「い、行ってらっしゃい！」

頬を熱くしたまま声をかけると、クラウスはぴたりと立ち止まって俺を見た。

「君も近くにきてくれ。俺のことを、見ていてくれないか」

「え……」

「お、お、クラウス、クラウスが素直に！　うわ、感動。君、きてやって！　あそこに観覧席があるから！」

「先輩は黙っていてください。エルフィー、あっちだ」

クラウスが闘技陣の近くの長椅子を指差す。

「……うん」

俺は胸に手を当てながら頷いた。どうしたのか、心臓のリズムがおかしいのだ。きゅ、としぼんだと思ったら、早いリズムで跳ねている。

クラウスとのあんなことを昼間に思い出すには、刺激が強かったのか、それとも思いのほか甘い声で乞われたから？

理由がわからないまま、締め付けられる胸を押さえつつ小走りで観覧席に向かい、腰を下ろした。

クラウスとサイラスさんは、修練場に設営された闘技陣のひとつで向かい合う。

俺以外にも、団員さんたちがギャラリーとして陣を囲みに集まっていた。

「クラウスの殺気、すごいな」

「明日からの遠征に志を燃やしているのだろう」

「それにしても、いつもに増して顔つきが鋭くないか？　お、始まるな」

ふたりは向かい合って礼をすると、片手で剣を掲げて鋒《きっさき》をクロスした。

始め！　の審判の合図と共に、重なっていた剣がキィンと鳴り、ふたりは剣を構える。

次の瞬間、互いの攻撃が始まった。

わ……本格的。

アカデミーでも剣闘試合はあったものの、俺の視線の先は「フェリクスときどき負傷者」という感じだったから、まともに試合を見たことがなかった。

「強い！　さすがクラウスだな。あのサイラスを、初めから押しているぞ！」

本当にすごい。クラウスは剣を腕の一部のように扱い、しなやかに動いてサイラスさんに切り込んでいく。サイラスさんも器用にかわし、いくつか攻撃を仕掛けてはいるものの、徐々に陣の端に追いやられていく。すでに上半身は後ろに反り始めていた。

明らかにクラウスが優勢だ。すっごくかっこいい！

「クラウス、いけー！」

惚れ惚れする剣捌《さば》きに手足の先がピクピクしてしまい、思わず立ち上がって声を出していた。

「いいぞ、すごいぞ、クラウス！」

そんな応援の仕方があるのかと思われているかもしれないけれど、剣の試合をまともに見るのが初めての俺は、思い浮かぶ言葉を連ねて声援を送った。

するとクラウスは、サイラスさんの攻撃をかわして体を反転させたときに、俺に応えるように視線を送ってきて、両方の口角を上げる。

「おいクラウス、集中を」

「このやろ。ずいぶんと余裕じゃないか」

俺がつぶやいたのと同時に、サイラスさんの声も聞こえてきた。

彼は大きく剣を振り下ろして、この隙にクラウスに一撃を加えようとしている。

ああっ、やられちゃう……！

模擬練習だから命が取られるわけではないとわかっていても、怖くなってギュッと目を閉じた。

「わあぁぁ！」

大きな歓声と共に、ギンッ、ガシュッ！　と剣が大きく振り払われた音が響いたあと、勢いよく地面に落ちた音もした。

どうなったんだ？　見るのが怖い。だけどクラウスが怪我をしていたら治してやらないと。

ゆっくりと瞼を開く。落下した一本の剣と、両者の足元が最初に見えた。

「あ……クラウス……」

さらに目線を上げると、彼の喉元に鋒を向けているクラウスと、両手を肩の位置に上げ、「参りました」の意を示しているサイラスさんの姿がある。

「勝者、クラウス・モンテカルスト！」

審判の声が響いて、ギャラリーはおおいに沸いた。

すごい！　クラウス、すごい！　お腹の奥から興奮がせり上がり、胸を激しく揺さぶる。

この興奮をどう解放すればいいのかわからなくて、とにかく大きな拍手を贈った。

クラウスはサイラスさんと審判に礼をすると、俺の方に駆け寄ってくる。

「見ていてくれたか？」

「うん。すごい、すごいよクラウス。さすが『若き黒豹』だ！　俺、初めて真剣に見たけど、すごく興奮しちゃった。今までもちゃんと見てればよかった」

「そうか」

クラウス、嬉しそう。そりゃそうだよな。現役騎士で自分より大きい先輩に勝っちゃうんだから。

「あ、だけどさ、怖くて最後のところで目をつむってしまったんだ。怪我はしていないか？」

「はーい、俺、ちょっとすり剥けてまーす」

クラウスの返事を聞く前に、サイラスさんがクラウスの後ろからひょこりと顔を覗かせた。

「あ、じゃあ俺が治しますよ！」

「大丈夫だ。サイラス先輩は怪我に慣れている。治癒魔法は不要だ」

「えぇ？　なに言ってんの。治すよ」

なぜそんなことを、と思いながらサイラスさんの方に一歩進む。するとクラウスも長身を動かし、サイラスさんの姿を隠した。

「先輩、あちらに応急セットがありましたよね。そちらでどうぞ」

「うわ〜、しょっぱいな、クラウス。はいはい、わかりましたよ。可愛いセルドラン君に診てもらうのはあきらめます。その代わり、今度改めて紹介しろよ？」

サイラスさんは肩をすくめながらも、楽しそうに笑って応急セットがある場所へ向かった。

「おいクラウス、なんでだよ。小さい傷なんかすぐに治せるんだから、俺が治したのに」

「あれはただの逆剥けだ。それより、ありがとうエルフィー」

わ……またもや表情筋総動員。若き黒豹のこんな笑顔、団員さんたちが見たら目を丸くしそう。

「い、いや、俺なにもしてない」

「俺を見ていてくれた。俺に礼を言わせてくれた。俺にはそれが奇跡のようなことだから」

「え……」

「本当に嬉しいんだ。ありがとう」

俺がただ試合を見て、クラウスにお礼を言わせることが奇跡？　なんだよそれ、変だよ。

お礼を言われているのに申しわけないような気持ちになって、胸のあたりがムズムズした。

まぶしすぎる笑顔も直視できない。

――ならどうして、ずっと俺を無視していたんだよ。

最後にはそんな不満も思い出して、俺は拗ねた子どものように黙っていた。

その後修練場をあとにした俺たちは、お互いにお腹が空いたことに気がついて、クラウスがよく行くという店に入った。

こぢんまりしているものの清潔感がある、リュミエール王国の家庭料理を出す店だ。

「ふは、疲れたぁ」

「秋とはいえ日陰がなく、線の細い君には暑さが酷だったな……少し肌を焼いてしまっただろうか」

喉を潤した冷たいライム水のグラスを置くと、クラウスの手が伸びてきて俺の頬に触れる。

慈しむように、羽根で触れるようにそっと撫でられ、朝の柔らかいキスを受けたときと同じように、心臓がひとりでに暴れ出した。トクトクトク、トクン、トクッ……と。

今日は朝からもう何度動悸を起こしただろう。前年の健康チェックは大丈夫だったけれど、早めに今年の検査を受けるべきか……？　など考えつつ、どこか心地いいと感じてしまっている自分にも気づく。俺は絆《ほだ》されてなるものか、と慌ててクラウスの指から逃げた。

「だ、大丈夫だ！　日焼けは夜にセルドランラボの化粧水で手当てするし！　それよりクラウス、俺が疲れたのは日差しがきつかったからじゃない。おまえだ！」

「俺？　なにかしただろうか。ああ、待って。先にオーダーを……エルフィーはシェパーズ・パイと仔牛のサンデーローストト？」

「あ、うん、大好物」

「サラダはコールスローにチリパウダーをかける？」

「え……うん」

どれも好物だけれど、コールスローにチリパウダーを加えるようになったのはここ二年ほどだ。それなのに、どうしてクラウスは俺の今の好物まで知っているんだろう。

クラウスは満足げに頷くと、店主に注文を済ませた。

「で？　俺がなんだって？」

「あ、そう、そうだよ！」

問われて、言いたかったことを思い出し、声の音量を抑えて続けた。

「おまえな、まだ婚約は公にされてないんだぞ？　公爵家にも関わることを軽々しく口にするのは駄目だろう」

修練場を去る前、クラウスは団員さんたちに質問攻めにされて、俺のことを婚約者だと漏らしてしまったのだ。

「騎士団は、任務中は序列や年功を重んじるが、ひとたび離れれば、皆互いを家族のように思っている。彼らは俺の兄と言っても過言じゃない。大丈夫だ。変なふうに言いふらしたりはしない」

「そんなこと言っても！」

だってクラウス、俺を紹介するのに「エルフィー・セルドラン」「治癒魔法科の首席で、救護班で活躍していた」ってはっきり言ってしまうんだもの。

じきにニコラが本当の婚約者になるのに、どうするんだよ。言わなきゃ皆、俺をニコラだと思っていただろうに「ああ、元気な方の」「おしとやかな方じゃなかったのか」なんて言っていたの、聞こえたんだから。

「どうせ俺が遠征から戻れば発表だ。そして、三月後《みつき》には結婚式。戻ったら忙しくなりそうだ」

「遠征から戻ったら発表⁉」

「ああ、そうしないと結婚式に間に合わないだろう？」

「なら、式を遅らせればいいじゃないか」

そんなに早く発表されたら、薬の錬成が間に合わないかもしれない。クラウスがいない七日間しかチャンスがないなんて、時間がなさすぎる……いや、なんとしてでもやるしかないけれど。

「だがエルフィー」

クラウスの声が小さくなった。

「計算からいくと、君の次の発情期は三月後《みつき》だろう？」

「え」

そうだった。クラウスは俺がヒート誘発剤を誤作用させたことを知らず、来月予定の発情期が狂って前倒しで早くきたんだと、それで突発的なヒートを起こしたんだと思っているんだ。だから単純計算で次回の発情期は三月《みつき》後だと思っている。

言おうか……本当のことを言ってしまおうか。突発的ではなく、俺の弱気が引き起こしてしまったヒートだと。

そうでないと来月、本当の発情期がきたときに、またクラウスに嘘を重ねることになる。

……いや、セルドランラボの信用を守り、父様と母様に心配をかけないよう、薬の使用があったことは黙っていようとニコラと約束した。

あのときちゃんとニコラに説明していたらよかったと思うのは、ここでクラウスに真実を聞いてほしいと思うのは、少しでも罪の意識をやわらげたい俺の身勝手だ。

「……そうだけど、それと結婚式の日取りに、なんの関係があるんだよ」

「俺はさまざまな順序を飛ばして君のうなじを咬んでしまった。申しわけないことをしたと悔やんでいる。だから今度こそ万全を期したいんだ」

「万全を……？」

——次は万全を期して、不備なく行いたいと思っている。

確か、モンテカルスト家で初めて朝を迎えた日も、クラウスはそう言っていた。

「そうだ。本当なら、愛を伝えて、育んで……君が安心して暮らせる場を整えてからつがいになりたかった。叶うなら、初めからやり直したいくらいだ」

「あ……」

そういう意味だったのか。つがい契約のために人格が変わってしまったクラウスだけれど、根っこは変わっていないんだ。つがいになるということを、とても真摯に考えている。

そして……そうしたかった相手は、間違いなくニコラなんだろう。愛を伝えてからなんて、もともと好きだった相手がいるからこその言葉だ。それは、長い間クラウスに避けられていた俺じゃない。

……ニコラは幸せ者だな……

なぜだろう。また心臓が変に引き攣れる。今度はちりちりきりきりと、鳩尾《みぞおち》まで痛みが及ぶ気がする。

やっぱり俺は病気なのか……。いや違う、これは自責の念だ。

自分の不始末にクラウスを巻き込み、ニコラの幸せを遅らせた。それだけでなく、クラウスのつがい契約への思いを踏みにじった。

「ごめん、クラウス」

俺がすべて悪いんだ。それなのに、おまえに罪悪感まで味わわせている。おまえは俺の被害者だ。無理やりラットにさせられて、事故つがいにさせられた被害者。

「なぜ謝る？　やはり俺では無理ということか」

そのとおりなんだ、クラウス。おまえの本当の相手は俺じゃないから。

「そうだ。俺の好きな相手はおまえじゃないんだから」

どうしてなんだ。自分の口で「おまえの相手は俺じゃないんだから」と言えない。胸の痛みが強くなって、言葉が出ない。

俺は言葉を言い換えて口にした。けれどこれは、嘘じゃない。

俺は今でもフェリクスを……。フェリクスを……？

「お待ちどうさん」

どん、と皿が置かれて、思考が飛んでいく。クラウスも思いつめたように黙ってしまった。

沈黙が俺たちを襲う。

おいしそうな食事が次々に運ばれてきても、俺たちはほとんど手をつけることができなかった。

第三章　つがい解消薬、錬成開始

「エルフィー、おかえり、クラウス殿の遠征出発のお見送りはつつがなく終えたか？」

「公爵夫人とのお勉強はどう？　母様、心配で心配で。夫人にご迷惑をおかけしていない？」

クラウスが僻地《へきち》への新人騎士遠征に出発して戻ってくるまでの七日間、俺は予定どおりセルドラン家に戻ってきた。

父様も母様も俺の姿を見るなり抱きしめてくれ、質問攻めにする。

ニコラも笑顔で抱きしめてくれたものの、目は笑っていない。貼り付けたような笑顔をして「おかえり、待ってたよ」と冷ややかに言った。当然ながら、ニコラはいまだ静かな怒りのオーラを纏っている。

「で、エルフィー。クラウスとはその後、なにもないよね？」

俺の部屋に一緒に戻るなり、開口一番に問われる。俺は滅多なことを口にしないよう、返答を短くして何度も頷いた。キスしたことやヒートを治められたこと、挙げ句騎士団に紹介されてしまったことなど、絶対に言えるわけがない。

「もちろんだ」

首振り人形のように頷く俺を見て、ニコラはしばし訝しむような視線を向けていたものの、最後には「そう」と頷いた。

「わかった。兄さんを信じるよ。ところでクラウスの様子はどう？　今朝は無事に発ったの？　本当なら僕がお見送りに行きたかった」

ニコラが憂いのため息を吐く。言葉の端々が俺を責めているように聞こえるのは仕方がない。

「うん、無事に……」

発ったのは発った。けれど昨日、昼食に入った店を出てからも、俺たちの雰囲気は重いままだった。

つがい契約のせいで愛情を混同させられているクラウスだ。ニコラと瓜ふたつの顔と声に「おまえを好きじゃない」と言われたんだから、当然胸を痛めただろう。

クラウスは暗い顔をして、眠るときも寝室ではなく私室にこもったし、俺ももう話せることがなかったから、遅い時間まで勉強部屋で過ごした。

そんなギクシャクした様子を、今朝は夫人に心配されてしまって――

＊＊＊

「あなたたち、喧嘩でもした？　若いふたりにはそれもスパイスだけど、今日は笑顔で再会をお誓いなさい」

「あ……すみません」

そうだよな。クラウスはこれから整備が不十分な地に任務に行くのに、重々しい雰囲気で見送ってはいけない。それに、もしかしたら今日が「俺がクラウスの婚約者」である最後の日になるかもしれないんだ。

長いようで短くも思えた日々だった。次に会うときは、この五日の間では伝えきれなかった謝罪をきちんと伝え、でき上がったつがい解消薬を見せて、安心して婚約破棄を告げてもらおう。

「クラウス、五日間ありがとう。遠征、頑張ってな！」

俺もおまえとニコラの幸せのために、七日間で必死に頑張るからお前も頑張ってほしい。

心の中でそうつぶやきながらクラウスの手を取り、胸の位置に上げて握った。

治癒魔法では怪我や病気の予防はできないけれど、俺の大切な幼馴染が……そして、ニコラの大切な人が無事に帰還しますようにと祈りを込める。

「エルフィー」

「ん？」

もう一度祈ろうとしたとき、切実な声で呼びかけられた。顔を上げると、クラウスは俺の片側の頬を手で包んでくる。

「帰ったら、もう一度話そう。セルドラン家に迎えに行くから、待っていてくれ。それと、フェリクスには……いや、いい」

「え？」

フェリクス？　今、フェリクスって言った？

確認したかったけれど、閣下に出発を促されたクラウスは、俺の頬から手を下ろした。

「とにかく待っていてくれ。必ずまた会おう」

こうしてクラウスは、閣下と共に結成式が執《と》り行われる王宮へと向かって行ったのだった。

＊＊＊

「……無事に行ったよ。クラウスは濃紺の軍服を着て、近衛騎士団所属の証である深紅のサッシュをかけてた」

「素敵だっただろうね」

「うん、すごく立派だった」

晴天の空の下、背筋をピンと伸ばして黒鹿毛《くろかげ》の馬に跨《また》がるクラウスは、精悍そのものだった。

俺はこの五年間というものフェリクスしか見えていなかったけれど、薄い雲の隙間から差す日差しを鍛え抜いた体に受け、黒い髪と日焼けした頬を艶めかせるクラウスは、神に愛されしアルファなんだと実感せずにいられず、密かに感嘆のため息を漏らした。

そのときを思い出して、ぼんやりと視線を宙に浮かべる。

すると、ニコラにぐっと肩を掴まれた。慌てて視線を戻せば、俺と瓜ふたつのエメラルドグリーンの瞳が俺を睨んでいた。

「今までクラウスをそんなふうに言わなかったのに……」

「えっ？　や、いや、立派は立派だろう？　アカデミー時代とは違って本物の騎士になったわけだからさ。そう、一緒に出た閣下も威厳の塊、って感じで、騎士中の騎士だなって、ふたりとも立派だな、って、そういう意味だよ！」

「そう……。遠征先はカロルーナ地区だったね。あそこは国境で危険が多く、災害後の復興も遅れているから疫病が蔓延しやすいって聞いてるよ。どうかクラウスが無事に帰還しますように」

納得してくれたようで、ニコラは両手を組んで祈りを捧げる。

本当にクラウスが好きなんだな。待っててな。すぐにつがい解消薬を錬成するから……。

心の中で語りかけながら、そっと一歩下がる。それから、俺は最愛の弟に笑みを向けた。

「ニコラ、俺、早速ラボに行ってくる」

「うん！　僕も手伝う！」

さすが双子の弟だ。『なんのためか』なんて言わなくても通じている。俺たちは揃ってラボに向かった。

自宅からアカデミーと反対側に、ゆっくりでも二十分ほど歩けば、ラボに到着する。

萌黄色の石壁の建物、二階の東奥が俺の研究室だ。室内の左壁には薬草の一覧表を貼り、それらの薬草そのものと、薬草から作ったエキスの瓶を入れた棚、錬成に使う道具や辞書を並べた棚がある。

さらに真正面の壁には、遺伝子の法則が描かれた大きな図表を貼っている。

遺伝子の法則は三種類。大昔の農家の人が穀物や家畜の品種改良に励んでいた際、それぞれの種《しゅ》の交配の過程から法則を導き出したのだ。

つがい契約はそのうちの「優性劣性混合の法則」に当たる。

異なる遺伝子を組み合わせた結果、劣性の遺伝子に優性の遺伝子が絡みつき、遺伝子の配列を変える、というものだ。

「だから、つがい契約を解消するにはそれを分離させて、元の配列に戻せばいいんだよね？」

ニコラは小さな魔法陣を描いた試験紙に、つがいのいるオメガの頬粘膜から採取した細胞を置き、同じオメガの精製オメガフェロモンを少量垂らして染み込ませた。これで「実際の人間と同じ状態」を作ることができる。

「原理的にいけばね。だけどどうしても、分離前にオメガの遺伝子が破壊されてしまうんだ。まずは遺伝子に保護膜を張るような薬草と、使う治癒魔法を選定しないと」

俺は頷きつつ、準備していた薬草から取り出したエキスをニコラの前にある試験紙に追加した。

最後に細胞保護の魔法を送る。

「……よし、つがい相手のアルファの細胞を加えてみて。これで遺伝子が絡みつかなければ、分離にも応用できる」

要は、些細なことで傷がつくオメガの遺伝子を薬草と魔法で保護し、干渉が強いアルファの遺伝子から隠すイメージだ。

ニコラが慎重にアルファの細胞を追加する。けれど、すぐに首を横に振った。

「……駄目だ。一瞬で絡みつくよ」

「この組み合わせも駄目かぁ」

交互に秘眼スコープを覗いて、同時にため息をつく。

「これで何種類目？」

「アカデミー五年生のときからやってるから、もう百組近い組み合わせはやってる」

「道のりは遠いね」

「いや、これだけやったんだ。俺はなんとしてでもこの七日間でやり遂げる。俺の大切なニコラに幸せになってもらうために！」

「エルフィー、大好き！」

ニコラが腕に抱きついてくる。可愛い。ニコラは怒っているより泣いているより、笑っているときが一番可愛い。ニコラが笑っていてくれると、ホッとする。

けれどほんの少しだけ、胸の先にちりちりとした異物感を感じる。薬ができ上がるまでは、ふたりへの罪悪感が消えないからだろう。

「エルフィーも幸せになってよね。あっ、そういえば！」

ニコラが俺の腕に抱きついたまま、ぱっ、と顔を上げた。

「おとつい、フェリクスがきてたんだよ。エルフィーとの約束を守れなかったから謝りたいって」

「え」

――エルフィー、フェリクスには……

フェリクスが会いにきてくれたというのに、彼の顔よりも、出発前のクラウスの顔が真っ先に浮かんだ。

胸の先のちりちりとした違和感が強くなる。俺は無意識のうちに胸に手を当てていて、ニコラの手が俺の手に重なったことで、そうしていたことに気づいた。

ニコラは今までと一転、大人びた表情をして、俺の手をぽんぽん、と叩く。

「好きな人のことを思うと、ここが苦しくなるよね。わかるよ」

「え」

言われた言葉は、黒いインクのように俺の胸の中に落ちて、染みを作った。

――違う。俺はクラウスを好きになんかなっていない！

広がる染みを拭き取るような気持ちだった。慌ててそう言おうとすると、ニコラがまた俺の手をぽん、と叩いて手を離した。

「フェリクス、またすぐにくるって言ってたよ。よかったね」

「あ……」

ニコラの言っている相手を取り違えていたことに気づいて、考えなしに口走らなくてよかったと密かに息を吐く。

フェリクス……そうだ、『俺の好きな人』なんだからクラウスのことじゃない。

そしてふと思う。

俺は今までフェリクスを思って胸を苦しくしたことがあっただろうか。

プロムでダンスに誘ってもらえなかったとき、約束の談話室にきてくれなかったとき……淋しくて悲しかった。胸が痛んだ。どうして誘ってくれないの。どうしてきてくれないの。と。

けれどそれは、フェリクスが俺の願いを叶えてくれないことに対しての悲しさだったんじゃないのか。

だってそれ以外ではいつも、俺がフェリクスを心に思い浮かべるとき、ロマンティックな物語を読んでいるときのようにワクワクドキドキとして、華やかで楽しい気持ちになるばかりだった。

「エルフィーがモンテカルスト家にとどまっているのは、ラボの事業のことで詰めることがあるからだ、って伝えてあるから安心して」

「そう……」

ありがとう、弟よ！　といつもならすぐに抱きしめるところなのに、胸のちりちりが治まらず、俺は胸を上下に二、三度撫でた。

そのとき、ドアのノック音と共に研究員の声がした。俺に来客があると言う。

「もしかして、フェリクスじゃない？」

ニコラの察したとおり来客はフェリクスで、俺と彼はラボの応接室で再会した。

「セルドラン家に伺ったらこちらだと聞いてね。出直すのが礼儀だと知りつつ、気持ちがはやって、やってきてしまったんだ」

「そう。わざわざありがとう」

どうしてなんだろう。憧れのフェリクスが素敵なフロックコートを着て駆けつけてくれたというのに、いつものような熱量を持てない。意図したわけではないけれど、俺は単調に答えた。

フェリクスはそんな俺を見て、申しわけなさそうに声を落とす。

「エルフィー、俺のこと、怒ってるんだね」

「え、なぜ？　そんなこと、ないよ」

嘘じゃない。それよりも、俺は自分自身に戸惑っていた。

……俺はどうして事故以降、フェリクスのことをまったくといっていいほど思い浮かべずにいたのだろう。

つがいになりたいと願い、恋人になれたらその夜に体を繋いでもいい、とまで思った人だ。

それなのになぜ。それなのになぜ今、俺の頭の中には今朝のクラウスの顔が浮かんで、「フェリクスとは……」の先の言葉が気になっているんだ。

ああ嫌だ。胸がちりちりして気持ち悪い。

「そう……？」

フェリクスは窺うように俺を見て、そのまま対面のソファから少し身を乗り出すと、片頬に触れてきた。

こっちは、朝にクラウスが触れてきた側《がわ》の頬だ。

「プロムの夜はごめんね。どうしても断れない用事ができて行けなくなってしまったんだ。どれくらい待っていてくれたの？」

「え、と。だけどクラウスが、フェリクスはこれなくなったからって言いにきてくれて。それからすぐに、すぐに帰ったから」

俺はそろそろと身を引いて、フェリクスの手から逃げた。

フェリクスの手が触れると、なぜか虫が這うようにぞわぞわとして気持ちが悪い。

俺につがいができたから？　他のアルファの体を受け入れられなくなるのは知っているけれど、触れるくらいでも不快になるのか？

いつもなら頬を熱くして満面の笑みになるところだ。フェリクスもおかしいと感じているのか、宙に浮いた手のひらを軽く握って、小首を傾げている。

「クラウスが……。そう、なんだ」

フェリクスは握ったその手を顎に添え、少しばかり考え込むような様子を見せて言った。

「エルフィーはしばらくモンテカルスト家に滞在していたと聞いたけど、新しく事業に出資をする話でも出ているのかな？　……たとえば、つがい解消薬とか」

「えっ」

つがい解消薬、と訊ねられただけで胸が跳ねた。

落ち着くんだ、エルフィー。フェリクスはなにも知らない。つがい解消薬のことはアカデミーにいる頃から興味を示してくれていたから、話題に出しただけだ。

「違うよ。新しい事業の話はない。これからも縁を繋いでいこう、という親睦だよ」

「ふうん。それで五日も滞在するんだ。でも、どうしてエルフィーだけなの？」

そう問いかけられたとき、応接室のドアがノックされた。フェリクスはそのまま言葉を続けている。

「ああ、そうか。エルフィーは魔力が強いから、エルフィーが次のラボの所長ということかな」

「ふたりとも、お茶が入ったよ」

フェリクスの言葉が終わるか終わらないかのタイミングで、ニコラが入ってきた。

「ニコラ！　あ、ありがと！」

笑顔で答えながらも、俺は内心焦っていた。

今のフェリクスの言葉が、ニコラに聞こえてしまっていないだろうか、と。

俺は魔力が強いだけで、マナーも経営の学識も出来損ないだから、将来ラボをまとめるのはニコラだと思っている。けれどニコラは、自分の魔力が弱いことをとても気にしているのだ。

「ここに置いておくよ。フェリクス、ゆっくりしていってね」

「ああ、ありがとう」

懸念したものの、ニコラはお茶とお菓子をテーブルに置くと、笑顔を見せてすぐに出て行った。

あの笑顔、よそいきっぽくも見えたけれど大丈夫だろうか。聞こえていないといいのだけれど……

拭いきれない不安から、ニコラが出て行ったドアに目を向けたままでいると、フェリクスから声がかかった。

「エルフィー」

「ん、はい」

慌てて視線を戻し、姿勢を正す。フェリクスは優雅な微笑みをたたえていた。

「実はね、俺はあの日、君にお付き合いを申し出ようと思っていたんだ」

「えっ⁉」

話の流れが変わった。それも急に交際の話なんて。

目を見開く俺に、フェリクスは笑みを深める。

「どうかな？　考えてみて。俺たちが公認の恋人同士になれば、我が家もセルドランラボに出資する理由ができる。モンテカルスト家からだけじゃなく、アーシェット家からも協賛できれば、セルドランラボラトリーはリュミエール王国での地位が確立される。オメガ性の地位向上にもひと役買えるんじゃないかと思うんだ」

「え、あの……」

念願の交際を申し出てもらっているのに、情報過多なせいか少しも頭に入ってこない。それに俺、今はまだクラウスとつがいだ。つがい解消薬の錬成が成功しないと、他のアルファとの恋愛はできない。

――つがい解消薬ができたらクラウスとつがいを解消して、フェリクスと、待望の恋愛を……？

「エルフィー？　顔色が悪いね。もしかして体調が悪いんじゃない？　今日はいつもの快活な様子と違うのも、そのせいかな」

「うん……ごめん。今朝から胸がむかむかしていて……」

無意識に服の胸元を握っていたことに気づいた。気づいても、離せず握ったままでいる。

「そうか、気づかずに性急に話をしてごめんね。また改めるよ。今日は謝れただけでもよかった」

スマートなフェリクスらしく、物腰柔らかく言ってくれる。

俺は、フェリクスのこんなところも大好きだった。

「じゃあ、今日はお暇《いとま》するよ」

フェリクスがソファから腰を上げ、ドアに体を向ける。俺も立って、ラボのエントランスまで一緒に降りて彼を見送ることにした。

「ごめんね、せっかくきてくれたのに」

「プロムの夜に君を待たせたことに比べたらどうということはないよ。でも、エルフィー」

フェリクスの手が頬をすべり、耳朶を通ってうなじに触れる。

クラウスとつがいになって以降、うなじを隠すような服を着ているから直接肌には触れていない。

それなのに、生温かい体温を感じてうなじがゾワリとした。

「お付き合いのことは早めに返事がほしいな。すぐにイエスと言ってもらえると思っていたんだけど……次に会うときまでには返事を用意しておいてくれるね？」

貴族らしい上品な微笑みのあと、俺のうなじから手を離したフェリクスは、プラチナブロンドの髪を揺らして去って行く。

あの微笑みも髪も、フェリクスの姿を見た日は、いつも心が浮き立っていた。

それなのに今は、湿度の高い生ぬるさが俺の体に纏《まと》わりつき、体を重くしている。

やはりつがい以外のアルファへの拒否反応なのか……いや、きっと疲れているからだ。モンテカルスト家で慣れない勉強を頑張りすぎたのに、ひと息もつかずに薬の錬成に入って、魔力をたくさん使っているから。

——きっと、そうだ。

「わあ、すごい！　フェリクスがそんなことを？　よかったじゃない」

フェリクスが帰ってすぐに、どうだった？　とニコラに問われて、いまだに頭を整理できていなかった俺は、ありのままを伝えた。

「……その割には浮かない顔、してるけど」

ニコラは自分のことのように喜んでいたけれど、笑えていない俺を見て首を傾げた。

「いろんなことを立て続けに言われて、頭がこんがらがっているみたい」

「エルフィーらしくないね。ラボへの出資まで持ちかけてくるってことは、将来つがいになるとか、結婚もありえるかもって考えないの？」

「そうなの、かな……だけど俺、クラウスとつがいだし」

「違うでしょ！」

ニコラの声が、突然鋭さを帯びた。顔つきも瞬時に険しくなる。

「クラウスとはつがいを解消するんでしょ⁉　そのために今、こうやってラボに詰めてるんでしょ！」

「あ、う、うん。もちろんそうだよ。だけどその、だから今すぐ返事ができないって意味で」

焦って付け加えると、ニコラは苛ついたように試験台を指で叩いた。コッコッという無機質な音がやけに響く。

「エルフィーがヒートトラップを起こしてまで望んだフェリクスだよ？　本当なら飛び上がって喜ぶところじゃない。どうしたのさ」

「ヒートトラップは……！」

いや、このことは改めてゆっくりと話そう。今持ち出すと話がこんがらがってしまう。

「いや、その……なにか今日は体調が悪いというか、ここのあたりがずっと気持ち悪くて」

「胸？」

胸元を握った手に手を重ねられる。ニコラの表情が昼間同様大人びて、諭《さと》すようなものになる。

「お馬鹿さんだね、エルフィー。だから、それが恋でしょう？　フェリクスを思うと胸が苦しくなる。将来を示すようなことを告げられて、幸せすぎて不安になる。間違いなくフェリクスに恋してるからじゃない」

恋？　このもやもやが？　疲れているからじゃなくて、これが本当の恋心？

「あのな、ニコラ、俺」

「とにかく、薬を作ろうよ。クラウスとエルフィーのつがいが解消さえできれば、なにもかも元どおり。僕もクラウスに告白できるし、エルフィーはフェリクスに返事ができる。ほら、次はどの薬草にする？」

「あ、うん」

ニコラが諭《さと》してくれることとは違う気がして、そう言いかけたもののうまく言える気がしない。

手を引いて促され、俺たちは錬成に戻った。

けれど——

「駄目だ、できない」

クラウスが戻る日が明日に迫っても、どの組み合わせも成功しない。

いつでも楽観的な俺も、とうとう弱音を吐いた。

「アルファの遺伝子の干渉が強すぎるんですよ。こんなの、つがいの解消はどちらかが命を落としたときのみ、と言うよりは、アルファが命を落としたときのみ、と言っても過言ではないですよね。オメガはどうすることもできない」

錬成に加わった研究員が、秘眼スコープから目を離して眉間をつまんだ。

初めは俺とニコラだけでやっていた錬成には、日替わりで三人の研究員が入ってくれることになった。

俺たちがラボに泊まり込み状態になっていることを心配した父様に追及され、つがい解消薬の錬成を試みていることを打ち明けたのだ。俺の卒論テーマでもあったし、その目的が「つがいを失ったオメガの救済」だったことから、父様が優秀なスタッフを加えて、錬成班を組んでくれたというわけだ。

誰も、まさか第一被験者が俺とクラウスになるとは思ってはいないだろうけれど。

俺は頭の後ろで手を組み、椅子の背もたれで上半身を伸ばしながら独りごちた。

「アルファはオメガのヒートにはすぐに反応するのに、解消には反応しないなんて、おかしな話……」

そこまでつぶやいて、頭に閃くものがあった。椅子を倒す勢いで立ち上がると、ニコラが瞬《まばた》きしながら俺に訊いてくる。

「なに？　エルフィー、どうしたの？」

「どうして今まで考えなかったんだろう。つがいになるとき、オメガが大量のフェロモンを出してアルファが反応する。このときアルファはほぼ思考力をなくして行動する。だけどつがいを解消するときは、アルファはオメガのフェロモンを浴びることはない。つまりは」

「「解消のときも、フェロモンをアルファに与えればいい！」」

三人の声が揃った。俺は大きく頷く。

「そう、言い方は悪いけど、フェロモンでアルファの遺伝子を操作するんだ。今まではオメガの細胞の保護ばかりを考えていたけど、先にアルファのフェロモンにオメガフェロモンを多く与えて、動きを弱められるかやってみよう」

俺たちはすぐに新しい試験紙を用意し、魔法陣を描いた。アルファの細胞とフェロモンを染み込ませ、次にオメガの細胞を置いたら、今までの倍量のオメガフェロモンを垂らす。

「駄目ですね。まだアルファの遺伝子は動きが活発で、絡みつきも強いです」

「じゃあさらに倍量」

「ああ、これでは多すぎます。アルファ遺伝子の一部が増大し、より動きが活発になっています」

「まさにラット化か……適正値はどれくらいなのかな」

研究員と交互に秘眼スコープを覗いていると、ニコラが隣でペンを走らせている。

「僕が計算してみる。その間に、エルフィーは薬草と呪文の組み合わせを用意しておいて」

「わかった」

俺たちはその日もラボに泊まり込み、何度も試験を繰り返した。

けれど、とうとうタイムリミットはやってきた。

「ああ……朝がきちゃった……」

ラボの東向きの窓から、けぶるような白い光が差し込んでくる。

スタッフには夜のうちに帰ってもらった。ニコラは俺と同じく、椅子に座ったまま試験台に伏して寝倒れている。結局薬は仕上がらなかった。魔法だけでは立ち行かない錬成もたくさんあるけれど、これはなんとしてでも仕上げたかったのに。

「ん……」

日差しが明るさを伴い始め、ニコラが薄目を開けた。

目覚めたら、またどんなにか悲しませてしまうだろう。

「……エルフィー！　薬、薬は！」

頭を上げるなりしがみついてきたニコラに首を振る。ニコラは声も出せずに脱力したかと思えば、わなわなと震え始めた。

……まずい！

「どうして……どうして作ってくれないの！　このままじゃ本当にエルフィーがクラウスを取っちゃう！　ひどいよ！　どうしてエルフィーは僕の大事なものを奪うの！」

「ニコラ、落ち着いて！」

「ずるいよ、魔力が強いっていうだけで、エルフィーは努力もしていないのに、どうして僕が欲しいものを簡単に手に入れるんだ。ずるい、ずるい、ずるい！」

ニコラが錬成道具を掴んでは投げる。オメガフェロモンが入ったガラス瓶も投げて、ガシャン！と大きな音が室内に響いた。

精製したフェロモンが床を濡らす。

「ニコラってば！　俺はニコラのものを奪わない！　大丈夫だから落ち着いて！」

ぎゅっと抱きしめて、何度も同じ言葉を繰り返した。

大丈夫だよ。ニコラ。俺は頑張り屋のニコラが大好きだ。ニコラの努力が実るようにと、いつも願っている。

リュミエール王国では生誕と同時にバース判定が下される。加えて、治癒魔力を持つオメガは十二歳になると魔力判定検査を受けることになっている。魔力は他の能力と同じで個人差があり、一定の魔力がないと王立アカデミーに入学することはできない。

そして俺は、ラボを創設したひいおじい様よりもずっと高い魔力の判定が出て、ニコラは……ニコラはアカデミーに入学できるギリギリの判定だった。

このときのニコラの悲しみは、双子の俺でも推し量れるものじゃない。幼い頃から優秀だと言われて、ラボ二代目のおじい様からも周囲からも期待をかけられていたのに、一転してその期待が俺に向けられるようになったのだ。

俺だってニコラと比べられ続けて幼心にも傷つくことはあった。けれどその幼さと、父様と母様の公平な愛情に救われていた。

なにより頑張り屋で優しくて、可愛らしいニコラが大好きだった。

自分はそんなニコラには敵わないという自覚もあったから失うものもなく、魔力が強いとわかったときは、喜びよりもこれで俺も誰かの役に立てる、という安堵感の方が強かった。

けれどニコラは絶望した。長い期間泣いて泣いて、喚いて喚いて。元から気に入ったものへの愛着は強い方だったけれど、それがより強くなり、俺がニコラのものに触れることさえ嫌がった時期もある。

父様と母様の前で取り乱すのを抑えるようになってくると、俺にだけ、ふたりきりのときに激しく当たるようになった。

それでも、少しずつ少しずつ立ち直って、アカデミーに入学するときには「クラウスに再会したときに恥ずかしくない自分でいたい」と、魔力以外のことでは誰にも負けないように努力を重ねて、実際に魔力がニコラよりも強いクラスメイトが多数いる中で、成績はいつも次席を取っていた。

そんなふうに、魔力判定前よりももっともっと努力を重ねてきたニコラを、俺はずっと傍《かたわ》らで見てきた。

五年生を超えた頃からは、顔色を青白くしてまで必死に頑張っていたのも知っている。

俺はそんなニコラを誇りに思う。

だから。だからいつも気をつけてきた。ふたりでなにかを選択するとき、ニコラが先に選べるように。同じものを気に入ったときは、俺が別のものを選ぶように。

性格や資質の違いは根底にあるけれど、ニコラと同じものを好きにならないようにしてきた日々は自然と好みを分かち、俺たちはそれで均衡を保ってきた。

それを苦だと思ったこともない。だからこれからも俺は……

「ニコラ、大丈夫。俺はニコラの大切なものを奪わない」

十二歳以降繰り返してきた言葉を、呪文のように重ねる。

そのうちに荒かったニコラの呼吸が落ち着き、体の強張りも取れていく。くしゃくしゃに跳ねたピンクブロンドの髪の下で、潤んだエメラルドグリーンの瞳が俺を見た。

「……ごめん、エルフィー。僕って、ときどきこうなるね」

「謝らないで。俺だって周りが見えなくなって、突っ走ることがよくある。それをいつもニコラが止めてくれて、冷静になれているんだからさ」

「僕たち、ふたりで完璧なひとりだものね。今までも、きっとこれからも」

涙で濡れた瞼を拭いながら、ニコラが俺に抱きついて、「僕の半身のエルフィー。大好き」と言ってくれる。

そのことに安堵しながら、俺はニコラを抱きしめ返す。

「俺もニコラが大好きだよ」

見えなくても半身の俺には見える。きっとニコラは今、天使のような無垢な笑みを浮かべてくれている。

その後、散乱した錬成道具を一緒に片付けた。

「ニコラ、計算だけは続けて、フェロモンの適正値を調べていてくれる？　……あ！」

秘眼スコープに傷がついていないかを確かめるために、接眼レンズを覗いた俺は思わず叫んだ。

「アルファの遺伝子の一部が緩んでる！」

考えられるのは、ニコラが投げたオメガフェロモンの瓶から零れた液体が気化して、アルファの細胞に関与したということ。だとすると、これもカプセル型での錬成がもっとも効果的か。

片付け後もニコラといくつか意見を交わしたけれど、その結果をまとめ切れないままモンテカルスト家の馬車が迎えにきてしまった。

俺は馬車の中でも続けてフェロモンの適正値とその使い方について、ひとりであれやこれやと考え込んでいた。

「エルフィー様、モンテカルスト邸に到着いたしましたが」

「……は！　はい、すみません」

そして気がついたら、モンテカルスト家の御者さんが馬車のドアを開けて俺の様子を窺っていた。

御者さんに手を貸されながら、連日の徹夜で疲労している体を持ち上げて馬車を降りる。

「エルフィーちゃあぁぁん、お帰りなさい！」

「うぶ！　た、ただいま戻りました」

夫人が待つ居間に入るなり、熱い抱擁の歓迎を受けた。

アルファの夫人は背が高いため、豊満な胸が俺の顔を塞ぐ。

く、苦しい。

「寂しかったわ。あなたをご実家に帰すんじゃなかった。クラウスの不在を利用して、お買い物やサロンに一緒に出かければよかったわ」

胸からは解放されても、ナデナデナデナデ、わしゃわしゃわしゃわしゃと、今度は髪や頬を撫で回される。夫人は俺を子どもか愛玩動物と間違えているんじゃないだろうか。

「あの、クラウスは」

俺を迎えにくると言っていたのに、どこにもクラウスの姿が見えないことに気づいて訊ねた。けれど夫人に俺の問いを聞く気配はない。

「まあ！　エルフィーちゃん。お肌が荒れてるじゃないの。ま！　目の下にクマも！　大変、我が家の可愛いお嫁さんがボロボロ！　クラウスが戻ったら私が睨まれちゃう。あなたたち！」

ひとりで喋ると、最後にテーブルの上の呼び鈴をチリンチリンと鳴らした。

「はい、奥様」

すぐにいつもの侍女さんたちが居間に現れる。

俺はあっという間にバスルームに連れられて身ぐるみ剥がされ、オイルマッサージまで施されて、全身を磨き立てられた。

この人たち、いつもパワフルだなぁ……

湯浴みがおわると、服を着付けられる。夫人セレクトだという大きな角襟のブラウスに、深緑のベストとドロワーズパンツを合わせてもらってから居間に戻ると、夫人は悲しそうな顔で俺を見つめた。

「どうしちゃったのエルフィーちゃん。そんなに疲れて。ママン、悲しいわ」
マ、ママン……。まだ慣れない。この家にいると感覚がおかしくなりそう。
「それより、クラウスは戻っていないのですか？」

俺は若干の引き攣り笑いを真顔に戻しつつ、椅子に着いてから訊ねた。

ニコラのことを考えればクラウスの迎えがなかったことはありがたい。けれど帰還予定日に戻らないなんて、なにかあったのだろうか。

「それがね、遠征先のカロルーナで疫病に感染する騎士が続出して、感染がないとわかるまでは戻れないんですって」

夫人の顔も真顔に戻った。

初めて見るその表情と、思いも寄らない情報に、俺の胸はドキリと跳ねた。

「えっ、疫病？」

「安心して。伝書鷹の書簡によると、クラウスは今のところ感染の兆候がないらしいから大丈夫。明日の朝まで無症状なら、正午過ぎには戻ってくるそうよ」

「そうですか……よかった……」

続く情報を聞いてホッと胸を撫で下ろす。とはいえ、それなら今日はラボにいたかった。つがい解消薬のヒントを掴んだのに、ニコラにあとを任せる形になってしまった。

ニコラは次に俺が帰るまでに数値を洗い直すと言っていた。それと、フェリクスの訪問があったらうまく伝えておくよ、とも。

フェリクスはしばらくの間は新事業の展開のために忙しくしているらしい。

そのまま忙しくて会えないままだといいのに……なんて思うのは、薬ができていない今のままではふたつ返事ができないから？　それとも彼のことを考えるとき、出発の日のクラウスの物憂げな表情が浮かんでしまうから？

——あのとき、クラウスはなにを言いたかったんだろう……

「あらあらエルフィーちゃん、船を漕いでいるじゃない。ご実家に帰って、いったいどうしてそんなに疲れているのかしら。とにかく今日はもうお部屋でお休みなさい」

いくら考えても出ない答えを考え込んでいると、うつらうつらとしていたらしい。

俺は離宮の部屋に戻ることを許された。

部屋に戻り、せっかく着付けてもらったお洒落な服から寝衣に着替えて、ベッドにダイブする。

「ふぁ～。七日ぶりのベッドだ～」

クラウスと使うベッドはワイドキングサイズだ。ひとりで使うにはとても広くて、腕も足も伸ばして大の字になってみる。

「広すぎだな……いつもクラウスから逃げて端っこで寝ていたから、なんだか変な感じ」

なのにあいつ、朝目覚めると毎度しっかりと抱きついてきているんだ。起こさないようにそっと抜けるの、至難の業《わざ》なんだから。

「ニコラと一緒だな。俺は抱き枕じゃないっての」

今度は腕を上に伸ばして、ゴロゴロゴロゴロと子どもみたいに転がってみる。

「あ……クラウスの香り……」

クラウスの枕に顔が乗ると、包布は替えてあるのに、芳醇なコーヒーの香りが……クラウスのフェロモンが香る気がした。俺は眠るために、そう、眠るために大きく深呼吸をして、瞳を閉じた。


——寒い。

夜明け近くだろうか。夢うつつの中、体がぶるっと震えて冷えを感じ、デュベを探す。

昨日はクラウスがいなかったから、いつもみたいに頭からデュベをかぶらずに眠ってしまったのだ。

ないよ……ない。どこにあるの俺のデュベ。寒いよぉ。

体を起こせばいいのにまだ夢の中に浸っていたい気持ちが邪魔をして、目を閉じたままで手や足を動かしてデュベを探した。すると、温かくて柔らかい物が背から俺を覆った。同時にデュベも首から下に降ってきて、ふわりと体があったかくなる。

ふぁ〜、最高。もっとしっかりくるまれたい。

もぞもぞと体を反転させ、背中を温めてくれている弾力のあるなにかに向き合って、体を丸める。

そこでふと、疑問がよぎった。

だけどこれ、なんだっけ。こんなのベッドの上にあったっけ？

閉じていた目の片方を、うっすらと開ける。

「……！」

驚きで、一瞬声が出なかった。

俺がすり寄っていったのは、ベッドに入ってきたクラウスだったのだ。

「エルフィー、戻ってきてくれた……」

クラウスは小さくつぶやくと、たくましい腕を俺の体に回した。

丸まったままの俺は、クラウスという寝具にすっぽりと包み込まれてしまう。

「こら、離せっ」

「……悪い、ホッとして……。少し休ませ……」

振りほどこうとしたのに、クラウスは言葉を言い切らずにすうっと寝息を立て、すぐに寝入ってしまった。

「おい……！」

よっぽど疲れて脱力しているのか、クラウスの腕は普段よりもずっと重い。

そういえば、たった七日なのに顎が前よりも鋭くなっているかも。

カロルーナ地区での激務が想像できた。

「仕方ないな……起こしたら可哀想だから、今だけ抱き枕になってやるよ」

アカデミーにいるときの、友達同士の雑魚寝みたいなものだ。これはニコラへの裏切りじゃないよな？

「……お疲れ様、クラウス」

室内は薄暗く、時計を見れば起きる時間には今少し早い。

昨日の昼から眠っていた俺だけれど、まだ少し眠り足りなかった。

「俺もあとちょっとだけ……」

俺が抱き枕ならクラウスは筋肉毛布。温かくてふわふわしていて……心地よくて。

俺も再び、すぐに眠りの中に意識を落とした。


「そう。カロルーナ地区はそんなに緊迫した状況だったのね」

「はい。同じリュミエール王国とは思えないほど、王都や王都近隣地区の穏やかさとはかけ離れて荒《すさ》んでいました」

その日の遅めの朝食の席で、クラウスは今回の任務で目の当たりにしたことを重々しく語った。

リュミエール王国の騎士は、剣を持って悪賊や他国の侵略者と戦うだけが任務ではない。モンテカルスト公爵閣下がまとめる国防省に籍を置き、様々な方面からリュミエール王国の安全保障を支えている。

クラウスは近衛騎士団所属だから、要請時以外は王都での任務が主になるものの、新人の一年間は国内諸地域の防災や災害救助に従事すると決まっているのだ。

「カロルーナは大地震に見舞われて数年が経つが、領主が私利私欲にまみれたなまくら者だったために復興が遅れていたのだ。その日の水にもありつけない者で溢れ、疫病が流行して落ち着いても、またすぐに新しい疫病が流行する、という具合だ」

閣下もため息混じりに首を振り、自身の管理不足を責めた。

「ともかく、疫病の収束と感染者の治療が最優先、栄養不足で体を悪くしている方も多数おります。父上……いえ、閣下。騎士団は一刻も早い対策を望んでおります」

「わかっている。本日、王宮にセルドラン氏を招致している」

「父様を？」

閣下の話はこうだった。

カロルーナ地区の新しい疫病は、従来の数倍以上の伝染力があり、周辺地区を渡って王都に届くのも時間の問題だ。そのため感染収束のための治療薬・予防薬、そして栄養状態改善薬と免疫強化薬の四つを、どの薬よりも優先して錬成するようセルドランラボに要請する、と。

「相当な数の薬が必要だ。魔力の高いエルフィー君にも協力を願いたい」

閣下は厳格な雰囲気で、「エルフィーちゃん」ではなく君付けで俺に言った。

「はい。もちろんです！」

「ありがとう。ただこうなると、本件が収束の兆《きざ》しを見せるまでは、我が家の慶事の発表を見送ることになる……いいね？」

視線を夫人に移す閣下。夫人は落胆した表情を見せたものの、頷いた。

閣下は次に、クラウスにも視線を移す。

「クラウスも、わかっているな？」

「……御意」

やや返事を溜めつつも、クラウスは左胸に手を置き、頭を下げた。

「すまないね、エルフィー君。セルドランご夫妻にも謝罪しておこう」

慶事の発表とは、モンテカルスト家とセルドラン家の縁談のことだ。婚約発表日も結婚式の日取りもいったん白紙になる。単純に考えれば諸手を挙げて喜ぶところだ。けれど国の有事に個人的な都合を重ねて喜んでいる場合じゃない。

「国の一大事です。早い収束を望み、俺も尽力します」

俺が力強く答えると、閣下の厳しい表情がやわらいだ。

「発表は遅れるが、楽しみに待つ時間が増えるということだ。ともかく今日は束の間の休息を、ふたりでゆっくりと楽しみなさい。では私は、陛下の元へ参じるとしようか」

閣下が席を立つ。俺たちは揃って見送りを終えると、茶話室へ移った。

「ああ、本当に残念だわ。少しでも早くエルフィーちゃんの花嫁姿を見たかったのに」

夫人は虹色の羽根でできた御自慢の扇子を開くこともなく、両手で握りしめて嘆いた。

そんな夫人を、クラウスが低い声でいさめる。

「母上、不謹慎ですよ」

「あら、いつもの倍ムスッとしているあなたに言われたくないわね。表情と言葉が合ってなくてよ、クラウス」

「そんなことありません」

夫人からふい、とそむけたクラウスの顔が、隣に座っている俺の方に向く。

わ、ほんとだ。明らかに不機嫌。だけど七日前より疲れた顔をしているからそう見えるのかも。

「クラウス、疲れていただろうに、なんで早馬を借りてまで早朝に戻ってきたのさ。俺、起きたらおまえがいるからびっくりしちゃったよ」

「それは」

「やあねえ！　エルフィーちゃん！」

口を開きかけたクラウスを、夫人の甲高い声が制した。

「少しでも早くあなたに会いたかったからに決まってるじゃないの！　もう、このニブチンさん」

語尾に音符がつくような言い方だ。さっきまでしょんぼりしていた人とは思えない。

それにしてもニブチンとは。

「母上」

「本当なら昨日あなたを迎えに行って、抱きしめてキスして感動の再会をするはずだったのに、一日も遅れてしまったのよ？　ましてやあなたはご実家に戻っていた。可愛いエルフィーちゃんのことだもの。お出かけした先で他の殿方が」

「母上、そのなめらかすぎる口を閉じてください」

「あら、ご母堂様になんて言い草かしら。でも面白いから許すわ！」

扇子が開かれ、鳥が羽ばたくように大きく振られる。

えらくご満足のようだけれど、なにがそんなに面白くて満足なんだろう。

セルドラン家に迎えにきて抱きしめてキスなんかされていたら、俺の命はなかったかもしれないんですよ？　夫人。

「母上こそ、ひとり息子で遊ばないでください」

クラウスの真顔が強面《こわもて》になる。

「いいじゃないの。嬉しいのよ。あなたが表情を変え、思ってもみなかった行動をするのが」

反対に、夫人の表情はどんどん柔らかくなる。

「……本当に、昔からクラウスは、エルフィーちゃんの前でだけは人間になれるのよね」

「人間？　どういう意味ですか？」

優しい瞳でつぶやいた夫人の言葉に、俺は目を瞬《しばたた》かせた。

「ああ、それはね」

「母上、余計なことを言わないでください」

クラウスの強面《こわもて》がとうとう渋面になる。

すると夫人はちょいちょい、と指を曲げて俺を手招きして、上半身を寄せさせた。それから、クラウスと俺たちを遮るように扇子で仕切りを作って、内緒話を始める。

「実はね、クラウスは七歳になっても発語がなかったのよ」

「えっ、初耳です。そうだったんですか？」

「ええ。そのうち話すでしょうと思って心配はしなかったのだけどね。周りの子たちとも馴染もうとしなくて、剣だけが友達という感じだったわ。でも八歳になる頃に、セルドランご夫妻が初めてあなたたち双子を連れて、ご挨拶にきてくださったの」

その日のことは俺も憶えている。事業が成功している我が家は平民でも割合いい暮らしをしていて、家も大きい。けれど公爵家とは規模が違った。この屋敷はどこを見ても豪華できらびやかで、美しいもの好きの俺は、おとなしく母様と手を繋いでいたニコラとは違い、はしゃぎまくってしまったのだ。

「エルフィーちゃんはあちこち走り回って、全部のお部屋のドアを開けて中を見ていたわねぇ」

そこまで話すと内緒話はもうおしまいで、夫人は扇子で心地いい風を作りながら、懐かしむように宙に視線を向けた。

「すすすみませんでしたっ」

「私やクラウスの衣装も綺麗だって言って、生地を引っ張ったりめくってみたり……」

「もももも申しわけありませんっ」

「あら、いいのよ。王侯貴族の子どもたちとは違っていて、新鮮だったわ。それに……木登り！」

夫人が「ねっ？」とクラウスに目配せをしたけれど、クラウスはティーポットに睨みを利かせていて答えない。

木登りがどうした？　そんなに聞かれたくない恥ずかしい情報なのか？

夫人に視線を戻すと、彼女はくすりと笑って、さらに話を続けた。

「エルフィーちゃん、お庭の木に登って、クラウスも誘ってくれたわね。従者たちは危ないからと止めようとしたけれど、クラウスがお友達の誘いに応じたのは初めてで、夫と私は嬉しくて様子を見守ることにしたわ。ただそのときもクラウスは相変わらず無反応に見えたけれど……でもね、あなたたちが帰ったあと、またひとりで木に登るじゃない。そして……『高い。最高に綺麗だ！』って、笑顔で言ったのよ！」

「そうなんですか？　あ……もしかして、それが初めてのお喋りってことですか？」

「そう、そうなの。はじけるような笑顔を見せたのも初めてだった。夫と私は手を握り合って、涙して喜んだわ」

そうだったんだ。木登りってワクワクして面白いから、刺激になったのかな。

なぁんだ。感動的ないい話じゃん。クラウスが恥ずかしがるような話じゃないと思う。

「ですがそれと俺の前でだけは人間になれる、っていうのはどう繋がるんですか？」

木登りに誘うと人間になるとか？　……いや、なるなら猿だろう。

「憶えていないかしら。それはあなたの言ったこと、そのままだったのよ」

「えっ？　俺？　……そうだっけ⁉」

クラウスをちらりと見ると、渋い表情のままお茶を飲んでいた。今日のお茶はローズティー。渋くはないだろう。……って、それ俺のカップですけど。

「それからもね。あなたたちが訪れた日には決まってエルフィーがこうだった、ニコラはこうしていた、なんて自分から教えてくれるようになったの」

「はは……周りにいないタイプで、もの珍しかったから、かな～」

貴族のご令息ご令嬢とは違いすぎるもんな。野山を駆け回る猿のように好奇心旺盛で、今よりずっと落ち着きがなかった自分が恥ずかしすぎて、頬をぽりぽりとかいてしまう。

「そうねえ。それに、オメガちゃんに接するのが初めてで、驚きもあったんじゃないかしら。女の子みたいに可愛らしいのに、中身はしっかり男の子で快活でしょ？　それが興味を引いたんだと思うわ。どんどん言葉も話すようになってね。それでも普段は無愛想なままだったんだけれど、双子ちゃんがきた日だけは表情が豊かになって……」

ひと息置いて俺を見た夫人の目元が、優しく弧を描く。

「特にエルフィーちゃんのことを話すときなんかはとってもいい笑顔になるものだから、私はピンときたわ！　夫はわかっていなかったようだけど」

「ええ、そんなに俺、野生の猿みたいでした？」

俺も夫人の「ピン」がなにかはわからない。子どもの頃のクラウスには、俺の行動がよほど奇怪で面白かったということか？

……ん？　わかった。そうか！

「さてはクラウス、最初はもの珍しさを楽しんでいたものの、大きくなるにつれて俺に呆れて嫌気がさしたんだな?」

「は?」

黙ってお茶を飲んでいたクラウスがようやく反応した。言い当てられて気まずいのか、思いっきり顔をしかめている。

「そっかそっか。そういうことかぁ。クラウスってば、いつの間にか俺と距離を取るようになっただろ? だけどニコラとはずっと仲が良かった。ニコラは俺と違って落ち着きがあるし、派手な身なりをしないし、可愛くて優しくて気が利くし、天使のようだし、おしとやかだし真面目だし……クラウスがニコラを好きになるのは、自然なことだよな」

よく考えなくても、そうだよな。ただでさえ俺たちは男のオメガだ。同性のアルファなら誰だって、年頃になれば女の子のような健気さと貞淑さを持つニコラの方を好きになる。

……そうだよな。答えは単純だった。クラウスも今の会話から、自分が好きなのは俺じゃなくてニコラだと、少しでも思い出しただろうか。

「ま。エルフィーちゃんたら、やっぱり盛大なニブ」

「なにを言うんだ、エルフィー!」

「わわ、おまえこそ、なんだよ急に」

クラウスが大きい声を出すせいで、夫人が話そうとしていた言葉がかき消された。

なにごとかとクラウスを見つめると、クラウスは深いため息を吐きつつ夫人に視線を移す。

「母上、エルフィーを俺に返していただきます」

しかもそう言うと席を立ち、俺の手を掴……、いや、繋いでくるではないか。

「返っ……おまえ、なにを言ってるんだ。わわ、こら、やめろ」

指まで絡められ、俺は振りほどこうと腕を振る。

そんな俺たちを見た夫人は「あらあら」とつぶやいた。

「はいはい、行ってらっしゃい。あなたのことだから、自分で伝えたくて機会を探っていたのを私に取られて不服だったんでしょう？　でもきっかけは作ってあげたんだから感謝なさい。そして伝えたいこと、自分できちんと伝えていらっしゃいな」

さあさあ、と促すように扇子を扱う夫人を残し、クラウスは俺を引っ張って屋敷外へ出て行く。

「ちょ、ちょっと待てよ。いきなりなんだよ。それに手、離せよ！」

雑魚寝はしても、指を絡めて手を繋ぐのはニコラに対して不誠実だ。

今日からもうこういうの、禁止！

そう訴えようと口を開きかけると、クラウスが俺に横顔を向けた。

「嫌だ。手を離したら君はどこかに行ってしまうだろう？　奇跡を生み出すこの手を、今だけ俺に預けてくれないか」

「ぐっ……。おまえ、またそんな恥ずかしいセリフを……なあ、いい加減正気に戻ってくれよ。クラウス・モンテカルスト、おまえは質実剛健の硬派な男だっただろう？　つがいになったからって、どうしてここまで人格が変わってしまうんだ」

立ち眩みを覚えつつ自由な方の手を額に当てて言うと、クラウスが立ち止まった。

「俺はずっと正気だ。表現の努力はおおいにしているが、俺はなにも変わってはいない。それに君は、こういう言い方が好きなんだろう？」

「表現の努力？　俺が好きな言い方？　なんの話を……あ……」

聞き返そうと顔を上げたそのとき、背の高いクラウスの後ろにもっと背の高い木が見えて、追及する気持ちが葉のざわめきの中に吸い込まれていった。

この木こそが、俺がモンテカルスト家を初めて訪れた日に登った木だ。

「この木、こんなに大きくなったんだ」

あのときも大きく見えたけれど、今の方が大きく見える。木も年数分成長しているのだ。

感慨深さにつぶやくと、クラウスがエスコートをするように俺の手を引いた。

「登るか」

「へ？」

言うが早いかクラウスが枝に手をかけ、腕力だけであっという間に俺の頭上の高さまで登った。

だけど俺には無理そうだ。懸命に手を伸ばしても、一番下の枝の高さにも届きそうにない。

オメガの俺は、十五歳くらいで体の成長が止まっているから。

「いいなあ、アルファは。……ベータもか。体の大きさからもう違うもんな」

「それを補うために、俺がいるのだろう。ほら、おいで、エルフィー」

「おいでって」

枝からクラウスに視線を戻すと、俺にがっしりとした手を伸ばして微笑んでいた。生い茂る緑の葉の隙間から零れる日差しが、クラウスの黒髪をきらきらと光らせている。

その姿はまるで古代の剣闘神のようで、まぶしくて、頼り甲斐に満ちている。

俺は目を細めながらゆっくりと手を伸ばした。

ぐ、と力強く掴まれて、一気に体をすくい上げられる。

「わ。登れた」

「ここからは枝が多いから登りやすい。手伝うからもう少し上に行こう」

「うん！」

久しぶりの木登りに夢中になって、枝を少しずつ登っていく。

ほどなくして俺たちはクラウスの背の二倍分あたりの太い枝に並んで腰を下ろした。

公爵家の広い庭が眼下に広がる。正面には常緑の針葉樹で作られたモンテカルスト家紋章の形の生垣。右には夫人ご自慢のローズガーデンと緑の越屋根《こしやね》のガゼボ。左には馬に乗った騎士の彫像が中央に配置された大きな噴水。それらすべてが一望できた。綿雲を浮かべた蒼天も近くに感じる。

「わあ……やっぱり最高の景色！　だけどクラウスが座ってると、枝が折れそうだな」

「大丈夫だ。もし落ちても俺が守る」

ふわりと微笑んで、俺の髪に指を通してくる。

ちり、と胸の先が引き攣れた。こんなの、まるで……

「……フェリクスみたいなこと、するなよ」

頭を振って避けると、ぴたりとクラウスの指が止まり、表情を曇《くも》らせた。

「なかなか同じようにはできないが、これからも努力はするから……」

努力？　同じようにする？　それって、もしかして。

「なあ、さっき言ってた努力とか、こういうのが好きなんだろう？　って言ったのって、もしかして、フェリクスの真似をしてるってこと？　……いつから？」

つがいになって以降のクラウスの言動を、早回しで思い浮かべる。

「……まさか、つがいになってから、ずっと？」

どうして？　どうしてそんなことを？　つがいの契約というのは、そこまで人を操作するものなのか？

「なあクラウス、そうなのか？」

クラウスはきまり悪そうに視線を地面に向け、手を幹の上に下ろした。

「……そうだ。エルフィーはいつもフェリクスを見ていた。そして、フェリクスの振る舞いに逐一心を踊らせていた。あの夜も……フェリクスが談話室にくるのをずっと待っていた」

「そう、そうだよ！　俺は五年間もフェリクスに片思いをしていて、今だって！」

今だって、好き。

あれ……？　そう言いたいのに、言葉が出てこない。胸の中にちくちくが広がって、喉のあたりまでべったりと貼りついて蓋をしている。

そして、なぜだろう。今まではフェリクスの名をつぶやけば彼の麗しい微笑みがすぐに頭に浮かんでいたのに、数日前に再会したばかりの、あのときの顔にも蓋がかぶさっている。

それどころかクラウスの横顔がひどく辛そうに見えて、フェリクスの顔を思い出そうとする気持ちが立ちどころに消えていく。

「……今も、あいつが好きなんだな。当然か、あの夜からまだ十日ほどしか経っていない。つがいになったからと言って、気持ちまでは変わらない、か……」

俺が言葉を失っていると、クラウスは力のない声で零した。

そんな声を出されるとどうしようもなく胸が苦しくなって、俺は自分の口で「今でも彼が好きだ」と言えない代わりに、クラウスの話に置き換えた。

「そうだよ、つがいになったとはいえ俺たちは事故つがい。好きだった人から気持ちが移るわけがない。それなのにおまえときたら……なあクラウス、思い出せよ。おまえも俺を好きじゃなかった。おまえがずっと思いを募らせていたのは、ニコラ。そうだろう?」

「だからなぜエルフィーの中でそうなっているんだ！」

ちくちくを通り越してズクズクと痛み出した胸を押さえようとしたそのとき、クラウスがバッとこっちを向いた。今度は辛いというよりも、戸惑っている表情で。

「俺の中だけじゃないよ。アカデミーの生徒たちだって、みんなそう噂してた」

「噂など知らないし、他の者がどう思っていたかは重要じゃない。だがエルフィー、君にだけは誤解されたくない。俺は確かにニコラを好きだが、それは友人としての敬愛だ。俺がずっと思い続けてきたのは」

クラウスの瞳が太陽の光を受けて黄金色に輝く。綺麗だ……俺は、この輝きにとても弱い。

「エルフィー、君だ」

「……お、れ……？」

……クラウスが、俺を？　ずっと……？

「あっ」

「エルフィー！」

瞳に吸い込まれそうになり、くらっとして体が揺れた。

すぐにクラウスの腕が俺に回り、しっかりと支えてくれる。

そよ風が優しく吹いて、クラウスと俺の髪を揺らした。ほろ苦くて、それでいて甘い匂いがクラウスから香ってくる。

「エルフィー、好きだ」

ぎゅっと抱きしめられた状態で、クラウスの大きな手が背からうなじに上った。

クラウスも俺の匂いを感じているんだろう。鼻をすり寄せて、動物みたいにくん、と嗅いでくる。

「嘘……嘘だよ。だってクラウス、子どものとき、急に俺とだけ遊ばなくなって、全然会わなくなって……アカデミーでもずっと俺を避けていた。だけどニコラにはいつも優しい顔や言葉を向けていたじゃないか」

「君を避けていたことについては否定しないが、それはまた別で話をさせてくれ。ニコラについては、俺が今言ったことを聞いていたか？　大切な友人であり幼馴染なんだ。当然だ」

「だったら俺も一緒だろ！　なんで俺だけを避けたんだよ。ニコラが好きだからだろう！　クラウスが好きなのはニコラだ！」

どん、と胸を叩いて、そのまま手を突っぱねる。

クラウスの胸の中はあったかくて安心できるけれど、ここはニコラの場所だ。

だから、だから俺を好きだなんて、嘘を言わないで。

「まったく……エルフィーは子どもの頃から頑固だな。思い込んだらなかなか考えを変えない」

クラウスが俺の頬を指で挟んだ。唇が飛び出し、こんなときなのに間抜けな顔にさせられている。

「む～。なにすんだよ～」

「考え込むとき、唇を噛むのも変わっていないな。やめるんだ、痕がつく」

お尻がむずむずするほど甘い声で言われ、親指で唇を撫でられる。

「……は、離せっ」

慌てて手を払いのけて、そっぽを向いた。

「そんなこと、よく憶えてるよな」

「……憶えている。エルフィーのことならひとつ残らず全部、憶えている」

「へ……」

今度は顎を持たれる。また顔を真正面同士にさせられて、黄金色の瞳が俺を射貫いた。

虹彩はもともと琥珀色だけれど、光が当たると黄金色に光るクラウスの瞳。瞳孔は深い藍色で、少しだけ人より長細い。幼い頃は猫の目だと言ったけれど、大人になった今では本当に黒豹のよう。

「この瞳《め》の色は父上譲りだが、幼い頃は見えにくかったんだ。どこを見てもなにを見ても、黄色の薄いベールがかかっているようだった。だから家門や両親の地位のことはさすがに理解していたが、食事も、衣服も友人も皆同じに見えて、どれにも特別な興味を持てなかった」

「そうなのか？　だから言葉も話さなかったのか？　誰かに相談……閣下が同じ瞳なら、気づいてくれたんじゃないのか？」

「いや、そういうものだと思っていたし、父上からは聞いたことがないから俺だけの症状なんだろう。俺の方が父上よりも色素が濃いからな」

どう反応していいのかわからなくて口を閉ざすと、クラウスもひと呼吸置いた。俺の顎から下ろした手をかざして、空を見やる。

「だが……エルフィーに出逢って初めて、世の中に彩りがあることを知った」

「え、俺……？　やっぱり俺があんまりにも落ち着きがないから、目立ってたってこと？　見えにくかったのに？」

「はは。うん、まあ。初見は、ちょこまか動く小さいのがいるな、というのはあったな。俺の八年間の生活の中では、どの人も物も、ゆったりとうごくものばかりだったから」

う……。視界が悪い中で、小さな影が落ち着きなく動く様子を想像すると、俺でも目が疲れそうだ。

「その小さい者は俺の手を取り、もうひとりの小さい者と共に駆け出した。そして俺の腕をグイグイと引っ張って庭を駆け回り、この木を見つけると、鈴を鳴らしたような高い声を上げて登って、俺に手を差し出した」

それ、本当に猿じゃないか、ウキィ。

だけどそう。あのときは今日と反対。ニコラは怖がって絶対に登らないのがわかっていたから、すました表情のこの子でもいいや、と思って手を伸ばして、木登りに誘ったことを憶えている。

あの日の記憶を辿りながらクラウスを見れば、すました表情などではなく、内側から温かさが溢れてくるような、まるで、今俺たちを照らしている木漏れ日のような笑顔を浮かべた。

「君は『おいで、びっくりするくらい綺麗な景色だよ』と俺を誘《いざな》い、俺はそれがどんなものか気になった。景色とは驚くものなのか？　美しいとはなんだろう。それで君がいる場所まで辿り着き、景色を見ようとしたら、エルフィーが俺の目を隠した」

「えっ！　俺、木の上でそんな危ないことを⁉」

憶えていない。なんて恐ろしい子どもなんだと自分の顔を片手で覆う。

「ははは。本当にな。まあ、それでも俺は動じなかったが。……エルフィーは俺の目を両手で塞いだまま、呪文をかけた」

「呪文？」

その言葉に顔から手を下ろすと、クラウスは幼い頃の無邪気さを孕んだ声で囁いた。

「『いちにのさんで、おれが手をはずしたら、さいこうのけしきが見えるよ！』」

憶えのある言葉が光の矢のように頭を通り抜ける。俺はハッとして隣のクラウスを見上げた。

クラウスは「最高の景色」を今まさに見ているかのように瞳孔を開き、その中心に俺を映している。

「その瞬間、エルフィーの手がほわりと熱を帯び、瞼を通して光が差したように感じた。そしてそれが外れると……俺の目から黄色のベールが消えた。世界に、初めて色がついた瞬間だった」

まぶしい……まぶしいのが木漏れ日なのかクラウスなのかわからず、俺は目を眇《すが》めた。

クラウスもまた、俺と同じように目を細めて続ける。

「俺は驚いて固まってしまった。景色を見る前に目に飛び込んできた君の姿が……君が、あまりに可愛らしくてまぶしくて」

「ふぇ……？」

「景色もなにも、初めは君しか見えていなかった。それで君たちが帰宅したあと、また木に登った。そこでやっと今まで見えていなかったことに気づき、見える喜びを実感したよ」

やはりまぶしいのはクラウスの笑顔らしい。とうとう直視していられなくなり、俺はほんの少し目を伏せた。

「そ、そうなんだ……。俺、その頃からもう魔力が出てたのかな」

「だろうな。エルフィーの治癒魔力は高いから」

そうか……じゃあ無自覚だったけれど、俺が初めて治癒魔法を使ったのは、クラウスってこと？

「エルフィーの初めてを、俺がもらったんだな」

「うぐっ！」

言い方！　そそそそ、そうだぞ！　おまえは俺の初めてをことごとくかっさらっているんだ！

指を絡めて手を繋ぐのも、キスも、交接だって……！

「もう降りる！」

居たたまれなくなって、木の主幹に手を回してお尻をずらした。途端に腰に両腕を回され、張った胸筋が背中にぴたりと張り付く。

「まだ話は終わっていない」

「は、離せよ、危ないだろ」

俺の格好、最高に情けない。大木を両足で挟んで抱きついて、それこそ子猿みたいになっているのに、こんな姿で話をしろって？　顔が見えないだけましか？　俺、今真っ赤になってそうだもの。

……いや、よくない！

振り払おうとしたとき、クラウスが俺を背中から抱きしめながら、うなじに唇をつけてきた。

ぞくぞくっとして、力が抜けてしまう。

「ク、クラウス、ほんとに危ないって……」

「これから俺が言うことにイエスと言ってくれたら木から降ろそう」

「なに言って……」

「俺は、エルフィーが好きだ。初めて会った日から、今までずっと。……わかった？」

う……どうしよう。こんなこと、想像もしていなかった。俺、どうしたらいいんだ。

「わからないか？　じゃぁ、わかるように言おう」

言い終わりにちゅる、とうなじを吸われる。

「あっ、や……」

「好きだ、エルフィー。君が俺の世界のすべてだ……わかった？」

「わかんな……ん、んんっ、やぁぁ……」

ぺろ、とうなじを舐め上げられて、幹を掴む手が緩んだ。その分、腰に回されたクラウスの腕の力が強くなり、体が密着する。

衣服越しでもクラウスの整った筋骨を肌で感じて、また背筋がぞくぞくした。

「俺に世界の美しさを教えてくれた君が、俺には誰よりも美しい。俺が唯一特別だと思うのは、エルフィー、君だけだ。わかった？」

「あ……ん……ぅ……」

深く穏やかな声が、うなじから入って頭とお腹へと響いていく。

「エルフィーの心がフェリクスにあるということはもちろん知っていた。そして俺が君を好きな気持ちに終止符を打てなかったように、君の気持ちがまだあいつにあることもわかっている……だが、俺たちはつがいになった。これからは俺だけが君の渇きを癒やし、守ることができる。だから俺のことを見てほしい。これからは、俺を好きになってほしい」

「ぁ……クラウス……」

なにも考えられなくなって、どんどん力が抜けていく。

それでも頷くことができないでいると、きつく抱きしめられて、うなじを軽く咬まれた。つがいの刻印に歯を当てているんだとわかって、肌が粟立つ。同時に、泣きたくなるような切なさに襲われた。

あのな、クラウス。クラウスは俺の気持ちがわかってるって言うけれど、俺は自分の気持ちがわからなくなってきている。

フェリクスのこと、どんなふうに好きだったのか思い出せないんだ。

俺を「可愛いね」と言ってくれて、俺の魔力を褒めてくれた人。

物語に出てくる王子様のように華麗で、夢見心地にさせてくれた人。

ずっとずっと、大好きだった人。つがいになりたいと願った人。

だけど、おかしいだろう？　それなのに俺、うなじに刻印があると気づいたときに、真っ先に思い浮かべたのはニコラだけだった。

クラウスと事故つがいになってしまった事実へのショックはあった。フェリクスとつがえなかったことも悲しかった。けれど絶望することは一度もなかった。

クラウスと暮らし始めて以降、フェリクスを思い出したのはいったい何度だ？　思い出せない。

どちらかというとおまえの変貌ぶりに混乱して、おまえのことばかり考えていた気がする。

なあ、どうしてなんだ。自分のことなのにわからないんだ。

……それに、今こうしていることだって。

つがいになったからでもなく、ニコラと混同しているわけでもなく、幼い頃から俺を好きだと言ってくれたことにとても驚いていて、どう答えていいのかわからない。簡単に「イエス」だなんて、言えないよ。

もし「イエス」と言ってしまったら、「クラウスを好きになるよう努力するよ」って言ってしまったら、ニコラはどうなるの？

――俺、ニコラを裏切れない……！

クラウスはしばらく返事を待っていたけれど、俺がうつむいたまま答えないのでうなじから唇を離した。

その後は屋敷に向かって、なんとなく距離を空けて無言で庭を歩いた。

代わりに額をくっつけてため息を落としてから、俺をかかえ直して木から降ろす。

「あ……」

しばらくすると、木の上からも見えた噴水が見えて、足を止める。

あの噴水も好きだったな。夏は水が冷たくて気持ちよく、冬は氷が厚く張る日もあって、よく遊んだ。

「あそこで裸になって泳いで、ニコラに『叱られるよ！』って泣きそうな顔をされたなあ。クラウスは目をひん剝いて……」

重い雰囲気になっていたことを忘れ、思わず口に出してしまう。俺の前を歩いていたクラウスも立ち止まり、噴水を見た。

「憶えていたか」

「今思い出した。……あのあとクラウス、顔を真っ赤にして怒ってお屋敷の中に戻って行っちゃったよな。それからどんなに誘っても俺と遊んでくれなくなって……あ、あのときからか！　クラウスが明らかに俺を避け出したのって」

忘れていた記憶が頭の中に入り込んでくる。

あれは確か、十二歳になる前だった。

それまで楽しく遊んできたのに、その日を境にクラウスは俺を無視してニコラとだけ話すようになり、やがては剣の稽古や勉強が忙しいという理由で、姿さえ見せなくなった。

俺はそのときとてもつまらない気持ちになり、腹も立った。

けれど物心はついていたから、気の合わない友人がいても当たり前だし、そもそも公爵令息のアルファと平民の息子の俺たちオメガがいつまでも一緒にはいられないよな、なんて、いろいろと理由を付けて、寂しさを心の底に埋めた。

「そうだな」

クラウスは息を吐くようにぽそりと言った。少し気まずそうにも見える。

「ほら、そうなんじゃん。俺のこと好――」

……好きとか言っておいて矛盾してる、と言いそうになって、慌てて両手を口で塞ぐ。

これは俺が言ったら駄目なやつだ。

けれどクラウスの次の言葉で、せっかく塞いだ意味がなくなった。

「……好きな子の、一糸纏《まと》わぬ姿を見せつけられて、平常でいられると思うか」

「ふがっ⁉」

指の間から変な声が漏れてしまう。

「他人の裸体など、家族のものでも見たことがなかったんだ。あまつさえエルフィーはオメガだから、俺の体とはまったく違う艶めかしさを持っていた。それがどれだけ俺の感情を揺さぶり、理性を崩したことか」

「……え？　え？」

それはもしかしなくても、遠回しに俺に欲情したんだと言っているのでは。

しかも真面目なクラウスの口から「艶めかしさ」なんて聞くと、数倍いやらしく感じてしまうじゃないか！

「だけどあのとき、俺たちまだ十一歳だぞ？」

「俺はアルファだ。アルファは二次性徴も早い。俺に至ってはエルフィーがその扉を開いたも同然だ」

「扉を開く？」

……えっ!?　まさかクラウス、俺で精通を迎……？　うわわわ。想像しちゃ駄目だ！

「……す、すけべ」

俺は自分の体を抱きしめ、クラウスをじとりと睨んでやった。

けれどクラウスはしれっと言い返してくる。

「は？　以前俺の着替えを見て兆《きざ》したエルフィーに言われたくないな」

「はぁ？　……あっ、おまえ、そうか。だから前に昔と反対だって笑ったのか！　余計すけべだ！すけべ、むっつり！」

丸めた手でぽか、と叩くと、いい弾力で跳ね返ってくる胸板を続けて叩く。

「むっつり！　むっつりすけべ！」

ぽかぽか、ぽかぽかと続けていると、むっ、としかめっ面になったクラウスが俺の手を取り、腰に手を回して抱きしめてきた。

ふたりの体が隙間なくくっつく。俺の顔はクラウスの胸に埋まった。

「おまえ、またっ……！」

「もうなんとでも言え。あの日の君の姿は鮮烈に記憶に残り、アカデミーに上がってからも君を見かけるたびに胸が千々に乱れた。そんな邪《よこしま》な己を戒めるために、話しかけたいのも我慢して距離を取り、五年間、剣に打ち込んだんだ。その辛さを思えば、こうして顔を合わせて話せ、抱きしめられることは喜び以外のなにものでもない」

「うっ……」

避けられていたのが、まさかそんな理由だったとは……

背中とお尻がこそばゆくなって、抵抗する気持ちを削がれてしまう。

それでもせめてもの抵抗をしたくて、クラウスの胸をさっきより強めに叩く。ドン、ドン、ドンと。

「だけど、だけど同じ顔のニコラとは普通に接していたじゃないか。瓜ふたつなんだぞ？　ニコラを見ると俺を思い出しちゃう、とかはなかったのかよ」

本当は俺、すごく悲しかった。俺のことは避けるのに、ニコラには子どもの頃から変わらない笑みを向けるクラウスに腹が立っていた。だけどニコラがクラウスを思っているのを知っていたから、それでいいんだとほっとしたりもして……結果的にクラウスのことを考えるのを放り投げ、「俺はクラウスのことはどうでもいい」と思うようになっていた気がする。

「どうなんだよ、クラウス」

俺の顔はきっと真っ赤だろう。それを厚くて温かいこの胸板に隠していたかったけれど、胸を叩くのもやめ、クラウスを見上げる。

クラウスはまだしかめっ面のままだった。

「君に近づけない分、ニコラの奥に君を求めていたことは否定しない。懺悔《ざんげ》に値すると思っている。だが違ったんだ。ときどきニコラが君のような装いで俺の前に現れることがあったが、そのたびに認識させられた」

表情が刻々と変わっていく。しかめっ面から、憂い顔へ。

そして、若き黒豹と称賛されている剛健な男が、今にも泣き出しそうな表情をした。

「エルフィーとニコラはまったく違ったんだ。さっきも言っただろう、エルフィーは俺にとってすべてだと。姿かたちは似ていても、ニコラを見ても胸は騒がない。幼馴染や友人としての親愛の情は感じても、胸を焦がす愛おしさは感じない」

光を宿した黄金色の瞳が、俺を射貫いた。

「何度でも言う。俺はエルフィーだけを愛している。君が、俺の世界だ」

「っ……！」

息が詰まった。喉が絞られるようで、胸が苦しくなる。

それなのに、炒ったコーヒー豆のお菓子を口にしたときのよう。ひとたび呑み下してしまえば、ほのかな甘味が全身に広がっていく。

この感覚は、なんだ。

「エルフィー、なぜ泣く」

「え……？」

俺、泣いてる？　そんなつもり、全然ないのに。

頬に手を当てれば、伝った涙が手のひらを、瞼を越えたばかりの涙が指を濡らす。

「どうしよう。クラウス、止まらない」

「どこか痛むのか？　急にどうした。ともかく屋敷に戻ろう」

クラウスは俺の頬を両手で挟み、親指で涙を拭った。すり、と優しく、慈しむように。

――ああ、どうして今まで気づけなかったのだろう。

その瞬間霧が晴れたように、見えていなかったものがあったことに気づいた。

クラウスの触れ方ひとつ。そのひとつひとつすべてに、俺への愛情が込められている。

あのときもあのときも、あのときも……

頭の中に、プロポーズされた日から今日までのクラウスの振る舞いがいくつも浮かんだ。

つがい契約のせいで人格が変わったとばかり思っていたけれど、本当に違ったんだ。

俺、クラウスにすごく大切に思われている……！

「んっ……」

気づいた途端につがいの刻印が疼き、うなじが熱を持った。

ゾクゾクとして、足に力が入らない。

「エルフィー!?」

がくんと膝が折れ、しゃがみかけたところをクラウスにかかえられる。

直後、そのたくましい筋肉がぐっと盛り上がったのを感じた。

「エルフィー、フェロモンが溢れ出している」

「嘘……なんで今。あ、あぁ……」

粟立ち始めた肌は感覚を敏感にする。クラウスがうなじに触れてきて、俺はふるふると体をわななかせた。

「発情期ではないのになぜこんなに。だが、うなじもひどく熱い」

クラウスが思っている俺の発情期は三月《みつき》先だし、本当の発情期としても半月弱早い。

それなのに、本当にヒートのとき同様に、フェロモンが出てしまっている。

「体、熱い。ど、してぇ。やだぁ……」

喉が渇く。いいや、体が乾いている。これはもう、突発的なヒートが起こっているんだ。

嫌だ。もう突発的なヒートで、事故みたいなヒートで、クラウスのアルファの性《さが》を惑わせたくない……!

体温が上昇するのと共に、熱くなった涙が瞳に膜を張る。

水の中から水面を見ているような視界になって、クラウスの顔がぼやけて揺れたとき、腕に乗せられて横抱きをされた。

「あっ……！」

「すぐに部屋に戻ろう」

「ん、や、んっ」

クラウスが駆け出し、大きく一歩を進めるたびに体が揺れ、触れる部分を隆起した筋肉に撫でられる。そうすると感じたことのない熱い感情が胸に湧き上がり、俺は、それを決して口にしてはいけない言葉で表しそうになる。

――好き。

違う。

――好き。

違うってば。

――クラウスが好き。

違う、違う、違う……！　クラウスはつがいだから。だから体がそう思うだけ。

――好き、好き、好き、好き。好き。好き。クラウスが好き……！

――違う。違う。違う。好き。違う。好き。違う。

――好き……！

「こんなの、嫌だっ……」

ニコラ、違うから。嘘だから。俺が言ってるんじゃない。オメガの血が言ってるんだ。

俺は絶対に、ニコラの大切なものを奪わない……！

「エルフィー、大丈夫か」

離宮の部屋に着くとすぐに、ベッドに丁寧に横たえられる。熱い大きな手で頬を撫でられれば、それだけでお腹が疼いて後孔が窄まり、熱芯と双珠が痛いほどに反応する。

「すぐに楽にするから」

クラウスの手が肩からブラウスのボタンに移る。俺は体を丸めて自分を抱きしめ、うつ伏せになってそれから逃げた。絶対にヒートの劣情に流されたくない。

「いい、本当の発情期じゃないから、すぐに治まる。クラウスは出て行って。ひとりにして！」

このままじゃ俺、クラウスを求めてしまうから。

「できない。エルフィーが、俺のつがいが苦しんでいるんだ」

「嫌だ！　いらない！　……あっ……！」

背中から覆いかぶさられた。クラウスは俺に体重をかけて逃さないようにしながら、俺のブリーチズのボタンを外し、一気に足から抜いてしまう。

ブラウスは着たままでもブリーチズが脱げてしまったから、裾からクラウスの手が簡単にすべり込んでくる。

「や、ぁあっ、ぁあん！」

胸の飾りに触れられたのと、後孔の入り口を撫でられたのは同時だった。

クラウスは胸の飾りを指で挟みながら先をこすり、すでに濡れそぼった孔の中に指を進めてくる。

「嫌、嫌、嫌だっ、触らないで！　できない、クラウスとはもうできないからぁ」

反発の言葉を発しながらも、愉悦を拾う体はひとりでによじれ、指を動かされるたびに背が反りお尻が上がる。

俺は四つん這いになってしまった。

「わかっていると以前も言っただろう。君がフェリクスを忘れて俺を愛してくれるまで待つ。挿入はしない。ただ解放するだけだ」

くちゅ、と指が中に進んでくる。すりすりと動かされ、ぐり、と抉《えぐ》られた。

もうやだ、聞こえてくる音、全部が淫靡だ。

「あぁん！　あっ、あっ、あぁ……！」

クラウスの指が気持ちいいところに届いた。そこで指を動かされると、脳みそが煮詰まったジャムのようになる。

「う、ぅう。やだ、やだ、嫌だっ」

抱かれなくてもこんなの、ニコラへの裏切りだ。絶対に駄目だ。

だけど俺、説得力ないよ。どうせ気持ちよくて、お尻を振っているんだろう？　よだれを垂らして、高い声を上げているんだろう？　感じまくって、涙をぽろぽろ流しているんだろう？

……サイッテー！

「エルフィー、顔を見てはいけないか？」

クラウスが切羽詰まった声で聞いてくる。深く低い声がしゃがれていて、官能的だ。声を聞くだけで、フェロモンが出てしまう。

「駄目だ！　クラウスの顔なんか、見たくない！」

見たら、もっと蕩《とろ》けて泣いてしまう。見たら、キスしたくなってしまう。

そう思って必死に叫ぶのに、クラウスは聞いてなんてくれなかった。

「お願いだ。俺のつがいの可愛い顔を見せてくれ」

左胸をまさぐっていた手を右肩に回し、孔に指を挿れたままで器用に俺の体を回す。

「ひゃ、ぁぁぁあ！」

感じる部分をグリッと抉《えぐ》られた感覚があって、どうしようもなく高い声が出た。

先走りをトプトプと零していた熱芯がいっそう天井を向く。

「愛おしい。薔薇色になった頬も、潤んだ瞳も、濡れた唇も……果実のように瑞々しい君のこも」

「ん、ぁっ！」

熱く湿った口の中に乳輪ごと含まれ、硬くなった先をかじられて、背が弓なりに反れた。

「ぁ、あ……ああっ！」

唇と舌を巧みに使って吸われる。反対側の胸はつまんだりはじいたりされ、孔に入った二本の指は、気持ちのいいところばかりを執拗に突いてくる。

「ふぁっ、あっ、んんっ」

これ以上なく張りつめた熱芯は、クラウスの割れた腹筋で前後にこすられる。

どうなってるんだ、これ。どこもかしこも気持ちいい。体がどろどろのジャムになってしまう。

「綺麗だ……すべてが愛おしい。好きだ……愛している、エルフィー」

切なく甘いつぶやきに、心も体も歓喜する。蜂蜜壺よりもカシスジャムの瓶よりも甘い愛情の鍋に、たっぷりの砂糖を加えられて煮込まれる。

——俺も好き。クラウスが好きだよ。

けれど言えるわけがない。クラウスは絶対に好きになってはいけない相手だ。

「俺は……好きじゃない」

嘘。好きだよ。

「わかっている。でも俺は好きだ」

「……っ……俺は、クラウスを、好きには、ならない……！」

嘘。もう大好きになってる。ううん、本当は俺……

小さい頃からおまえが好きだった。初恋だった。

けれどおまえに避けられ始めたとき、ほのかな恋心を地底の奥深くに埋《うず》めた。

そして、ニコラからおまえが好きだと打ち明けられたとき、その上から何層にも土を重ねて地表を強固にした。決して割れないように、少しのヒビも入らないように。

だからきっと、抑え込んでいた感情が激しく湧き出たのと同時に、フェロモンが溢れてしまうんだ。

「そうか。それでも俺は君が好きだ」

俺の胸を吸いながら少し顔を上げたクラウスの額から、汗の雫が落ちて俺の肌を濡らした。すべての体液にフェロモンが含まれているから、皮膚に染み込む汗一滴さえも媚薬のように甘美だ。

「は、ぁぁ……んう……っ」

ひとりでに甘えた声が鼻から抜ける。恥ずかしくて情けなくて、ぎゅっと唇を噛んだ。

「エルフィー。唇を噛むな」

クラウスの左手の親指が唇と歯列を割り、口の中に入ってくる。

「噛みたいなら俺の指を噛め。可愛い唇に傷をつけるな」

「馬鹿っ……！　いい加減フェリクスの真似はやめろよ。恥ずかしいことばっか、言うな！」

指を入れられて、もごもごしながらも言うと、クラウスの黄金色の瞳が揺れた。

「あいつの名を呼ぶな……今まで言えなかっただけで、あいつよりもずっと昔からそう思っていた。だからこれから何度だって言う。俺の世界。俺のすべて。エルフィー、まばゆい君を愛している！」

クラウスの気持ちの昂りが指に伝わっている。力が込められ、舌の表面を指がすべる。

「ぁぐっ。ん、んん……」

これ、気持ち、いい。

「んっ、んっ……」

「エルフィー？　……俺の指を…」

俺は、赤ん坊のように夢中でクラウスの指を吸っていた。

ちゅうちゅうと締め付けるように、腰をくねらせながら夢中で。

だって本当はキスしたい。だけど駄目だから。せめて指を吸っていたくって。

「くそっ……自制がっ……！」

「は、んんっ」

クラウスは唇以外にもキスを降らせ始める。顎、頬、鼻、瞼……耳殻にも首にも、吸いつくようにかじるように。

そして、孔に入れた指を急速に前後に動かし始めた。

ぐちゅぐちゅ、じゅくじゅく、と、室内に淫猥な水音が響く。

すでに悦楽をため込む坩堝《るつぼ》と化していた俺の中は、わずかな刺激でも新たな悦びを得、瞬く間に絶頂に昇りつめた。

「んあぁぁぁ……っ！」

お腹の中で湧いていた熱いものが、濁流となって流れていく。

体も一緒に流されてしまいそうで、頭の下の枕を必死に両手で掴むと、下半身が大きく跳ねた。

ただいつもの吐精感とは違った。いつもは熱さが極まってはじけ飛ぶ感じなのに、これは。

「エルフィー、中だけで、達してくれたのか」

「えっ」

クラウスが言い切る前に、自分でも下腹に視線を動かして愕然とした。

まだ張りつめたままの熱芯の先からとろとろと出ているのは、白い精液ではなく、透明な先走りだ。

「やっ……」

「……すまない、エルフィー。こんな姿を見せられては我慢が利かない」

吐精を伴わずに達した恥ずかしさに身悶えていると、クラウスはやにわに自分のトラウザーズを寛げ、熱塊《ねっかい》を取り出した。蒸気でも伴っていそうなほど猛《たけ》ったそれは赤黒く、鍛えられたクラウスの体に見合う、どっしりとした存在感がある。

もしかしてクラウス、挿入を!?

「だ、駄目、駄目、やめて……あっ？」

本心では待ち望んでいるのに、自分の欲も打ち消すように頭を振っていると、反り返った熱芯を掴まれた。

クラウスは熱い息を漏らしながら角度を合わせ、自分の熱塊《ねっかい》をピタリと重ねてくる。

「あ……はぁっ……エルフィー……」

熱い……！　クラウスの、熱くてどくどくしてる……

クラウスの猛々しさを直接的に感じて、下腹から太ももにかけてが甘ったるく疼いた。疼きは背筋を走りうなじを昇って、脳の中心に快感を伝える。

きもちぃ……っ、くっつけているだけなのに、ジンジンする……！

「ああっ……クラウス……！」

すでに濡れそぼっていたのに、ふたつの先から次々に蜜がしたたって、クラウスの手もふたつの熱もぬるぬるになる。

ただ悦くて、ただただ悦くて、怒張した熱同士の境界が消えていく錯覚を起こしながら、俺は無意識にクラウスの手と共にそれを握り込んでいたらしい。

「く……エルフィーそんなことをしたら」

クラウスが苦悶の表情を浮かべ、ぶるっと身震いする。吠える獣のような熱塊《ねっかい》も、藻掻くようにびくついた。

上下するクラウスの手の動きが速まる。ふたりのものをぎゅっと絞って、根元からひねるように締め上げる。

「エルフィー、好きだ」

「好きだ」

「俺は、好きじゃな……ぁ、ああっ」

「好き……じゃな……あ、あぁっ、あぁ……っ！」

——好き、好き、好き……クラウス、大好きだ！

「……っく！　エルフィー！」

クラウスの全身の筋肉が攣縮《れんしゅく》したように感じた。次の瞬間クラウスが覆いかぶさってきて、首筋に強く吸いついた。

「あっ……！」

「っつ……！」

俺たち、どちらも一緒に息を詰める。そして一緒に極まった熱を震わせ、一緒に白濁を吐き出した。

もうどちらのものかもわからないそれが、俺たちの体で挟まれて広がり、シーツに流れていく。濡れた感触は気持ち悪いけれど、どうせ全身汗でびっしょりだ。シーツも後孔からの孔液ですでにぐしょぐしょ。

俺たちは体を重ねたまましばらく動けずに、目を閉じて息を整えていた。


翌朝。俺はモンテカルスト家の馬車でセルドランラボに送られた。

リュミエール王国議会で疫病対策案が可決され、『可及的速やかな薬品錬成』がラボに要請されたので、研究員が早朝から招集されたのだ。

「俺がラボまで送る。お父上にもご挨拶がしたい」

「いいってば、クラウスはすぐに仕事に行って！　今すぐ行って！」

そう何度も断ったのに、クラウスは俺の送迎をすると聞かず、一緒に馬車に乗り込んでいる。

「クラウス。帰りは迎えにきたら駄目だからな」

「君が国のために魔力を使って疲労するのに、そういうわけにはいかない。俺にはそれくらいしかできないんだ。させてくれ」

「うっ……」

恭《うやうや》しく手を握られ、黄金色の瞳でまっすぐに見つめられたら、反論の言葉を呑み込んでしまう。

好きだと気づいた相手に溢れんばかりの愛情を向けられているんだ。誰でもこうなると思う。

けれど俺はこれ以上クラウスを好きになりたくない。クラウスにも、好きになられては困る……

思いを止められなくなってしまうから。

——この恋は誰にも秘密で、叶うことのない恋だ。

「クラウス様、ドアを開けてもよろしいでしょうか」

馬車が止まり、外から御者さんの声が聞こえてくる。

「ああ、少し待ってくれ」

どうして？　と思っていると、クラウスは俺の手の甲に口づけた。

「俺が愛する世界の、今日一日の平穏無事を祈って」

——君が俺の世界だ。

クラウスの愛の言葉と重なった。気づいた途端にうなじがむず痒く熱くなり、かすかだけれどフェロモンを漏らしてしまう。

クラウスはすぐに気づいたんだろう。唇をふっと緩ませた。

「……つ、つがいだから反応してるだけだから！　別に、クラウスが好きとか、そんなんじゃないから！」

ドキドキドキドキと心臓が暴れる。エルフィー、誤魔化せ。いつもどおりにしろ。

「ああ、わかっている。だが俺が、エルフィーを愛しているから」

「また……！　俺は単細胞だけど、オウムじゃないからクラウスの言葉をそのまま返すなんてしないんだぞ。繰り返し言っても無駄だからな！」

……本当は。

本当は何度でも言ってほしい。俺を心から愛してくれる人の甘い囁きは、今までに感じたことのない充足感を胸に広げる。

最初はひと雫。そしてまたひと雫。クラウスの言葉はやがて大きな泉になる予感がある。

そう、泉を涸らそうと試みても、そのときには不可能なくらいに、大きく深く。

だから今のうちにしっかりと自分に言い聞かせるんだ。駄目だって。クラウスはニコラの好きな人なんだぞって。

——俺はニコラの大切なものを絶対に奪わない。

「はは。エルフィーがもしもオウムなら、籠から出していつでも肩に乗せておくのに。頭を撫でて桃色の羽根を梳《と》き、口づけをしながらエメラルドの瞳を見つめて、愛してる、を繰り返す」

ちゅ、と、またもや指にキスをしてくる。

「も、もう終わり！　離せ！　俺、もう行かなきゃ！」

指が熱い。俺は鳥のように腕をバタつかせてクラウスのキスから逃げ、席を立った。

「開けて！　ドアを開けてください！」

「クラウス様、よろしいでしょうか」

当たり前だけれどドアの向こうの御者さんは、訴える俺ではなくクラウスにお伺いを立てる。

了承を得た彼がドアを開くと、クラウスは先んじて颯爽と降り、拒否する俺の手を取って馬車から降ろした。

なにもかもがロマンス小説のワンシーンのようで、駄目だと思いながら身悶えてしまう。

そして結局、クラウスは父様の待つ執務室までついてくるのだから、どうしようもない。

「……クラウス！」

執務室に入るとすぐ、クラウスの名を嬉しそうに呼ぶニコラの姿が目に飛び込んでくる。

俺の体は縄で縛られたかのように動かなくなるけれど、ニコラの瞳にはクラウスしか映っていない。

俺はひとつ息を吐いて、肩の力を抜いた。

「やあ、ニコラ。久しぶりだな。変わりないか？」

「……うん！　うん！　クラウスも、任務お疲れ様。僕、とてもとても心配していたよ。無事に帰還してくれてよかった！」

ニコラは胸の前で手を組み、瞳をきらきらと輝かせている。

鈍い俺から見てもわかるのに、クラウスにはニコラのこの漏れ出る思いが見えないんだろうか。

……ああ、わかっていない。クラウスは「ありがとう」とだけニコラに言うとすぐ、父様の席の前に移り、挨拶をした。

義理の息子になる者としての挨拶、慶事の発表が遅れることへの謝罪。それから、昨日夫人や俺にも語ったカロルーナ地区の悲惨な状況を短く話し、モンテカルスト公爵家後嗣《こうし》としても、薬品の錬成をお願いすると頭を下げていた。

ニコラはクラウスに気にかけてもらえなかったことが寂しそうな反面、嬉しそうでもある。

婚約発表が延び、つがい解消薬を錬成する時間に余裕ができたことに安堵しているようだった。

「エルフィー、お疲れ様。大丈夫？」

お昼休憩の時間になると、ニコラが紅茶を淹《い》れ直して持ってきてくれる。

「ありがとう、ニコラ。ちょっとへばってる」

俺はニコラにお礼を言って、椅子の背にもたれた。

病気の治療薬は比較的簡単な魔法で錬成できる。けれど治癒魔法に病気の予防力はないため、予防薬を作るには特殊な魔法と工程が必要になって、ある一定の魔力がないと作ることはできないし、使う魔力が大きくなるから、あとの疲労が大きい。

熱い紅茶をすすり、ひと息つくと、ニコラがどこか張りつめた雰囲気で俺に声をかけた。

「ね……エルフィー」

「ん？」

「クラウス、少し雰囲気が変わったね」

「……そうかな？　俺はよくわからないな。比較するほど以前を知らないから」

変な言い方をしていないか、緊張しながら返事をする。

クラウスの変化を一番に感じているのは、多分俺だ。

つがいになって以降、学生時代に忍んでいた愛情を前面に出してきたクラウスは、「今思えばフェリクスを真似ていたこともあり、どこか上ずっていた」と話した。けれど昨日、気持ちを俺に話して……伝わって、安心したんだそうだ。昨夜ふたりで微睡《まどろ》みから体を起こしたあとから、明らかに余裕が漂っている。

馬車の中でのやり取りのように、「好きじゃない」と言っても笑っていた姿を思い出す。変なの。ドキドキして胸が苦しくなるから、やめてほしい。胸がきゅうと縮んで、泣きたいときみたいになって、苦しくなる。

——あ、俺……。これが恋をしているということか。

唐突に気づいた。ニコラが言っていた苦しさとは、これのことなんだろう。

——クラウスが、好き。胸、締め付けられて、痛い。

「エルフィーってば！」

「……あっ。ごめんっ、なんだっけ」

いけない。自分の世界に入り込んでしまった。

「よっぽど疲れたの？　ねぇ、クラウスの話だよ。なんだか丸くなったっていうか。前から僕の前ではそうだったけど、ね」

「あ……そ、そっか、そうなんだ。ごめん。俺さ、ほら、ふたりが話してるところに一緒にいたわけじゃないから、細かいことはわからなくて」

ニコラの言い方に小さな棘《とげ》を感じて、条件反射のようにヘラヘラとした薄い笑い方をしてしまう。

「ほら、カロルーナの現況を見て、思うところもあるんじゃないかな」

これは本当だ。昨日体を綺麗にしたあとに気まずくなくいられたのは、クラウスが真剣な表情でカロルーナの状況を変えたいと話していたからだ。

俺たちは王都での守られた生活に感謝しながら、だからこそ今、同じ国の民のためにできることを一生懸命にやろうと誓い合った。

「それで丸くなるの？」

「責務を感じて大人になる、みたいな」

「そう、なのかなぁ……でも、責務といえば。兄さん。兄さんの責任は忘れてないよね？　つがい解消薬の錬成は続けてくれるよね？」

「えっ」

もちろん続ける。ただ予防薬の予定数の錬成が終わるまでは、いったん休むつもりでいた。気力・体力的にどちらも中途半端になってしまうから、今は予防薬に力を入れたかったのだ。

「あの、ニコラ……もちろん忘れてないよ？　だけどほら、薬の到着を待ってる人たちがいるから、だからまずはそれを」

「う……」

俺が言い切る前に、ニコラの瞳からほろりと涙が零れた。

「そうだよね。今は国の一大事。なのに僕、自分のことばっかりで、我儘だよね」

「あ……ううん、ううん！　ごめん、俺、偉そうなことを言ったな。ニコラのことをそんなふうに思ったわけじゃないんだ。ニコラの不安な気持ちもわかってるし！」

ニコラの反対の瞳からもすーっと涙が零れる。静かな悲しみを表すそれに、胸がズクズクと痛んだ。いっそ泣き喚いてくれたほうがいいのに、ニコラはうつむいて、ほろほろと泣く。

「ふたりがつがいになって、一番変わったのは僕かもしれない。すごく自己中心的になってる。でも怖くて。僕、クラウスも……エルフィーも失っちゃうんじゃないか、って、すごく怖いんだ」

「ニコラ、そんな、どうして……俺は、俺はニコラの双子の兄だよ？　半身のニコラのこと、いつも心から思ってる」

「……ほんと……？」

ニコラは涙が頬に伝う顔を上げ、両手で俺の片手を握った。そして、首をほんの少し傾け、上目遣いに俺を見る。

「じゃあ、予防薬の錬成が落ち着いたら、すぐに解消薬の錬成に入ってくれる？　少しでも早く安心したいんだ。こんな自分は嫌だから」

いつもなら可愛いと思うおねだりの仕草を、今日は直視できない。

濡れた視線も、涙の水分が残る手もいやに湿っぽくて、手に緊張が走った。

「あ、あの……そうだ、俺、ラボの既定の時間が終わったら、残ってつがい解消薬の方もやってみようかな？　そうすれば少しは安心できるだろ？」

思わず口から飛び出したのは、現状をなにも考えていないような薄い言葉だった。

なに言ってるんだ、俺。そんなことをしたら疲れで魔力のコントロールが不安定になって、どっちも中途半端になるのに。

「え……でも、そんなことしたら、エルフィーに負担が……」

言いながら、ニコラはさらに瞳を覗いてくる。言われてもいないのに、元はといえばエルフィーが悪いんでしょう？　と言われているような気がして、胸の中が石でも詰め込んだように重くなる。

さっき「兄さんの責任」という言葉をニコラが使ったからかもしれない。

「だ、大丈夫。可愛い弟のためなら頑張れるよ！」

「……嬉しい！　やっぱりエルフィーは頼りになる僕の兄さんだ！　ありがとう！」

ニコラが満面の笑みで抱きついてきた。子どもの頃から見てきた、天使のような可憐な笑みだ。

それなのにどうしてだろう。いつもならすぐに抱き返して同じぬくもりを共有するのに、胸だけじゃなく全身が重くなった体は、すぐに手を回そうとしない。

クラウスに愛を告白されたのを隠しているから？

クラウスを好きになってしまったことを隠しているから？

クラウスと性的な行為をして幸せを感じてしまったから？

ニコラへの裏切りと嘘を重ねている俺がこうなるのは当然か。

けれどそれだけじゃない気がした。なにかがこれまでと違う。

その「なにか」の正体の糸口さえ掴めず、心の隅にこびりつくような気持ち悪さを感じながら、俺は午後からの錬成に入った。

＊＊＊

薬の錬成が始まって七日が過ぎた朝、朝食の席で閣下とクラウスが話していた。

「セルドランラボの総力を挙げた働きにより、薬の準備は順調だ。次のカロルーナ地区への派遣遠征は、予定どおり四日先と決議されるだろう」

「他の物資の準備も良好のようですね。国民も今回の疫病に対しての関心を強く示しており、国全体で疫病を封じようとする動きが出ています」

夫人もまた、王侯貴族の夫人たちによる慈善団体の活動が活発化していることを報告する。

「教会にもたくさんの支援物資が——」

俺はそれを聞きつつ、ぼんやりとしながら朝食を口に運んだ。

七日間、ずっとラボに詰めっぱなしだったせいだろうか。皆の声が遠く感じる。

「リュミエール王国が一丸と——……素晴らしいことだ。——陛下も今後、オメガ性の治癒魔力を無形財産として保護し、オメガ性の人材育成に——……エルフィーちゃん？」

「エルフィー。大丈夫か？」

「……え……？」

誰かに肩を抱かれ、ハッと目を開くと、閣下と夫人、クラウスが俺を見つめていた。

俺はいつの間にか瞼を閉じ、椅子から倒れそうになっているところをクラウスに支えられていたようだ。

「ちょっと……気になってはいたけど、エルフィーちゃん、頑張りすぎじゃないかしら。日に日に顔色が悪くなっているわ」

夫人がカトラリーを置き、俺を怪訝な表情で見つめる。

「いえ……！　大丈夫です。俺だけじゃないです。皆、頑張りは一緒ですから」

「でもあなた、帰ってくる時間がクラウスと変わらないじゃないの。ラボの規定時間は太陽が落ちるまでのはずでしょう？　迎えの従者も心配しているのよ？」

普段の軽やかさが潜んだ声でそこまで言うと、夫人は次にクラウスを見た。

「もう！　こんな大変なときなのに、クラウスが王太子殿下の護衛で早朝から晩まで忙しくて、エルフィーちゃんの送迎ができなかったから！」

疫病対策が推進されていても、国の日々の営みは変わらない。クラウスは隣国との交流に当たっている王太子殿下の護衛騎士のひとりとして招集され、ラボに送ってくれた翌日から今日まで、長時間の拘束がある任務に就いているのだ。

「こんな人員配置をしたあなたのせいよ！」

夫人の立腹の矛先は、最後は閣下に向かった。目を三角にした夫人に睨まれては、リュミエール王国の国防長官殿も形無しだ。

「殿下じきじきのご所望で、名誉なことなんだよ……？」

「殿下がなによ！　クラウスはエルフィーちゃんを守るために存在しているのよ!?」

「母上、不敬罪に問われますよ」

冷ややかにいさめるも、毎日送迎したいと言ってくれていたクラウスだ。俺の前ではとても残念そうにうな垂れて、夫人と同じことを言っていた。

「俺が一番に守りたいのはエルフィーなのに」と。

夫人もクラウスも本当に大げさなんだから、と苦笑しつつ、切なく疼く胸に手を当てる。

クラウスのそのひとつひとつの思いが、とても嬉しい。嬉しいのに、胸がギュウッと引き絞られる。恋をすると、嬉しくても胸が苦しくなるって知ることができただけでもよかったと思うんだ。

「俺なら大丈夫です。今の予防薬をもっと即効性のあるものにしたくて、ラボが終わった時間に少し研究時間を取っているだけですから」

そう言って笑みを見せると、三人は渋々引き下がってくれた。

俺を気遣ってくれる人たちに嘘をつくのは忍びない。けれど俺は、すでに大きな嘘を三つ重ねている。突発的なヒートをヒート誘発剤により起こしたこと、ニコラへの裏切り、クラウスへの心の誤魔化し。

それがなかった状態にするには、あの夜と同じ状態まで戻るのが一番いい。

すべての始まりのあの日へ。クラウスとつがいになる前の、あの直前まで――

そうして今日も陽が落ち、研究員は帰宅する。俺とニコラは残ってつがい解消薬の錬成を続けるけれど、座りっぱなしで凝り固まった体を一度動かそうと席を立った。

ところが椅子から立ち上がった途端にひどい眩暈《めまい》がして、視界が暗転した。

「……クラウス？」

次に瞼を開くと、モンテカルスト家の離宮の部屋の天井が目に入り、クラウスとの寝室のベッドに横たわっていた。

クラウスはベッドに乗り上げて俺の顔を覗いている。

「やはり今日は休ませるべきだった」

「ん……」

節《ふし》のある長い指が額を通り、俺の前髪をかき分ける。気遣いに溢れる優しい指遣いに、眉間を撫でられた猫のように瞼が閉じた。

「俺、どうしちゃった？」

「魔力の使いすぎで倒れたんだ。カロルーナ地区に持って行く薬と、王都を含む他の地区に配布する半量以上は確保できているから、明日は休むようにと、セルドラン氏からお達しが出ている」

「えっ、休んでなんていられないよ。俺にはやることが」

起き上がろうとすると、そのまま額の中央に二本の指を押し当てられた。

「即効性のある薬の研究なら急がなくていい。今のものでも充分な効果があると言われているだろう？　なにをそんなに切羽詰まっているんだ」

これ、護身術的なやつだ。おかげでびくともしない。

「休んでいろ。体を壊したら元も子もない」

指示的でも優しい穏やかな声と、くしゃくしゃと頭を撫でる温かい手に思わず苦笑した。

「クラウス、父様みたいだな」

「……父ではなく、夫になりたいのだが」

クラウスは一瞬、む、とした表情をしたものの、俺が笑うと頬を緩め、顔を近づけてくる。

どうしよう、キスだ、と身構えた。けれどクラウスの顔は、枕の上にぽすんと落ちた。

「堪《こら》え性のない……。君が心を与えてくれるまでは待つと誓ったのに、昨夜も身勝手に欲を押しつけた。……すまない」

枕に顔を押しつけたままの声はくぐもっていて、俺への謝罪だけでなく自分に戒告するようでもある。

「……クラウスは悪くない」

考えるより先に声が出た。クラウスは顔をそろりと上げて俺を見る。俺も体を傾け、クラウスの方を向いた。

「つがいがフェロモンを出していたんだ。本当なら自制なんてできない。だけどクラウスは、もう二回も挿入を我慢してくれた。たくさん汗をかいて、頭のここの血管なんか、切れそうだったぞ」

クラウスのこめかみに触れ、昨日血管が浮き上がっていたところをそっとなぞった。

発情期間中の強いヒートじゃなくても普通なら耐えられないのに、クラウスは堪《こら》えてくれた。

クラウスは俺の指を取り、口づける。馬車でしたように、まるで俺の手が神様の手だとでもいうように、祈りに似た口づけを。

「あの夜……つがいになった夜、自制できずにひどく君を抱いた。尊い君に、もうあんなことをしたくない」

俺を世界のすべてだと言ってくれるクラウス。おまえには俺が神様みたいにでも見えているの？とんでもない。俺は本当の恋に気付かないまま過ちを犯し、ニコラを傷つけクラウスの愛を踏みにじっている。

「クラウスは……悪くないってば。悪いのは俺。ヒートを起こして、おまえを巻き込んだ、俺だ」

「違うんだ。エルフィー。俺の懺悔《ざんげ》を聞いてくれ」

「懺悔《ざんげ》？　どうしておまえが」

クラウスはベッドから下りて床に跪《ひざまず》いた。横たわったままの俺の手を再び取り、額に当てると静かに語り始める。

「あの夜……フェリクスが君との約束を反故にすると知り、俺は好機を得た、と喜んでしまった」

「好機？　そういえば、どうしてあの日、クラウスは俺のところにきたんだ？」

「俺は元々、プロム前に君に愛を打ち明けるつもりでいた。受け入れてもらえなくても、これが話せる最後になるかもしれないと思っていたんだ。だが君がフェリクスと約束を取り付けているのを聞き、俺の出る幕はないとあきらめてしまった。フェリクスも君から真剣に告白されれば応じると思ったんだ。それなら……愛する君が幸せなら、それでいいかと自分を納得させて。でも、あいつは行かなかった」

語気が強まった。クラウスはフェリクスに憤《いきどお》ってくれている。

クラウスは、フェリクスに俺のことはどうするんだと聞いてくれたらしい。彼は「後日謝罪に行く。遅くなればさすがに待たずに帰るだろう？」と、別の用事に向かったそうだ。

ただクラウスは、フェリクスの別の用事がなんだったのかは頑なに言わなかった。

「そして君の元へと急いだ。君は悲しむだろうと胸は痛んだが、半面、君に気持ちを打ち明ける機会になるかもしれないと俺は喜んだんだ。浅はかだろう？」

頭を振って否定する。

誰だってそう思うよ。たとえ叶わなくても、気持ちを伝えられずに終わるのは嫌だもの。

「そんなことないよ。……クラウスの懺悔《ざんげ》ってそれ？　それくらいなら」

「いや、ここからが本当の懺悔《ざんげ》だ」

俺を見つめる黄金色の瞳が揺れる。

「君は、自分がヒートを起こしたから俺たちが事故つがいになったと思っている。でも実際は違う。俺は君のヒートに抗えずにラットになってうなじを咬んだのではない。自分の意思で、君とつがいになりたくて咬んだんだ」

「え……？　ラット状態じゃなかったってこと？」

意味が呑み込めず、体を起こした。クラウスは心配してくれたけれど、俺が「大丈夫」と言うと、断りを入れてベッドに上がり、枕やクッションを背もたれにして壁に背を預けた。

それから、足の間に俺を挟んで背中から抱きしめてくるから、俺は慌てて後ろを振り向いて、首を横に振る。

「クラウス、これ落ち着かない」

本当は、落ち着いてしまうから駄目なのだ。こんなふうにされると、「これ以上ニコラを裏切るな」という頭の隅の警笛が遠のいてしまう。けれどクラウスは体勢を変えてくれなかった。

「顔を見て話すのが少し怖いんだ。どうか赦してくれ」

うなじに息がかかる。最初は身をすくめていた俺だけれど、なんとも言えない収まりのよさに、背中を預けてしまう。

「クラウスでも怖いものがあるんだな」

「ああ。怖い。君に拒否されることがなによりも怖い。だからこうして捕まえていたいのかもしれないな」

回された腕に力が入る。それでも少しも痛くない。クラウスはデュベのようになって、俺をすっぽりと包み込んでいる。

「君がヒートを起こしたときは驚愕し、狼狽した。そして次の瞬間、体中の血が入れ替わる感覚があった。頭の中は真っ白になり、なにも考えられなくなった」

「やっぱり、ラットにはなっていたんだな？」

「あれをそうだと言うのなら。だが途中で気づいた。俺は愛する人と口づけをしているんだと。再び押し流されそうな自我の中、君の名を呼んでは愛を繰り返し、自我を保たせようとした」

——エルフィー、き……す…きす……き……だ。

あのときのクラウスの声が、頭をかすめた。

ああ、あのとき、クラウスは愛を伝えていてくれたのか。……俺を好きだと。

「だがフェロモンに酔い、思考を奪われて、気づくと君に腰を打ち付けていた。俺はなんということをしているのだろうと、愛する君への冒涜だと腰を引こうとした。だが……」

クラウスは俺のうなじに額をつけ、沈黙してしまった。

「クラウス？」

「だが……できなくて。その……」

クラウスの歯切れが悪くなる。逡巡するようにしばらく沈黙して、ふぅ、と小さく息を吐くと、ようやく話を再開した。

「君があまりにも扇情的で、俺はこの姿を他の誰にも見せたくないと……君の元へ向かわなかったフェリクスに渡したくない、俺が幸せにしたいと……そして、うなじを、咬んだ」

刻印に軽く歯を立てられる。体がぞくぞくと震え、頭の中が真っ白になっていく。瞼を閉じると奥に小さな光を感じ、俺は意識をそこに向けた。

――お願い、咬んで！　俺を楽にして！　咬んで！

「……あ」

意識の奥の奥をよぎったもの――暗がりが映るアカデミーの談話室の窓。

立ち上るコーヒーのような香りと腹を埋める熱い塊。

そして、叫ぶように懇願する俺の声。

「違う……俺だ。俺が頼んだ。クラウスに、ここを咬んで、って」

うなじに手のひらを回す。

そうだ。確かクラウスは、俺と交わりながらも途中で耐えるような動きを見せていた。踏みとどまるようにじっと動きを止めて。

それなのに俺が何度も叫んだから。咬んで、楽にしてよ！　と。

「俺が……俺が……」

ヒートを起こしたくせに今さらだ。それでも自分の痴態を思い出すと居たたまれなくなる。

「エルフィー、思い出して……」

「ごめん！　ごめん、クラウス。やっぱり俺が！」

「違う！」

体を回してクラウスの胸元を握ると、クラウスはぎゅっと抱きしめてくれた。

「俺の意思だ。止める術《すべ》はいくらでもあった。だが抗うことができなかった……君を愛する気持ちに、君とつがいになりたいという、幼い頃からの願いに。だから、なにがあっても俺が責任を取る。一生涯かけて君を守り、愛し抜くと決意して、うなじを咬んだ」

クラウスの低く深い声が、俺の中に染み込んでいく。

「すまない、エルフィー。君の心がフェリクスにあると知っていて、身勝手に咬んだ。懺悔《ざんげ》をして済むものではない」

ううん。違う……クラウスにとっては懺悔《ざんげ》でも、俺にとってはこれ以上ない、愛の言葉だ。

声と共に深い愛情も染み込んでくる。ひと雫なんてものじゃない。雨のように絶えず俺の心に降り注ぎ、もう涸らすことのできない、大きな泉が心の真ん中にできてしまった。

俺は……俺はこの泉を大切にしたい。

「クラウス。俺、おまえが次の遠征から戻ったら、言いたいことがある」

決めた。

ニコラにちゃんと話そう。俺はクラウスを愛してしまったんだと、ううん、子どもの頃から好きだったのだと正直に。そして、愛し続ける赦しを乞おう。

それからクラウスにも俺の過ち……薬を誤用してしまったこと、ニコラを裏切ってなおクラウスを愛してしまったこと。それを懺悔《ざんげ》し、俺からの愛を伝えるんだ。

――おまえを愛してる。

クラウスが伝えてくれた以上に、何度でも。


翌朝。ひと晩休み、自分に回復魔法をかけた俺の体はすっきりとしていた。クラウスとのことも決意をしたから、共に心もすっきりしている。だからラボに行きたかったんだけれど……

「駄目よ！　エルフィーちゃん、全然休んでいないもの。今日はお休みよ。出かけたいなら私と一緒に街にお出かけしましょ！」

「母上、疲労で倒れたエルフィーを連れ回すなど言語道断です」

「おいしい食べ物と綺麗な物は心身をいち早く回復させるのよ。文句があるなら、あなたもお休みなんだから用心棒としていらっしゃい！」

いつの間にか豪華な羽根飾りのついた帽子をかぶった夫人に押し切られて、クラウスと俺、夫人の三人で王都の中心にある商業街へ出ることになってしまった。

「ほら、エルフィーちゃん、あなたにはこの装いも似合うわね！　あら。こっちも素敵じゃない」

「エルフィーちゃん、ここのティーサロンのデザートは最高なのよ」

夫人は俺を王侯貴族御用達のテーラーに連れて行き、着せ替え人形のようにさまざまな服を着せたり、王都で老舗《しにせ》のティーサロンでケーキを頬張らせたりして、ご満悦だ。

俺も俺ですっかり体力が回復していたから、久しぶりの街はとても楽しかった。

思えばクラウスと事故つがいになってから、つがいを解消することばかりを考えて閉塞的になっていた気がする。

ニコラと話すんだと決めても、いざとなるとどう切り出せばいいか思いつかず、頭を悩ませていたからいい気分転換になった。

誰かが気にかけてくれるというのは、ありがたいことだ。

同じように、ニコラにも支えてくれる人が複数必要だ。クラウスが遠征の間に家に帰るから、父様と母様に先に俺の過ちを打ち明け、今まで以上にニコラの支えになってもらうようにお願いをしてからニコラに話そう。

俺以外の前ではいつも笑顔を絶やさず、愚痴のひとつも零さないニコラだ。今回は悲しみの原因の俺に当たりはしても、慰められたくはないだろう。俺も、慰めることができる立場じゃない。

「エルフィーちゃん、お顔色がすっかり戻ったわね。よかったわ。ずっと塞いだ表情だったもの。

心配していたのよ」

シナモンが効いたアップルパイをすべて平らげると、夫人がほっとしたように目尻を下げた。それから、長いまつ毛に縁取られた瞳でぱちんとウィンクをする。

「では私はひと足先に帰るから、あとはふたりでゆっくりなさいな。クラウスの出発まで日がないし、任務に就けば心労もかかるわ。エルフィーちゃん、クラウスの英気を養うために、デートで思い出を作ってあげて」

その言葉に頬を熱くした俺だけれど、クラウスは思わぬ名案だというように頷いた。

とはいえ騎士団の修練場以外にふたりで出歩いたことのない俺たちだ。

ふたりして行き先を思い巡らせ、ティーサロンの店先で立ち止まっていると、露店のひとつから店主の男に声をかけられた。

「そこのお似合いのおふたりさ〜ん、こっちに寄っていってよ！」

俺とクラウスは目を合わせて無言で同意し合い、そちらへと向かう。

店主は得意げな表情で、腕を大きく広げて品物を披露した。

「これらは俺が外国を渡り歩いて集めたまじない品だ！　お兄さん、恋人へのお守りにどうだい？こんな可愛い恋人がいたら、離れてる間に不安になるだろう？　男避けのお守りもたくさんあるんだぜい？」

けれどどれも怪しい形や奇抜な色をしていて、とてもお守りには見えない。

俺が首を振って、「胡散臭い」と言おうとしたときだ。

「いただこう」

「えっ⁉」

クラウスが前のめりに答えた。

即答しちゃったよ……わ、わ。その手に持った幽霊みたいな大きい人形、絶対に呪い系だって。やめてやめて。

俺は慌ててクラウスに耳打ちをする。

「クラウス、騙されるな。インチキだよ」

「だが俺がいない間にエルフィーに言い寄る男がいたら、この気味の悪いものを見せれば退散するような気がする」

クラウスは三歳の子どもくらいの大きさの幽霊人形を抱き上げて、まじまじと見ている。

「いやいやいや、持ち歩かないから！」

「じゃあこれは？　怪しい男が近づいたら顔に貼ってやれば……」

うわ。これまた気持ち悪い。どこの国の言葉なのか、黄色い紙に血文字のような赤い字で呪文が書かれている。

「……さてはクラウス、センスが悪いな？」

言うと、図星を突かれたような表情をして、クラウスは呪符を戻した。

「なら他で探そう。エルフィーに危険が迫ったとき、俺が一瞬で駆けつけることができるようなすごいお守りを」

「ええ〜？」

すごいお守りってなんだよ、と首をひねりつつ、この店にこだわられるよりはましか、とクラウスに付き合うことにする。

さて、店を離れようか、と踵《きびす》を返したときだ。店主が俺たちを引き留めた。

「お客さん、待って待って！　お目が高いね。そう、ここに並んでいるのは実はおもちゃだ」

「やっぱインチキじゃん。おじさん、悪徳商法はいけないよ」

顔だけ振り向いて俺が言うと、店主はわざとらしく咳払いをしてから、俺たちを手招く。

「違うんだって。実は見極められる人にだけ本物を見せているんだ。希少なものだからね」

いよいよインチキくさい。俺は後ろ髪を引かれている様子のクラウスに帰ろう、と再び促した。

そこへ店主が急いで鞄から宝石箱を取り出し、蓋を開いて見せてくる。

「ほら。見なよ、これ。東方の国の『つがい呼びの笛』だ」

「つがい呼びの笛？」

呼び名に興味を惹かれ、俺たちは宝石箱を覗き込んだ。

中にあったのは、小鳥を象《かたど》った笛のペンダントだ。淡い桃色に乳白色のマーブル模様が入っていて、そこが鳥の羽根のように見える。

小鳥の瞳の部分には、緑色の小さな石がはめ込まれていた。

「綺麗だろ？　海の奥深くから採取した桃色珊瑚に、綺麗な川で採取した翡翠を使ってるんだぜ？」

「これは……美しいな。まるでエルフィーのようだ」

「ぶっ」

クラウスってばなにを言っているんだ！　と思いつつ、色味が確かに自分の持つ色に似ていて、俺でさえ運命的な品物に思えた。ちょうどこの間、オウムの話をしていたし……これはオウムではなさそうだけれど。

「そうだろう！　あんたと歩くこちらの彼を見た瞬間、ビビッときたんだ」

「ホントかなぁ……これ、なんの鳥？　つがい呼びの笛ってどういうこと？」

「ああ、これはヒバリだ。ヒバリは繁殖期が始まると雄が高く上がって囀《さえず》るだろう？　その姿が東方の可憐なオメガにたとえられるそうだ。オメガの発情期が始まるときにつがいを呼ぶ声のようだ、ってな。それに、東方では『運命のつがい』という言い伝えがあってな」

「『運命のつがい？』」

俺とクラウスの声が揃った。店主は物知り顔で話を続ける。

「そうさ。この世には魂で繋がっているアルファとオメガがいて、ひと目見れば自分の運命だとわかるそうだ。ただ特別なだけになかなか出逢えないらしいから、オメガがこの笛を吹いて呼び寄せるんだ。どうだい、ロマンティックだろ？」

ロマンス小説愛読者の俺はこの手の話に弱い。魂で繋がっているとか、確かにすごくロマンティック。だけどなぁ、東方の珊瑚に翡翠って、いったいいくらするんだ……

「いただこう」

「えっ!?　クラウス？」

「いくらだ。ああ、あちらで聞こう。エルフィー、少し待っていてくれ」

「え？　ちょ、駄目だって。やめとけクラウス」

止めるのを聞かず、クラウスは俺に背を向けて店主とこそこそ話を始める。

そしてしばらく経ったのち、俺の元に戻ってきたクラウスの手には、宝石箱が載っていた。

「持ち金がなかったから家に取りにくるよう伝えておいた。ほら、エルフィー。君のものだ」

「こんなもの、もらえるか！　いったいいくらしたんだよ！」

「なぜだ。値段ではないだろう。俺が君に贈りたいんだ」

詰め寄る俺に対し、クラウスはけろりと言ってのける。

また、俺たちがそんなやり取りをしている少し先では、店主がニヤついた表情で「露店じゃなく店舗が借りれるぞー！　金持ちが通って幸運だった」と大きな独り言を言っている。せっかく体調が戻ったのに、また眩暈《めまい》がしそうだ。

「心配するな。俺が幼い頃から小遣いを貯めた金だ。ちょうど君を思い続けた年数に相当している。だから無駄遣いではない。これに使えて嬉しい。さあ、着けて」

クラウスが嬉しそうに微笑んだ。なんてことないように言うけれど、そんな優しい顔をして、そんな話を打ち明けられたら、もう責められない。いや、目の前の胸筋に顔を埋《うず》めて叫びたいくらいに嬉しさが募ってしまう。

俺はクラウスの手から宝石箱を受け取り、中から丁寧にペンダントを取り出した。

「じゃあ、クラウスが着けて。箱は俺が持っておくから」

「あ。ああ！」

クラウスは焦りながらもパッと顔を輝かせて革紐を持ち、対面で待つ俺の首にかけた。

胸の上に桃色のヒバリが留まる。珊瑚の淡い桃色が光を反射して、とてもきれいだ。

「……可愛い。どう？」

「うん。よく似合う」

「吹いてみるね。人がいるから静かに……」

――ピロロ、ピロロ……

螺旋《らせん》を描くような音色だった。上へ上へと羽ばたきながら、愛しいつがいに呼びかけるヒバリを想像するような。

それを聴きながら、クラウスが俺の髪を撫でた。

「うん。呼ばれているような気がする。なにかあったら俺を思いながらこれを吹――」

「エルフィー！」

クラウスが言い終わる前に、よく知る声が俺を呼んだ。

「エルフィーじゃないか！　クラウスも！」

声だけですぐにわかった。長年、名前を呼んでもらうと胸を躍らせていた人の声だ。けれど今、胸はザワリとざわめき始める。

「フェリクス……」

クラウスが彼の名を口にすると、余計に胸がザワザワした。

フェリクスは身なりのいい人たちの集団にいた。その人たちに断りをいれるような仕草をすると、足早に俺たちのところへやってくる。

「可愛らしい小鳥の囀《さえず》りが聞こえると思って振り返ったら、君がいたんだ。そのペンダントが笛なのかな？　素敵だね」

軽やかに笑みを浮かべた彼が、ヒバリに触れようと手を伸ばしてくる。

「あ……うん。小さく吹いたつもりが、大きな音が出ちゃった。大通りで迷惑だったね。ごめんなさい」

触れられたくない。俺は咄嗟にヒバリを握って隠した。

フェリクスは伸ばしかけた手を止めたものの、不快には思わなかったようで笑みを崩さない。

「美しい音《ね》だったよ。本当に小鳥のように、人の気持ちを誘うような。……ね、クラウス？」

フェリクスはクラウスに視線を移し、手を差し出した。

「久しぶり、卒業式ぶりだね」

「ああ……。元気そうだな」

親友のふたりの再会なのに、どこかぎこちなく見えるのは、俺が動揺しているからなのか。

――クラウスと一緒のときにフェリクスに会うなんて。

後ろ暗い気持ちになって黙していると、クラウスとの再会の握手を終えたフェリクスが、首を軽く傾げた。

「俺は先ほどラゲリオ市から戻ったんだ。大きな商談があってね。あちらでも疫病対策の話で持ちきりだったよ。モンテカルスト長官の迅速な采配と、セルドランラボの功績についても、ね。ふたりはその関係で一緒にいるのかな？」

「いや、エルフィーと俺は」

「そ、そう！　そうなんだ！」

慌ててふたりの会話に割って入った。

クラウスは俺と婚約関係にあることを告げようとしているのだろう。

けれど騎士団の仲間に話すのとは違う。フェリクスはクラウスの親友でもアーシェット家のご令息だ。公にされていない慶事を、それも国が大変なときに話してアーシェット宰相に伝わることがあれば、閣下のお立場に差し支えるかもしれない。

クラウスだって当たり前にわかっているだろう？

そっと目配せをすると、クラウスはかすかに眉を寄せつつ半歩後退った。俺はその隙に、フェリクスに向かって説明を連ねる。

「治療薬の錬成状況の報告とか、挨拶でモンテカルスト家に伺っていてね。終わってから一緒に街に出ようか、なんて話して、ついお店を見てしまって。ほら、俺って目新しい物や綺麗な物が好きでしょう？　こんなときなのに緊張感がないよね」

「そんなことないよ。こんなときだからこそ商業流通を盛《さか》んにして、経済でも国を盛り立てないと。国の一大事への協力にはいろんな形があるんだから」

フェリクスの笑みに、俺も作った笑みを返す。するとフェリクスは俺の髪に手を伸ばし、毛先をひと筋、指に絡めた。

「ね。俺とも今度、ゆっくり時間を作ってくれるね？　あのときの返事、聞かせてほしいな」

すい、と顔が近づいてくる。なに？　と思う間もなく、フェリクスの唇が耳の手前に触れた。

途端に背筋に蜘蛛でも這ったかのように、ゾワゾワと悪寒が走る。キスされた頬は巣でも張られたかのように強張る感覚がして、すぐに手で覆った。

——気持ち、悪い。

面前で微笑むフェリクスは、今までと同じく物語の王子様のような麗しさだ。

それなのに気持ち悪い。気持ち悪すぎて体まで強張り、俺は頬に手を当てたまま、呆然と「フェリクスという物体」を見つめていた。

「じゃあね、エルフィー。会えて嬉しかった。また、会いに行くからね」

フェリクスはそんな俺に気づくことはなかった。髪から指を下ろすと、同じ微笑みのままクラウスに振り返る。

「クラウス、騎士団は数日後にはカロルーナに向かうそうだね。健闘と無事を祈ってる。では！」

俺たちから離れたフェリクスは、ひらひらと手を振りつつ仲間たちの元へ戻って行った。

「ああ、フェリクスも息災で」

クラウスのくぐもった返答が聞こえてようやく我にかえった俺は、フェリクスに返事をせず、すぐに後ろにいたクラウスに顔を向けた。クラウスはアカデミーでよく見た苦い表情になっている。

誤解、してるかな。いや、キスされて、また会いに行くなんて言われた俺を見ていたんだ。誤解もなにも見たままだ。気分がいいわけがない。

「あのさ、クラウス」

「なにも言わないでくれ。今は心が波立って、うまく返せそうにない」

苛立った声を出したクラウスだけれど、「しまった」という顔をすると、すぐに口を塞いだ。

「……すまない。君があいつを思う気持ちをとやかく言う資格はない。俺は待つと言ったんだから、気にしないでくれ」

「違っ」

「風が冷たくなってきた。そろそろ戻ろう、エルフィー」

険しかったクラウスの声と表情が、柔らかくなったように思えた。

けれど鈍感な俺にだってわかる。クラウスは無理して笑っている。

すぐに言いたかった。フェリクスのことはもうなんとも思っていない。交際を申し込まれたけれど断るんだ、って。

それなのに馬車の中でも離宮でも、重々しい雰囲気に口を開くことができない。前の遠征のときだって、クラウスは俺とフェリクスが会うのを嫌がっていたんだ。断るためとはいえクラウスの遠征時に彼とふたりで会うなんて、それ自体を言い出せなくて、俺は口をつぐんでしまった。

騎士団の遠征出発が明日となった日。

日が落ちる寸前に、父様が国から要請された薬を王城に納めに出たあとのラボは、達成感と安堵感に包まれた。

互いの労をねぎらった研究員たちを全員見送ったのち、俺はニコラに切り出した。

「つがい解消薬だけど、明日から俺も家に戻って時間ができるから、いったん休憩を挟まないか」

けれど錬成が成功の兆《きざ》しを見せ始めていたからか、ニコラはぎっと俺を睨みつけた。

「どうしてそんなこと言うの？　エルフィーは二日間休んだじゃない。でも僕は、錬成に取り掛かった日からエルフィーが休んでいた間も、ほぼ眠らずに試行錯誤を続けてたんだよ？　悠長なことを言ってないで、錬成をやって」

ニコラが開いて見せたノートには、数値の組み合わせが隙間もないほど書き込まれている。試験台にも俺が見たこともないような薬草瓶が増えて、ところ狭しと並んでいた。

それらを見てずきりと胸が痛んだ。俺がクラウスから愛情を伝えられて幸せを感じていた間、ニコラはこれらをどんな思いで綴り、集めていたのだろう。

考えるまでもない。ニコラのクラウスへの思いは約六年にもわたる。その強い気持ちを動かすことがどんなに難しいか。俺とクラウスのつがいと婚約解消を、なによりも早く叶えたいとどんなに望んでいるか、当然よくわかっている。

わかっているから、クラウスの遠征の間に時間をかけて話をしたい。それに……

「エルフィー、早く取り掛かって！」

動けないでいる俺に鋭い声が刺さった。

「……ニコラ、せめて今日は休みたい」

クラウスへの気持ちを自覚しながら、クラウスとのつがいを解消する目的の薬を錬成する気力がなかった。

もし今日、もし今薬ができてしまったら、もうニコラと話せなくなる気がする。ニコラはすぐにでも薬を発動させるかもしれない。

――怖い。俺、クラウスが好きなんだ。クラウスと離れたくないんだ。俺はクラウスとのつがいを……

「兄さん」

いまだ動かない俺にかかった声は、怒りの熱量とは真反対の、とてもとても冷ややかな声だった。

空気もヒリッと凍りついて体が強張ると、ニコラは俺の側頭部を挟んで顔を寄せた。

「痛っ……」

指の腹の震えが伝わるほど強く掴まれる。

「兄さん、クラウスのこと、好きになったんじゃないの？　クラウスとのつがいを、解消したくないんじゃないの!?」

言い当てられてハッと目を見開く。至近距離にあるニコラの目は白目が血走り、瞳孔が大きく開いていた。

「ニコラ……あっ、痛い！　ニコラ、痛い。離してっ」

ニコラの指が骨にめりめりと喰い込んでくる。指なのに、頭を振ろうが手で引き剥がそうとしようがびくともしない。

「ねぇ、そうなんでしょ、クラウスを好きになったんでしょ。だから僕のこと、どうでもよくなって、つがいを解消したくなくなったんでしょ！」

「落ち着いて、ニコラ。俺は……」

痛い。脳味噌の中にまで指がめり込むように痛くて、気が遠くなる。もうこのまま言ってしまおうか。ここまで確信を持たれているんだ。父様母様に相談してからなんて、もう遅いんだ。

「……ニコラ、ごめん、俺……クラウスを好」

「あぁぁぁぁ！　言わないで、言わないで！　やめて！」

ニコラの手が突然緩んだ。次の瞬間俺を突き飛ばし、自身の耳を塞いで激しく頭を振る。

「ニコラ⁉」

ニコラの様子は今までの癇癪《かんしゃく》とは違い、錯乱しているように思えた。抱きしめて落ち着かせようと思うのに、驚きのあまりに体に力が入らない。

俺は尻もちをついたまま、ただニコラを見上げているだけになってしまう。

「聞きたくない……エルフィーは僕を裏切るの？　自分だけ幸せになろうとしてるの？　嫌だ、嫌だ。嫌だ！」

俺が身じろぎひとつできないでいる間に、ニコラは大粒の涙を流しながら試験台の上にある薬草瓶のひとつを掴んだ。その中身は細胞を溶かす薬草を配合した劇薬だ。

「絶対に許さないから……！」

「ニコラ……なにを……やめろ。やめて！」

ニコラが蓋を開ける。再び俺ににじり寄って、俺の頭の上で瓶を傾けた。

咄嗟に両手で頭を庇い、身をすくめて瞼を閉じる。

けれどニコラの「う、ううっ……」という唸り声が聞こえるだけで、熱さも痛みもない。

薬液は垂れてこなかった。

「ニコ、ラ……？」

片目を薄く開けて見てみると、ニコラは「駄目、駄目だ」と開けた蓋を閉じ直して、ぎゅっと瓶を握りしめていた。

そうだ。ニコラは発作的に喚いたり暴れたりするけれど、意思を持って人を傷つけようなんて思わない子だ。大丈夫。落ち着かせるんだ。

「ニコラ、それを渡して？　こんな危ないこと、ニコラはしないの、わかってる。大好きだよ。俺は、ニコラを……」

いつもの言葉を紡ごうとして、唇が震えた。

裏切らない、とは言えない。

俺はもうニコラを激しく裏切ってしまっている。自分だけが幸せになろうなんて本当に思わないけれど、俺がクラウスとつがいでいたいと思うとは、そういうことだ。

もしいつかニコラが認めてくれる日がきても、ニコラの心の中には傷痕が残ることになる。それなのにどうして間に合わせの言葉が言えるのだろう。

けれど、でも、ニコラへの愛だって嘘ではない。

「――俺はニコラを心から愛してる。わかっているだろう？　俺たち、ずっと一緒に生きてきたんだ」

それならどうして裏切ることができたんだ、という矛盾もわかっている。けれどこの気持ちにも偽りはない。クラウスを思う気持ちとはまったく別の気持ちで、生まれたときから寄り添い合ってきたニコラを愛している。

俺は必死で足に力を入れて立ち上がり、ニコラの手に手を重ねて、一緒に薬草瓶を持った。

「う……うぅ～。エルフィー！」

苦悶の表情と共に、ニコラの手の力が緩んだ。

けれどクラウスのことを思うと気が高ぶるのだろう。まだ目はぎらついたまま俺を睨みつけている。

「……じゃあ、クラウスは？　クラウスのことはどう思ってるの!?」

ニコラの手に再び力が入る。薬草瓶はまだ取り上げられない。

「クラウスのことは……」

言いかけて、駄目だ、と直感した。ここまで錯乱したこの様子では、ニコラは自傷行為に至るかもしれない。この劇薬を自分にかけては大変だ。

やはり家族揃った席で話し、父様と母様の助けを借りて、細やかな注意を払う必要がある。

深呼吸をして、言うべき言葉を探る。クラウスのことを心から好きになっている俺は、ニコラにもクラウスにも、そして自分にも心を偽りたくなかった。

クラウスがここにいなくても、「クラウスが好きだ」と胸を張って言いたかった。

――好きだよ。クラウス。大好きだよ。おまえが遠征から戻ったら、必ず伝えるから。

ごくりと唾を呑みこむ。それからもう一度小さく息を整えた。

ニコラは俺を睨みつけながら返事を待ち、薬草瓶を持つ手を震わせている。そのエメラルドグリーンの瞳を見つめて、俺はゆっくりと言葉を零した。

「俺は、クラウスを、好き……じゃない。これからも、好きには、ならない」

唇を噛む。どうして今までこんな言葉をクラウス本人に向けていられたんだろう。今日を最後に、もう二度と言いたくない。

「本当？　エルフィーは、クラウスを好きじゃない？　クラウスとは、つがいを解消してくれる？」

だけど辛くても効果はあった。ニコラの手の力が緩んでいく。もうあとひと押しで瓶を放してくれそうだ。

「本当だよ？　俺はクラウスを好きじゃない。つがいも……解消、する」

「エル、フィ……」

ニコラの手が緩んだ。薬草瓶を握っているのは俺の手だけになり、これでもう大丈夫だ、と一瞬緊張が緩んだ、そのときだった。

ニコラが朦朧《もうろう》としながら二、三歩よろめいて後退り、切られた大木のように、突然頭から床に倒れていく。

「ニコラ！」

このままでは頭を打つ、と急いで手を伸ばしたのと同時に、共にニコラを呼ぶ声がした。

開け放したままだったドアから黄金色の瞳の、黒い長躯が駆けこんでくる。

黒豹かと見まがうそれは、騎士団の漆黒の外套を身にまとったクラウスだった——

第四章　さまざまな真実

ニコラが倒れたのち、俺はクラウスにかかえられたニコラと共に、モンテカルスト家の馬車でセルドラン家へ戻った。

ニコラが倒れたのは俺と同じく寝不足が原因かと思っていたけれど、回復魔法を送っても半分は跳ね返されてしまう。

「ニコラの具合はどう？」

ともかく魔法を続けようとニコラの額に手をかざしていると、母様が部屋を訪れた。

「ずいぶんと疲労が溜まってたみたいでね。しばらくはかかりそう」

「そう……ニコラは頑張りすぎちゃうところがあるから」

久しぶりに会う母様も、ひどく疲れた顔をしている。俺は母様の細い背に手を当てた。

「母様もニコラが根を詰めていた間、付き合っていたんじゃない？」

「あなたには隠せないわね。なにもできなくてもお部屋の灯りがついている限りは一緒に起きていて、お夜食やお茶を運んだり、背を撫でたりくらいは、と思って。でもね、あなたもよ？　どうして国の要請のお薬が大変なときに、つがい解消薬の錬成にも精を出していたの？」

「俺も倒れたばかりだから心配をかけてごめんね。ニコラの体調が戻りしだい話すよ。父様と母様に聞いてもらいたいことがあるんだ。それで……助けてほしい」

母様が小首を傾げ、不安そうに眉を寄せる。

「助けてなんて、そんなことを言われたら気がかりだけど、今じゃ駄目なのね……」

母様はニコラの苦しそうな様子を見て首周りの汗を拭いてやると、次は俺の頬をそっと撫でてくれる。

「エルフィー。父様と母様は、いつでもあなたたちふたりの支えでありたいと願っていますからね」

「うん……！」

母様の手から癒やし魔法が流れてきている。父様はおじい様と同じくらいの魔力があるけれど、母様は力が弱い。だからラボの仕事には参加せず、少しだけ神経を穏やかにする魔法を家族のために使う。きっと今回も、ニコラの背を撫でながら癒やし魔法を送っていたんだろう。

なあ、ニコラ。わかっているだろう？　母様もニコラを大切に思っているよ？　父様だって、何度も部屋に様子を見にきていた。父様母様に心配をかけないようにといつもひっそりと頑張っているおまえだけれど、弱いところも見せていいんだよ。

「ありがとう、母様。ニコラのことは俺が見てるから、母様も休んで。母様も倒れたら大変だもの」

「わかったわ、エルフィー。いつもニコラのこと、見ていてくれてありがとう。でもあなた、明日はクラウス様の出発の日だったのに、お見送りができなくなったわね。ごめんなさいね」

「母様が謝ることじゃないよ。クラウスがニコラについていてやれって言ってくれたんだから」

そう答えると、母様はニコラと、もう一度俺の頬も撫でて部屋を出た。

クラウス……。俺の帰りが遅いから迎えにきたんだと言っていたけれど、あのタイミングでニコラを助けてくれた。いつからラボにいたんだろう。俺とニコラの話はどこから聞いていたんだろう。

――クラウスを好きにはならない。つがいも解消する。

何度も本人を目の前にして言ってきた。だから聞こえていたとしても、クラウスは「またか」と思ったかもしれない。

「それでも俺はエルフィーが好きだよ」と、また思ってくれたかもしれない。

けれど俺が嫌だった。聞かれたくなかった。今回の騎士団の遠征は十四日間の長い期間となり、しばらく会えない。だというのにそんな言葉が出発前日の言葉になるなんて。

どうかクラウスがつつがなく任務を終えて、無事に帰還しますように。

首からかけたペンダントのヒバリを握りしめ、祈る。そのとき、ニコラが苦しむようにむずかった。

「う……ん、ぅう」

「ニコラ！　ごめん、大丈夫か？」

慌ててヒバリから手を離し、再びニコラに手をかざす。すると、ニコラの体からフェロモンが匂い立った。

「そうだ、俺たち、そろそろ発情期だ」

だから回復魔法じゃ効かない？　それであんなに情緒不安定だった？

「待ってて、すぐに抑制剤を出すから」

ニコラはアカデミーの寄宿舎では、いつも勉強用の机の左の引き出しに抑制剤を入れていた。家での発情期はアカデミー入学以来だけれど、入れておくなら同じような場所だろう。

「ニコラ、勝手に開けてごめんな……えっ？　これは……！」

ニコラの引き出しには、抑制剤以外に思いもよらないものが入っていた。

「モディル……エフェクス……？　覚醒系の薬草瓶がどうしてここに？」

モディルとエフェクス。どちらも覚醒作用があり、薬の錬成に使うフェロモンの活性化に役立つ薬草だ。ヒート誘発剤や鎮痛剤を錬成する際に使われ、ラボでも鍵がかかる部屋の、さらに鍵がかかる薬品棚に入れてある。

使い方を間違えると、精神を錯乱させる副作用を引き起こすからだ。

俺は信じられない思いで瓶を手に取り、軽く揺らした。ちゃぷ、と中身が波立つのを感じる。

……まさか……ニコラ。眠らないためにこれを自分に使ったのか？

そういえば中身を確かめなかったけれど、研究室の試験台に、見たことのない薬草瓶がたくさんあった。

もしかして覚醒作用を高めるために、他の薬草エキスも混ぜて使った？

「危険な薬を使っているから回復魔法が効かないし、様子があまりにも不安定なのか？　……いや、薬の危険性はニコラも重々知っているはずだ」

思わず声に出してしまう。思いつめすぎていたらニコラは使うかもしれない、という悪い想像を打ち消したかった。

「う、ううっ、体が熱い、熱いよ……」

声に振り向くと、ニコラがベッドで丸まって苦しんでいる。

俺はモディルとエフェクスの瓶を机上に置き、抑制剤を包みから出して手に持った。

「ニコラ、抑制剤を飲めそうか？」

ベッドサイドに戻ってニコラの上半身を軽く起こし、声をかける。

ニコラは朦朧《もうろう》としながらも頷き、少しの水分で薬を飲み込んだ。

ほっとしてニコラの体をベッドに戻し、再び汗を拭う。

モディルとエフェクスのことはヒートが治まったらすぐに聞こう。使った回数や量によって解毒魔法の呪文が違うし、治癒魔法だけじゃ解毒できないこともある。なにより、使っていないと信じたい。

そう思いながら、また新しい不安が頭に浮かんでくる。

ニコラが発情期に入ったということは、双子の俺にもじき本当の発情期が訪れる。そうなるとニコラと父様母様と話せる時間が少なくなってしまう。

「ううん。きっと大丈夫、大丈夫だ……」

もう癖になっているのだろう。俺はそう唱えながらヒバリを握りしめ、ニコラへの回復魔法を再開した。

そして、迎えた朝。

いつの間に眠ってしまったのか、俺はニコラのベッドサイドの椅子に座ったまま、ベッドに伏せていた。

「ニコラ、調子は……ニコラ⁉」

朝日のまぶしさに目を瞬《しばたた》かせながら枕元を見ると、ニコラの姿がなかった。

咄嗟に椅子から立ち上がり、机の上を確認する。

「ない……！」

抑制剤の残りはあるのに、モディルとエフェクスの薬草瓶が消えている。

まだ体調も戻っていないだろうし発情期なのに、あれを持ってどこに行ったんだ。

「ニコラが部屋にいないんだ！　見てない？」

部屋着のまま脇目もふらずに父様母様の寝室のドアを叩いた。朝食の給仕をしているメイド長さんにも、一日のスケジュールを確認していた執事さんにも声をかけた。

けれど誰もニコラの姿を見ていないと言う。

ニコラ、どこに行ったんだ。いや、覚醒系の薬草瓶が消えているのだから、行くとしたらラボしかない。

俺の脳裏に、覚醒系の薬を飲んで強制的に体を動かし、つがい解消薬を完成させようと躍起になるニコラの姿が浮かんだ。

駄目だよニコラ、いたずらに薬を使うんじゃない……！

急いで着替えて家を飛び出す。

「……あっ！　すみません！」

ラボへの道をひた走っている途中、大通りに出る小径《こみち》から出た途端に人にぶつかりそうになり、慌てて立ち止まった。

「危ないわね。……あら、セルドラン。おとなしい方じゃないわよね？　エルフィー・セルドランの方よね」

「君はアカデミーの……」

ぶつかりかけた人物は、アカデミーで同窓生だったアルファの伯爵令嬢の従者で、その後ろに彼女本人も立っていた。プロムパーティーでフェリクスとファーストダンスを踊っていた人だ。

「本当に申しわ」

「前方を確認せずに飛び出してくるなんて、相変わらずちょこまかしているのね。ねぇあなた、もうフェリクスの周りはちょこまかしていないでしょうね？」

彼女は俺の謝罪の途中で従者を後ろに下がらせ、俺の前に立った。腕を組み、汚いものでも見るような視線を向けてくる。

「非礼は詫びる。だが俺とフェリクスのことは、君には関係ないだろう？」

フェリクスとは、交際の申し込みを断るためにあと一度は会うことになるだろう。けれどそれを彼女に説明する義務はないし、ここで足を止めている時間もない。

「俺は先を急ぐので、重ねて失礼するよ」

「ちょっと待ちなさいよ。関係あるわ。私、フェリクスと婚約の約束をしているのよ！」

「……え？」

ラボに向かいかけた足を止める。

彼女は扇子で口元を隠しながら、俺の耳に口元を寄せた。

「プロムの夜、私たち、ひと晩を過ごしたの」

「え……」

「彼、あなたと約束をしていたみたいだけど、私が将来の話がしたいとお誘いしたら、ふたつ返事で頷いてくれて。もちろんお父様の公認よ」

そう言って、陶酔したような笑みを浮かべる。

「彼は私の家にきて、お父様とお母様も含めてこれからのことを話したわ。……そして夜は、熱い口づけを交わして同じベッドで眠ったの。私の価値を落とすから、と婚前の交渉には至らなかったけれど、代わりに大事に抱きしめてくれた。とても幸せだったわ」

彼女は最後には勝ち誇ったような目で俺を見て、扇子をパチン！　と畳んだ。

「だから、もう二度とフェリクスには近づかないでちょうだい！　わかったわね？」

そう言い捨てると、従者を呼びつけて道を進む。俺は去っていく彼女の背中を呆然と見た。

フェリクス……だからあの日、こなかったんだ。先に約束していた俺よりも、アルファの伯爵令嬢の誘いを受けて。

不思議だ。少しもショックじゃない。ああそうだったんだ、と事実に納得するだけで、悲しさは少しもない。あの日、俺の元にきたのがフェリクスじゃなくてよかったと、むしろそう思える。

あの日俺の元にきてくれたのはクラウスだ。クラウスは、フェリクスが伯爵令嬢の誘いに即了承したのを見ていて、俺のことはどうするんだと憤《いきどお》ってくれた。

けれどフェリクスと彼女がどんな関係になったのかまでは知らないから、俺の気持ちがまだフェリクスにあると思い、その気持ちを否定しないでくれている。待ってくれている。

早く伝えたい。俺がフェリクスを選ぶことはないんだと。

ただそこでひとつ、疑問が浮かんだ。

ではなぜ、フェリクスは俺に交際を申し込むのか。

彼女が勘違いをしている？　いや、伯爵家に行き、挨拶をして泊まりもしたんだろう？

……いや、そんなことを考えている場合じゃない。

考えるのを切り捨て、止まっていた足を再び走らせる。どうであれ俺は交際を断るのだ。今はそれよりもニコラだ。

俺はラボへの道を急ぎ、ほどなくして門扉の前に行きついた。

始業前のラボに門番はいない。本当なら固く施錠されているはずなのに、門もエントランスの両開きのドアも、片面が開け放たれていた。ニコラが気もそぞろに入って行ったんだろう。

飛び込むようにして中に入り、二階奥の俺の研究室までまっしぐらに走った。

研究室のドアはきっちりと閉まっており、鍵がかけられていて取っ手を引いても開かない。

「ニコラ、いるんだろう！　開けて！」

ドンドンドン！　と音が響くほど力任せにドアを叩く。返事はない。

「ニコラってば！　家に帰ろう！　これ以上体に負担をかけるな！　ニコラ！」

もうどれくらい叩いて叫んでいるのか、ニコラはいつからここにいるのか……手が赤くなって痛みを覚えてきた頃、父様が急ぎ足でやってきた。門番や早くに到着した研究員も、なにごとかと集まってきている。

「エルフィー、ニコラはここにいるのか？　ニコラ、開けなさい！　いったいなにをやっているんだ！　ニコラ！」

父様も一緒になってドアを叩くものの、まだ返答はない。

「父様。ニコラはもしかしたらモディルやエフェクスを使っているかもしれなくて」

ニコラは知られたくないだろう。けれど事は緊急を要する。今日も使ったとしたら常習性が考えられるし、大量摂取をしていたとしたら、治癒魔法では解毒しきれない。

「なんだと!?　おい、早くドアを開けてくれ！」

俺の言葉で父様は血相を変え、門番に言った。

頷いた門番が合鍵を使用する。けれど鍵穴からガチャリという解錠の音がしても、ドアは開かなかった。内鍵もかけられているのだ。

父様と俺、門番は顔を見合わせた。そして誰からともなく「体当たりでドアを破るんだ」と言って、唯一のベータで体が大きい門番が、二度体当たりを試みてくれた。それでもドアを開くことができず、もう一度門番がやり直そうとした、そのときだった。

「私に任せなさい！」

高い大きな声が廊下に響いた。この声は――

「ふ、夫人⁉」

俺と父様が目を見開く。現れたのは、モンテカルスト夫人だった。

どうして彼女がラボにいるんだ。それに、その後ろにはいつもの侍女さんたちまでいるなんて。

「あなたたち、やっておしまいなさい！」

「はい、奥様！」

呆然としている間に、良いお返事をした侍女さんたちが動きを揃えて駆けてくる。まるで戦士のようだ。侍女さんたちは、夫人好みのエレガントなメイド服を着ているのに足を大きく振り上げ、これも見事に揃った動きでドアをダーン！　と蹴破った。

一発必中。女性とはいえさすがアルファの力だ。

研究員たちが拍手と大歓声を送る。俺も拍手をしかけて、いや、そんな場合じゃないと急いで室内に足を踏み入れた。

「ニコラ！　うっ……」

研究室の中には大量のフェロモンが充満していた。

そして、ニコラが試験台の前で倒れて藻掻き苦しんでいる。

「夫人、ニコラがヒートを起こしています。いったん退避してください！」

父様が声を張り上げ、侍女さんたちの姿が入り口周辺から見えなくなった。

夫人も一階に降りてくれるだろう。

俺はその隙を縫うように、ニコラに駆け寄って抱き寄せた。

「ニコラ、ニコラ！」

「エルフィー……苦しいよ、助けて……」

ニコラはぎゅっとひっついてくる。よだれと涙で顔は濡れ、グレーのブリーチズは精液で濡れて大きな染みを作っている。

俺はポケットに入れて持ってきていたピルケースから抑制剤を出し、ニコラに飲ませた。

やがてニコラに抑制剤が効いてきた頃、完全な鎮静を待てずに父様が詰め寄った。

「どうして体調が悪くてヒートもあるときに外に出たんだ。エルフィーも母様も心配したんだぞ。家族を困らせるんじゃない。ラボの職員や公爵夫人にも迷惑をかけて……しかもおまえ、覚醒系の薬を使っているというのは本当なのか!?」

「父様待って、今は」

心配が募りすぎての言葉だとわかるものの、ニコラには逆効果だ。特に「困らせる」や「迷惑」はニコラが常に避けてきた言葉だ。薬のことだって、俺が話してしまったけれど隠しておきたかったはずだから。

ニコラの眉が歪み、唇が震える。それでもぎゅっと手を握りしめていて、泣きたいのを我慢しているように見えた。

ニコラは俺以外の前では決して発作的な行動をしない。

「……ごめんなさい。僕、どうしてもつがい解消薬を作りたくて……」

それからとぎれとぎれにニコラが語ったのは、こんな内容だった。

眠らずに錬成を頑張ろうと思い、モディルとエフェクスを家に持って帰って少量を試した。けれど副作用がきついうえに、昨夜、そのふたつを使用したことを俺に知られたのではないかと怖くなり、早くラボに返さなければと思った。そうしたら、いつの間にかラボまできていた――

「――いつきたかも、どうやってきたかも憶えてないんだ」

「そうなの……？　じゃあ、今日は薬を使ってない？」

咎められていると感じさせないように気をつけて問うと、ニコラはこくりと頷いた。

「でも、一度使ったとき、他の新しい薬草エキスもいろいろ混ぜて試したせいか、ここ何日かの記憶が曖昧なんだ。さっきも気づいたらここで薬草瓶を片付けてたみたいで……」

ニコラの視線が試験台に移る。俺も見てみると、試験台に並んでいた薬草瓶はすべてなくなり、昨日までつがい解消薬を錬成していた様子さえなくなっている。

「じゃあどうして内鍵まで？　俺も父様も何度もドアを叩いたのに、開けてくれなかった」

「わからない。エルフィーや父様たちの声は聞こえてたけど、夢の中にいるみたいだった。心配かけてごめんなさい……」

その憔悴しきった表情に、俺はなにも言えなくなってしまった。

すると俺と入れ替わるように、父様が俺たちふたりに問いかける。

「……ひとまずわかったが、ニコラ。いや、エルフィーもだ。どうしてそこまでして今、つがい解消薬にこだわるんだ」

俺は息を呑んだ。そのとき同時に、鈍い音で壁がノックされ、夫人が姿を現した。

「ニコラちゃん、そろそろ落ち着いたかしら？」

けれど天井を向いたままのニコラは夫人に気がつかないのか、父様の問いかけのあと、すぐに口を開く。

「それは……今すぐつがいの解消を必要とする人が、ここにいるからだよ」

「待って、ニコラ」

俺は焦ってニコラを止めようとするものの、間に合わなかった。抑制剤がすっかり効いてきたのか、ニコラの口調ははっきりとしたものになり、力を失くしていた瞼もしっかりと開く。

「エルフィーとクラウスのつがい解消のために、どうしても必要なんだ。そうだよね、エルフィー」

ニコラの顔の向きが、天井から俺と父様がいる方向へと移る。

「……どういうことだ？」

父様が眉を寄せ、俺の肩を掴んだ。夫人はもう、俺の背の後ろに立っている。

まさかこの場で告白をすることになると思っていなかった俺は、ごくりと唾を呑み下した。

――それから六日ののち。

俺たちセルドラン一家は、モンテカルスト家で一堂に会することになった。

ニコラが話し始めたつがい解消薬の用途について、あの場ではラボの研究員たちがいたことと、ニコラの体調を優先すべきことを理由に夫人が采配してくれたのだ。

また、夫人はニコラをモンテカルスト家で静養させてくれている。

ニコラは薬草を少量しか使っていないから心配は不要だと言ったけれど、夫人は懸念しているようで、万が一薬草エキスの副作用が出た場合に、セルドラン家にいるよりも人員が多いこの屋敷の方が目が行き届くから、と気遣ってくれたのだ。

俺はというと、ニコラの見守りとして共にモンテカルスト家に戻ったものの、ニコラのあとを追うように発情期を迎えたために、離宮のクラウスとの部屋で過ごしている。ただこのひと月強の間に突発のヒートが三度あったからなのか、クラウスというつがいがいるからなのか、発情期はとても軽く過ぎた。

「……これ、どうしよう。クラウスが帰ってくる前になんとかしないと」

ベッドの上には、こんもりとした山になったクラウスの衣類がある。

クラウスのコーヒーみたいなフェロモンの匂いが恋しくなって、気づいたら集めていた。クラウスの眠る側《がわ》で、クラウスの枕に顔を埋《うず》めて、クラウスの服をかぶって……俺は初めての巣作りをしてしまったのだ。そしてクラウスの手を思い出しながら……

――やってしまった。

けれどおかげで、抑制剤を一度も使わずにヒートを治められた。それを思うと、やっぱりつがいがいるから軽度で済んだのだろう。

ベッドに座り、クラウスが好んで着ている寝衣を手に取る。ひとりでに手が動いて、鼻に当てていた。洗濯は済んでいるのに、吸い込むとクラウスのフェロモンの香りがして気持ちが落ち着く。

クラウス、早く再会したい。

そう心の中でつぶやいた。俺は今日、皆の前で告白と懺悔《ざんげ》をする。クラウスが帰ってきたら堂々と気持ちを伝えるために、けじめをつける。だからクラウスとつがいになってから初めてうなじが見えるブラウスを着て、ヒバリのペンダントも着けて応接間へと向かった。

「では、今回の件について、どちらから先に聞かせてもらえるかしら」

いつもと違い、笑みを浮かべず席に着いている夫人を前にして、背に緊張が走る。

閣下は任務のために不在。ふたりの侍女さんを従えて上座の席で話を進める夫人は公爵家の女主人そのものだ。

「俺から」

手を上げて示すと、隣の席で座っていたニコラの肩が少し揺れて見えた。

ニコラと会うのはラボに駆けつけて以来だ。もう薬草エキスの副作用は抜けたのだろうか。本当に一度しか使わなかったのだろうか。

「では、エルフィー君」

夫人がどうぞ、と手で示してくれる。

俺はプロムの夜から今日までの行いをすべて話した。

クラウスではない人への告白のお守りとして薬を持っていたこと。自分の力で恋を叶えると誓ってはいたものの、ヒートトラップが頭をかすめた瞬間もあったこと。

結果的に薬の扱いを誤って、ヒートを起こしてしまったこと。言いわけにはなるけれど、抑制剤を飲もうとはしていたこと。

クラウスと俺のつがい契約は事故《まちがい》なので、つがいを解消しようと解消薬の錬成に根を詰めていたこと……

俺の話を聞いて、父様と母様は顔面を蒼白にしている。

右隣に座っているニコラの様子は、左奥の上座に座っている夫人から目をそらさずに話していたから、見えない。

「……嘘だ」

けれどニコラが声を震わせて言い、俺たちは今日初めて目を合わせた。

「僕にはヒートトラップを起こしたって言ったじゃないか。エルフィーは自分を守るために嘘の話を作ってるんでしょう！」

「違う、あのときは動揺していて言えなかったんだ。俺は本当にヒートトラップを起こそうとしたわけじゃ」

「エルフィー君」

ニコラとの口論になりかけると、夫人の静かな声が俺を制した。ニコラも俺と共に唇を閉じる。

「あなたのお話はそれで終わりかしら」

「はい……本当に申しわけありませんでした。俺がクラウスを……ご令息を巻き込んだんです」

「そこじゃないわね。あなたは誘発剤の取り扱いを誤り、未遂とはいえヒートトラップを考えた。お守りとしてと言いながら、あわ良くばと思っていたのでは、と取られても仕方ないわ。それについて悔い、研究者として心から改めるべきよ。あなたはセルドランラボラトリーの名を貶《おとし》め、ラボの薬を信頼している方々を欺《あざむ》いたのも同然よ？」

もっともだった。クラスメイトが誘発剤を話題にしたとき、後ろめたい気持ちになったのに持って行った。苦労の末できた、新しい命を生むための薬をぞんざいに扱った。

「そして……その反省は大前提として、我が公爵家にも大きく関わってくることがあるわね。原因が誘発剤だったにせよ、息子とエルフィー君はつがいになった。そして息子は、迷わずあなたとの結婚を決めた。でもあなたは、それに応じた体《てい》でいて、つがいを解消しようと画策していた。いいえ、今もそうしたいと望んでいる。それは他に好きな殿方がいるから。これで間違いないかしら」

「それは……！」

どう説明すればいいだろう。実際最初はそうだった。公爵家からの申し出を断るわけにはいかないから、なんとかクラウスの方から婚約解消を言ってくれるように願っていた。俺が好きなのはフェリクスで、クラウスが本当につがいになりたいのはニコラなんだから、と。

——だけどもう、今は違う。

「俺は」

「それに関してはエルフィーを責めないでください！」

決意を込めて第一声を発したとき、ニコラが切羽詰まった様子で席を立った。

皆の視線が俺からニコラに移る。ニコラは、「ヒートトラップじゃなかったって、僕はまだ信じてないから」と俺だけに聞こえるような小さな声で恨めしそうに言うと、夫人に訴えかけた。

「エルフィーは僕のためを思ってそうしてくれた部分が大きいんです。僕が……僕がずっとクラウスを好きだったから！」

「ニコラがクラウス様を？」

ニコラの告白に、父様と母様が顔を見合わせた。ニコラは目に涙を浮かべて続ける。

「エルフィーだけに僕の気持ちを打ち明けてたんです。だから応援してくれてたし、クラウスを少しも思っていない自分がつがいでいるべきじゃないと言ってくれました」

そこでニコラが俺を見る。「そうでしょう？」と言っているような視線に、胸がきしんだ。

俺が瞼を伏せかけると、ニコラは夫人に視線を戻す。

「……でも、公爵家からの申し出を断るのは不敬に当たりますので、クラウスには他に好きな人がいると伝えてつがい解消の気持ちを固めてもらいながら、婚約発表までにつがい解消薬を作ろうと、ふたりで話し合いました」

父様と母様は切々と訴えるニコラに絶句し、俺たちを見比べると、声を震わせながらやっとという様子で言葉を絞り出した。

「エルフィー、あなたニコラの好きな人を……ニコラも、ならどうしてそう言わなかったの」

「そうだ、クラウス殿がいらした日、すぐに相談してくれていたら」

「ごめんなさい。とても言い出せる雰囲気じゃなかった。それに、それに……エルフィーが皆から責められると思うと耐えられなかったんだ！」

ニコラが叫びともいえる悲痛な声を出す。

「僕さえ黙っていればいい、つがい解消薬ができたら元どおりなんだからって言い聞かせて……僕、錬成がこんなに難航するとは思わなかったから！」

俺と同じエメラルドグリーンの瞳から涙が溢れ、喉から嗚咽《おえつ》が漏れた。

重い空気が室内に澱《よど》み、発言するのを躊躇《ためら》わせる。

どうしよう。どうしてこう俺は間が悪いんだ。クラウス、俺、どうしたらいい？

ヒバリを握りしめ、クラウスを思った。すると、夫人が重い空気を切り裂いた。

「ニコラ君の言い分はわかったわ。でも、今はエルフィー君の気持ちが聞きたいの。というよりクラウスへの気持ちを知りたい。エルフィー君は今現在、クラウスをどう思っているの？」

ハッと顔を上げた。まだ彼女は笑みを浮かべていない。けれど、俺のことを誰よりもまっすぐ見つめてくれていた。俯瞰的に事実確認をしながらも、俺の気持ちを聞こうとしてくれる姿に、ぐっと胸が熱くなる。

そうだ。夫人はいつも俺を見てくれていた。言えなくて心の中に閉じ込めていた気持ちも、もしかしたら夫人は気づいてくれているのかもしれない。

俺は夫人に頭を下げてから、隣でうつむいていたニコラの手を取った。

もう二度と誤魔化さない。まっすぐに、端的に伝える。

「ニコラ、聞いてくれ。俺は、つがいを解消したくない。クラウスを好きになってしまったから。いいや、幼い頃から俺はクラウスに恋心を持っていたんだ」

「な……！」

鏡を向かい合わせたようにそっくりな俺たち。けれど俺の瞳に映るニコラは、俺とは正反対に驚愕している。

俺はそんなニコラを見つめながら、クラウスへの気持ちを見つめ直していた。

——最初は驚きと焦りでいっぱいだった。

大好きな弟の大切な恋を奪うなんて、絶対にあってはならない。

そして、五年間で積み上げてきた強い拒否感。

長年俺を避け、目を合わさないか、合っても苦々しく見てきた男なんてまっぴらごめん。俺が好きになるのはニコラの好きになる人とは正反対の人。ニコラが真面目な堅物騎士のクラウスを好きなら、俺はロマンス小説の王子様みたいな人を好きになる。

俺はクラウスなんて眼中にない。クラウスなんて好きじゃない……

幼い頃の、幼すぎて自分でも気づかなかったほのかな思いを心の地下深くに埋めていた俺は、どうやって真面目唐変木《とうへんぼく》の強い責任感を解こうかと、そればかりだった。

けれどひと雫、またひと雫、クラウスが愛情を注いでくれたから。

何層にも土を重ねて、がちがちに硬くなっていた心の地表を愛情の雫で緩め、潤してくれたから。

やがて愛情の雫は完全に地表を溶かし、奥深くにあった俺の恋心をも湧出させてしまった。

一度湧き出た思いは止めどなく溢れ、本当に恋をするとはどういうことかを、俺に教えた。

俺の心の中に、涸《か》れない泉がある。クラウスへの愛情が湧き続ける泉が。

――俺は、クラウスが好きだ。

「ニコラ、おまえへの誓いを守れなくてごめん。半身である双子のお前を裏切ってごめん。謝罪で代えられることじゃない。だからせめて、もう誤魔化すことはしない。俺は、クラウスが好きだ。クラウスに、本当の恋をしている」

「あ……ぁ……なに言ってるの、エルフィー。違うでしょう？　嘘は言わないで？」

「嘘じゃない。俺はたくさんの嘘を重ねている。だからこれ以上嘘をつかない」

顔を引き攣らせて首を振るニコラの両手首を、それぞれ握る。ニコラは腕を動かして逃れようとするけれど、力を入れて引き留めた。

「ニコラ、ごめん。俺はクラウスが好きだ。つがいも、解消したくない」

もう一度、ゆっくりと、はっきりと声にする。

「う……嫌、嫌だ……エルフィーの、嘘つき……僕のこと、大切だって言ったくせに、自分だけ幸せになるつもりなの……？」

「ニコラのこと、大切だから言うんだ。自分だけなんて思ってない。一緒に幸せを見つけたい。だけど嘘をついたままじゃ、先へ進めないから！　だから気持ちだけは知っておいてほしい」

「う、うう……は…ああ、あぁ……！」

ニコラの息が荒くなり、体が激しく震え出す。

父様と母様は席を立ち、こちらに回ってきてニコラを抱きしめた。衝撃を受けたニコラの心に寄り添ってくれている。

これで大丈夫だ。ここでニコラが行動に出ても、父様と母様がニコラを守ってくれる。

だけど俺にはニコラを抱きしめる資格はない。

俺はニコラから手を放し、胸に手を当てた。そして、言うべきことをすべて言い終える。

「ニコラ……父様、母様、夫人。これが俺の今の気持ちです。嘘を重ねたことを心から謝罪します。ですがどうか、クラウスを思う気持ちだけは許してください」

「ぁ……ああ……ああ、わあぁーーーー！」

ニコラが叫び、髪が乱れるほど大きく頭を振った。

アカデミーに入学して以来初めて、ニコラが俺以外の前で気持ちを開け放つときがきたのだ。

俺は緊張の中に、少しの安堵が混ざった複雑な気持ちで場を見守る。

――――けれど、そうはならなかった。

「う……、うう……っ……」

父様と母様の腕を掴みながらギリギリと歯を食いしばっていたニコラは、ゆっくり、ゆっくりと深呼吸を繰り返し始めた。そして突然腕の力を抜いてだらんと垂らすと、息を吐くようにつぶやいた。

「……わかったよ……」

突然訪れた静寂に、俺の頭は真っ白になる。

「ニコラ……？」

「わかったよ。エルフィーがそう言うなら僕はもう受け入れるしかない。もういい、わかった」

ニコラのエメラルドグリーンの瞳が俺を見つめる。その顔はぞっとするほど蒼白で、蝋人形のように無表情だ。

俺は予想外の展開に「どうして」と声にならない声でつぶやいてしまう。

「どうしてって、おかしなエルフィー。そう言ってほしくてこの場で話したんでしょう？　僕は子どもじゃない。この場でひとり、醜態は晒せない」

俺の小さな声を聞き漏らさなかったニコラは、わずかに声に怒気を含ませてそう言うと、父様と母様の腕から抜けて夫人に問いかけた。

「このあとのことは夫人や父様、母様に任せます。僕はとても疲れたから、もう休ませていただけますか」

表情にはもう、一切の感情が見えない。

父様も母様も俺も、その生気のない青白い顔に気勢を削がれて、声もかけられなかった。

けれど夫人だけはどこまでも冷静だ。

「わかったわ。事実もふたりの気持ちも確認できたので、私の結論を伝えてお開きにしましょう」

俺たちを引き続きモンテカルスト家で預かると前置きして、夫人は静かに言った。

「誘発剤の使用についてはエルフィー君の懺悔《ざんげ》を受け取りました。ですからニコラ君との隠蔽行動の処遇とともに、セルドランラボラトリー所長に一任します」

父様は、母様と共に恐縮して頭を下げ、謝罪の言葉を伝える。

「そしてここからは、公爵家夫人としての立場からではなく、クラウスという大切なひとり息子の母親として言わせてもらうわ。クラウスの気持ちを一切無視されていたことが悲しいの。ふたりはここでクラウスの帰りを待ち、クラウスが戻ったら事実を伝えるだけじゃなく、それぞれの嘘偽りない気持ちを伝えてやってちょうだい。そのうえでの決定を下すのは、クラウスとさせてもらうわ」

すっかり母親の面持ちに戻った夫人に俺は頷き、ニコラは「失礼します」とだけ言って頭を下げると、俺の顔を見ることなく退室していった。

＊＊＊

数日後、陽光が燦々《さんさん》と降り注ぐ日、クラウスが帰還した。

漆黒の髪を艶めかせ、黄金色の瞳を輝やかせているクラウスの精悍さは太陽以上の輝きを放っている。沿道は騎士団の帰還を歓び、功績を讃《たた》える人たちで溢れかえっている。

クラウスの髪色と同じ、濡れたように艶光りする黒鹿毛の馬に乗った「リュミエール王国の若き黒豹」が前を通ると、ひときわ大きな歓声が上がった。

「クラウス！　クラウスお帰り！　俺はここにいるよ！」

俺も声を出して手を振るけれど、クラウスは全然気づかない。人が多いから仕方ないとはいえ、つがいの声だよ？　聞き取ってよ。

──そうだ、笛を。ヒバリの笛で知らせよう。

俺はヒバリの尾を口に含み、ピロロ、と音を鳴らした。可愛い音だ。クラウスはきっと気がついてくれるはず。

ほら、クラウスが聞き耳を立てている。届いているんだ。

俺はもう一度、ピロロと笛を吹いた。

「ニコラ！　そこにいたのか」

えっ？　ニコラ？

「今戻ったぞ、俺のつがい」

「クラウス！　お帰りなさい。僕の声が聞こえたんだね。僕、ずっと待っていたよ！」

群衆の中からニコラが現れ、クラウスに手を伸ばした。クラウスは軽々とニコラを抱き上げ、馬に一緒に乗せる。

「クラウスどうして？　それはニコラだよ？　俺じゃない！　おまえのつがいは俺だろう？」

「君は誰だ。俺のただひとりのつがいはニコラだ。アカデミーの頃からずっと俺を思い続けてくれていた、このニコラだけだ」

「待って、行かないで！　俺のうなじを見て！　クラウスの刻印があるんだ！」

去ろうとするクラウスに呼びかけながらうなじに触れる。けれど刻印がない。ハッとして顔を上げると、勝ち誇ったように微笑むニコラが後ろ髪を上げて、俺にうなじを見せた。

そこには、はっきりとしたつがいの刻印が。その印《しるし》は誰の……

「行こう、俺の本当のつがい」

クラウスがニコラのうなじにキスをして、馬を走らせて去っていく。

「待って！　待って、クラウス、好きなんだ。おまえが好きなんだ……！」

追いかけるものの大路に大きなドアが現れて、クラウスとニコラを吸い込んでいく。

「待って、クラウス……！」

やっと好きだと言えたのに、ドアは俺だけを残し、大きな音を立てて閉まった――


「エルフィーちゃん、おはよう！」

「わっ！」

ドンッ、バーン!!　と鼓膜を激しく揺らしたのは、クラウスとニコラが消えたドアの閉まる音、ではなく寝室のドアが開く音だった。

驚いて飛び起きると、夫人とその後ろに侍女さんたちがいて、ベッドの足元に立っている。

今の、夢……？　よかった……

怖い夢を見たせいか寝汗がひどい。まだ半分ぼんやりとしながら、体にかけていたデュベを掴んで額の汗を拭おうとすると、「あら、あらあらあら？　あらー？」と、夫人が歌でも歌うように言った。

それで気がついた。これはデュベではなく、クラウスのシャツだと。

俺はクラウスの服で作った巣を片付けず、昨夜も中に潜り込んで寝てしまったのだ。

「うちにはオメガちゃんがいないから巣を見るのは初めてだわ。可愛いわ、エルフィーちゃん。とっても上手ね」

シャツを握ったままうつむいていると、夫人が巣を褒めてくれた。

途端に鼻の奥がジンと熱くなる。

俺の過ちを知っても、以前と変わりなく接してくれる夫人の懐の大きさがありがたい。

その後俺は、いつもどおりに侍女さんたちに飾り立てられ、ダイニングルームに入った。

「あ……ニコラ。おはよう」

顔を合わせるなり、昨日の話し合いでの様子はもちろん、夢に出てきたニコラも思い出して緊張した。

それに、いつもならアイボリー系統のシンプルな服を着ているのに、今日は上品なレースがあしらわれたヴァイオレットのブラウスを着たニコラは、大人っぽくて妖艶に見える。これまでのニコラとは印象がまるで違う姿にも緊張した。

「おはよう」

挨拶の返事さえ、これまでよりもずっと大人の声に聞こえる。

よそよそしさがあるからだろうか。

その代わり、夫人がニコラの服装が変わった理由を嬉しそうに教えてくれた。

「似合うでしょう？　ニコラちゃんにどんな服が好きかと聞いてもわからないと言うから、私が選んだのよ」

「え、ええ、とても」

気後《きおく》れしながら頷く。だけど本当に似合っている。

「僕は派手な身なりは好きじゃないんですが」

「あら、自分で自分の魅力に気づいていないのね。ここにいる間に私と見つけましょうよ。ふふふ。可愛いオメガちゃんがふたりも家にいるなんて嬉しいわ～」

広げたご自慢の扇子を、夫人が優雅に揺らす。

「もともとクラウスがいない間、あなたたちと遊びたかったの。だからあの日ね、クラウスを送り出したあとにセルドラン家にあなたたちを迎えに行ったのよね。そうしたらニコラちゃんが行方不明で、エルフィーちゃんが捜しに出ているって聞いて、私も捜しにラボに行ったのよ。ねえ、ねえ、大当たりだったわよね。うふふふ。さ、遊びに行きましょ！」

昨日あれほどの威厳を放っていたのに、今日はもう、いつもの夫人だ。

俺とニコラに流れる微妙な空気などものともせず、夫人は本当に俺たちを街遊びに連れ出した。

翌日からも、クラウスが決定を下すまでラボを休むように所長《とうさま》から言われている俺たちを、王侯貴族のご夫人たちで運営する慈善団体の活動に参加させたり、孤児院を訪問させたりという敏腕ぶりだ。

そしてこの三日間、俺は子どもたちとの外遊びを、ニコラは勉強を教える役を与えられていた。

ニコラは好んで外出する方じゃないからへとへとに疲れて、帰るとすぐに休んでいる。

運動と睡眠は、ニコラの体に蓄積した薬草の毒素を抜くのに効果があるからありがたい。

けれど、そんな理由すら持たない俺は、こんなに充実した日々を過ごしていていいのだろうかと、どこか足が地についていないような気持ちになっていた。

——クラウス、早く会いたい。おまえに会えたら、現実を感じられるだろうか。

そう再会を願いながら暦表とにらめっこし、クラウスが戻るまであと二日となった日だった。

カロルーナから一通の書簡が届いた。

「クラウスが、疫病に感染したですって？」

いつも鷹揚な夫人が、美しく巻いた髪を乱すほど首を振り、手を激しく震わせながら内容を確認している。

当然だ。聞いていた俺も思わず息を呑んだ。

カロルーナで蔓延している疫病は、感染すると重篤な症状に陥るから国を挙げての対策をしているのだ。

——クラウス、ちゃんと治療薬を飲んだよな？　すぐに効果が表れるよな？　クラウスなら大丈夫だよな？

ニコラも同じ気持ちなのだろう。俺たちはテーブルの隣同士の席で、背筋を強張らせながら夫人が書簡を読み終えるのを待った。

「……感染確認は五日前で、薬の使用により熱はすぐに下がり、今は体調が戻っている……帰還日に変更なし」

「ああ……よかった……！」

安堵の声が自然と漏れた。けれど夫人の表情にはまだ緊張が漂っている。

「しかし……病原菌が神経を侵したおそれあり……」

「え……」

「クラウスの、記憶が混迷しているそうよ」

――君は、誰だ？

先日見た夢が頭の中に流れてくる。

俺を冷めた目で見るクラウスの姿が、いつまでも頭の中を回り続けていた。


夢とは違い、疫病問題が終息を迎えていない今回は、騎士団の帰還パレードは行われなかった。

クラウスは王宮での解団式を終えると、迎えの馬車で閣下と共にモンテカルスト家に戻った。

閣下によると、感染した騎士の数人に記憶障害が出ていると報告を受けているそうだ。記憶の欠如の程度は個人により差があり、記憶が戻るまでの期間もそれぞれだという。カロルーナ地方の医術師の見立てでは、オメガの治癒魔法も薬も効果がなく、時期を待つしかないとのことだった。

「しかし、私や妻のことは昨夜思い出したんだ。騎士であることも憶えているし、家で過ごせばじきにすべての記憶が戻るだろう。な、クラウス」

閣下が夫人を励ますように微笑み、クラウスの肩に手を置く。

クラウスは左胸に手を当て、頭を深く下げた。

「父上、母上、ご心配をおかけしました。このような不甲斐ない状況ですが、戻りました」

「クラウス、お帰りなさい……！」

夫人が体を震わせながら、涙ながらにクラウスを抱きしめる。いつも夫人の前では無表情で、身体的なコミュニケーションをしないクラウスも、安堵と申しわけなさが入り混じったような表情で夫人を強く抱きしめ返していた。

「それで、そちらは……？　俺には兄弟はいない、と聞いていますが」

夫人との再会を喜んだのち、クラウスはテーブルの端の席で並んで待っている俺とニコラに気づいた。

顔を合わせれば思い出してくれるかもしれない、と抱いていた一縷《いちる》の望みが切れる。

困惑が見て取れるクラウスの表情に、俺の胸は鉛の塊になったようだった。

夫人はクラウスの様子を窺いながら俺たちを紹介してくれた。

「こちらは、あなたの幼馴染のエルフィー・セルドラン君とニコラ・セルドラン君。魔法治癒科と騎士科で科は違ったけど、王立アカデミーの同窓生でもあるわ。彼らは今回の感染予防と治療のお薬を錬成した、セルドランラボラトリーのご令息よ。……わかるかしら」

――クラウス、思い出して。思い出して……

祈るように言葉を待ち、視線を送るものの、クラウスは辛そうに表情を曇《くも》らせた。

「申しわけありません。今は……。セルドランラボラトリーについては把握しております。このた

び は国のために大きな力を貸していただき、騎士団一同、感謝しております」

クラウスは他人行儀に頭を下げる。それから、俺たちそれぞれをじっくりと見た。

「双子、なんだな。鏡のようだ。どちらがどちらか……すまないが、もう一度教えてくれないか」

「……っ」

敬語は解いてくれても、そんなことをクラウスが言うなんて。

クラウスは、初めて会ったときから俺たちを間違えたことは一度もなかった。

昔からの友人でも俺たちを間違えることがあったのに、騙そうとしてもクラウスだけは騙せなくて、いたずらの失敗が悔しくも、嬉しかったのに。

それにクラウス、言ってくれたじゃないか。

「エルフィーとニコラはまったく違う。君が俺の世界だ」って。

なあ、思い出してよ。

重苦しい胸をヒバリと共に握る。

クラウスの申しわけなさそうな表情を見ていると泣き出しそうで、目をテーブルの端にそらした。

その流れで、ニコラの姿が視界に入る。

ニコラはクラウスをじっと見つめて、ブリーチズの右側ポケットを上からぎゅっと握りしめていた。

アカデミーの五年生になったあたりから頻繁に見かける仕草で、そうしているときは表情が曇《くも》っていることが多かったから、落ち着くための無意識の行動なんだろう。当たり前だけれど、ニコラも俺と同じように動揺しているんだ。

そんな俺たちとクラウスの様子を見比べて、細く息を吐いた夫人はクラウスの肩を叩いた。

「クラウス、一度着替えも済ませて、落ち着いてからにしましょう。あなたの部屋は……あ……待って。元の部屋を用意させるわ」

「元の部屋、ですか？」

「……ええ、それについてもおいおい説明するわ。あなたたち、すぐに用意して」

夫人は戸惑うクラウスに説明しながらも、侍女さんたちに指示をした。侍女さんたちは速やかに動き、クラウスを本宮の元の部屋へと案内する。

クラウスが居間を出てのち、物憂げだった表情を優しい笑みに変え、夫人が声をかけてくれた。

「エルフィーちゃん、ニコラちゃん、今後のことを決めるのはクラウスの記憶が戻ってからにしましょう。まずはあなたたち自身を思い出してもらわないとね」

夫人も不安だろうに、俺たちにも気を遣って明るく振る舞う姿に、俺はヒバリを握りしめたままでも唇を噛むのはやめて深く頷く。

ニコラはポケットを握りしめたまま放心したようにクラウスが座っていた椅子を見つめ、返事をしなかった。

夕刻になり、いったん職務に戻っていた閣下が帰宅すると、クラウスの無事を祝う夕食がテーブルに並べられた。俺とニコラも同席させてもらっている。

今日くらいはご家族だけで、と遠慮したのだけれど、「なにを言っているんだエルフィーちゃん、君はもう私の娘……息子だよ？　その双子の弟のニコラちゃんも息子同然だ。私たちは家族だ」と閣下が言ってくれたのだ。

閣下は当然俺の過ちの報告を受けているけれど、夫人同様以前と変わらない態度で接してくれている。

ただその言葉はクラウスを驚かせてしまった。

夫人は一瞬目を三角にして「順序ってものがあるでしょう」と閣下に釘を刺してから、クラウスに俺とクラウスがつがい関係にあり、婚約をしていることを話してくれる。

クラウスは食事の手を止めて、呆然とした表情で俺を見つめた。

「……俺はアカデミーを卒業し、騎士団に属したばかりですよね？　いったいいつのことなのでしょう。婚約も驚いていますが、結婚前につがいの契約を結んだとは……まさか、俺が君に不手際を働いたのだろうか」

黄金色の瞳が困惑に揺れている。つがいになったときに「さまざまな順序を飛ばしてしまった。できることなら初めからやり直したい」と悔いていたクラウスだ。

つがい契約への信念に剣を突き立てられた気持ちになるのだろう。

「違うんだ。クラウスは悪くない。俺が……」

言いかけると、夫人に止められた。

「お昼も言ったように、その先はクラウスがあなたを思い出してからにしましょう。クラウスも驚いたと思うけど、焦ったからと言ってなにかが変わるわけでもないわ。ね？　お互い、ゆっくり……もちろんニコラちゃんもね」

ニコラは昼の放心していた様子とは違い、「ええ、承知しています」と淑《しと》やかな笑みを浮かべた。

そうだよな、クラウスは俺のことをなにも思い出せていないんだ。つがいになっていることにも大きな衝撃を受けているのに、整理できないまま次々と情報を入れても新たな混乱を起こさせるだけだ。

——まだ帰ってきたばかりだもの。焦っちゃ駄目だ。一緒に過ごせばきっと、思い出してくれる。

そう思った翌日、俺は本宮のクラウスの部屋を訪れた。

このドアを開けるのは久しぶりだ。

子どもの頃とは違い、ひと呼吸置いて姿勢を正して、ちゃんとノッカーを叩く。

すぐに心地のいい深い声で返答があり、俺は胸を高鳴らせながら名を告げた。

すると今度はやや間を置いてドアが半分だけ開かれた。

クラウスの姿がほとんど見えない開き方に、一瞬息が詰まった。それでも俺はわざとらしいくらいに声を明るくして誘った。

「あのさ、激務で疲れているだろう？　俺、魔法が使えるから、回復魔法を送ろうと思って」

片眉しか見えないけれど、最初から眉をひそめているのはわかっている。

「あ、あの、部屋でじゃなくて！　みんながいるところでさ！」

口の中がカラカラだ。しようと思っていないのに、勝手に声が裏返る。

「……いや、いい。治癒魔法でも今は君のフェロモンを受け取るわけにはいかない」

けれどそれを指摘されることもなく、俺の「え」と言う声さえも待たずにパタ……とドアが閉まった。

俺はしばらくの間この状況を受け入れられず、ドアの前で子どものようにしゃがみこんでいた。

――フェロモンに、頼っちゃ駄目だ。

帰還三日目、俺はクラウスを庭の散策に誘った。

「気分転換になると思う。外で……奥の木のところとか、行ってみない？　モンテカルスト家の庭が一望できるんだ」

魔法には誘淫力を持たないフェロモンが使われる。通常の性フェロモンとは区別されているけれど、クラウスは少しでも俺のフェロモンに当たるのを避けたいんだろう。考えれば当然のことだった。

だから俺はフェロモンや魔法を使わず、俺自身の力でクラウスに振り向いてもらおうと思った。

思い出の場所で、出会ったあの日から、一からやり直す。クラウスと綺麗な景色を見て、気持ちいい風に当たって、俺といると楽しいと、まずはそこから思ってもらえたら。

そう思ったのだけれど、クラウスはあっさりと俺の誘いを断った。

「すまない。ニコラに先に誘われている」

「え……」

「それと……まだつがい契約の件で気持ちの整理ができていないんだ。だから……失礼する」

俺を避けていた頃のクラウスがいた。眉間に深いしわを刻み、すぐに俺から目をそらす。

そして、ニコラがクラウスを呼ぶと、優しい表情で手を上げる。

「クラウス！　お待たせ」

「ああ、ニコラ」

――なぁクラウス。俺が戻りたかったのは、その頃じゃないよ。

帰還四日目。ヒートのときに片付けていないままの巣で心を整えていると、いつもどおりに侍女さんたちが着替えを手伝いにきてくれた。忘れずにヒバリのペンダントも着けてくれる。

俺はヒバリを握りながら、朝食室ではなく厨房に向かった。

昨日、昼食でも夕食でもクラウスとニコラの打ち解けた様子に胸がちりりと痛んだから、今日も新たに頑張るためにここに直接きたのだ。もちろん夫人に許可を得ている。

俺は恐縮されながら厨房で簡単な朝食を済ませ、恐縮されながら調理を教えてもらった。

クラウスに俺が作ったスコーンを食べてもらうのだ。カシスジャムとクリームチーズが入った思い出のスコーンを。

ただ初めての調理だったから時間がかかって、納得いくものができ上がったのは夕食の直前。

俺は頬に小麦粉をつけたまま、スコーンを蓋《クローシュ》つきの皿に載せて、急いでクラウスの姿を捜した。

「クラウス！」

クラウスはモンテカルスト家の護衛騎士との剣の修練を終えて戻ってきたところだった。剣闘神のような雄々しさに惚れ惚れしながら、彼の元へ駆け寄る。

「クラウス、お疲れ様！　俺な」

スコーンができた喜びもあり、知らず知らず満面の笑みを浮かべていただろう。

けれどその途端、クラウスは体を強張らせてギュッと眉根を寄せた。

「本当にすまないが、君がそばにいると、かすかなフェロモンを感じる。それが今の俺には苦しい。

心と体が引き裂かれそうになる。……しばらく距離を置かせてくれないか」

さすがに気が引けるのか、なんとか目を見て謝ってはくれるけれど、本当に辛そうに鼻と口を塞いでいる。

その姿に、息が止まった。

俺、フェロモン、出していないのに……いや、今クラウスへの気持ちがとても高まっていたから、自然と漏れていたのかもしれない。フェロモンはつがいがそばにいれば漏れることがあるし、つがいだけはそれを感じ取る。

——心が俺をつがいだと認定しないのに、フェロモンには反応してしまうのが、真面目なクラウスには耐えがたいんだ。

これもまた、つがい契約による混迷と言えるのかもしれない。

「クラウス、お帰りなさい。ねぇ、もう夕食の時間だよ！　一緒に行こう」

じゃあせめて、とスコーンのお皿を渡そうとすると、ニコラが駆けてきてクラウスを誘った。

ニコラは持っていたハンカチーフで自然にクラウスの汗を拭き、置物みたいに突っ立っている俺を見てクスッと笑う。

俺はお皿をギュッと握った。そうだ、もう夕食の時間だ。こんなの、食べてもらえないに決まっている……

本当はニコラに微笑みかけるクラウスを見たくないからなのに、俺は自分の心を誤魔化して離宮の部屋に戻った。

閣下や夫人に心配されたけれど、俺に夕食をとる元気はなく、その日は自分で作ったスコーンをしょっぱいな、なんでだろうな、と思いながら喉をヒクヒクさせて食べた。

——そして。

「クラウス、外で頂けるようにお茶を用意してもらうから、ガゼボで一緒に飲もう！」

「ああ、ありがとう」

クラウスが穏やかに微笑み、肩を並べてガゼボに出る。

けれどその相手は俺じゃない。クラウスが微笑みかけているのは、ニコラだ。

「あれ、エルフィーもそこにいたの。一緒にくる？　ねえ、クラウス。エルフィーが一緒でもいいかな？」

ニコラはまぶしいばかりの笑みでクラウスの腕に絡みついて問う。

「あ、ああ、いや……」

対してクラウスは苦々しい表情を浮かべ、俺からスッと目をそらした。

「俺、いいや……」

クラウスに思い出してもらおうと思ってまだ五日目。それなのに俺の心はもう折れていた。

力なく首を振り、離宮の方向へ足を向ける。背後ではしゃぐニコラの声がガラスを引っ掻いたときの音に似て聞こえて、耳を塞いだ。

どうしてなのか、ここ数日でクラウスの記憶は補完されつつあるのに、俺とニコラのことだけは過去の記憶が戻らない。

それどころか事故つがいの俺への拒否反応は強くなる一方で、こうして避けられっぱなしだ。反面ニコラだと平気で、一日のほとんどの時間をニコラと過ごしてはアカデミーの頃のように優しい笑みを向けている。おかげでニコラは以前のような明るさを取り戻しているものの、俺の心は荒《すさ》むばかりだ。

――嫌だ、ニコラに優しい顔で微笑みかけないで。ニコラにそのたくましい腕を預けないで。クラウス、俺だけを見て……！

俺は醜い。今になりニコラの発作の症状がひどくなっていた理由がわかる。

これは、嫉妬だ。

嫉妬は心をかき乱し、醜くする。ニコラが俺に憎悪を持つようになったのも当然だ。

だって、こんなに辛い。好きな人が俺を少しも見てくれない、辛い、辛い、辛い。苦しいよ……！

なあクラウス、どうして俺を思い出してくれないの？　しばらくってどれくらい？　いつになれば俺と向き合ってくれる？　せめて、ずっと伝えたかった気持ちを聞いてほしい。

「気持ち……」

不意に気づいて、離宮のドアを目前にして足を止めた。

そうだ。思い出してもらおうと躍起になるんじゃなくて、多くを話そうと思うんじゃなくて、クラウスが好きだと、単純にそれだけを伝えてはいけないだろうか。

事故つがいになった経緯の真実は、記憶が戻ったら落ち着いて嘘偽りなく話す。今はただ、俺がクラウスを思う気持ちだけを……「俺は、クラウスを好きなんだよ」とそれだけを。

そうだ、五日くらいでくじけるな。クラウスは、つがいになってから拒否の言葉を言い続けた俺をあきらめずに、好きだと言い続けてくれたじゃないか。

今度は俺の番だ。俺があきらめず、クラウスを好きだという思いを伝え続ける。

思い込んだら一直線なのは、俺の欠点でもあり多分長所。

くるりと向きを変えて、一目散にふたりがいるはずのガゼボへ戻った。

「……ふう」

緊張のためか、離宮からガゼボまではそう距離はないのに息が切れて、ふたりの姿が小さく見える所まで着いていったん足を止めた。呼吸を整え、再び足を進める。

あと数歩の所まで近づくと、ニコラはクラウスに体を寄せ、腕に手を置いて熱心に話しかけているのがわかった。

ニコラは俺に背を向けた状態なので、俺が戻ってきたことにはまだ気づいていないようだ。クラウスもまた、ニコラが話すのを注視している様子で俺に気づいていないように見える。

「……あのね、本当はクラウスとつがいになるのは、僕だったんだよ」

クラウスに声をかけようとして、ニコラの発した言葉に息も足も止まった。

クラウスは、ニコラの言葉に完全に笑みを消した。

「……どういうことだ？」

「僕は幼い頃からずっとクラウスを思ってて、クラウスもいつも僕だけを気にかけてくれていた。僕たち、アカデミーの皆からも将来は必ずつがいになると言われていたんだよ？」

違う。皆がそう思っていたことは間違いないけれど、真実じゃない。

「それなのに……！　エルフィーが恋する相手にヒートトラップを仕掛けようとして、どうしてかクラウスは巻き込まれてしまったんだ。僕はずっとクラウスを思っていたのに……！　エルフィーは他の人が好きなのに、僕の気持ちを知っていて、クラウスを奪ったんだ！」

「ニコラが、俺を？　エルフィーが、奪う……？」

「……違う！」

俺は飛び込むように、ふたりの間に割って入った。

「待って。違う、違うんだクラウス」

俺の乱入に、ニコラが瞳をぎらりと光らせる。そして尖った声で俺に言った。

「エルフィー!?　いつからいたの。それより、なにが違うの？　また嘘をつくつもり？」

「嘘なんて」

言葉を発しようとすると、ニコラの声がかぶってくる。

「僕は今でもヒートトラップがあったと思ってるんだ！　エルフィーがどう取り繕おうと、なかったと証明するものはないじゃない！　それに、エルフィーもいつも言ってたでしょう？　クラウスは僕のことを特別に思ってる。絶対に両思いだよ、つがいになれるよ、応援してるよって！　あれまで嘘だったの⁉」

嘘じゃない。ヒートトラップのことは否定できても、アカデミー時代の俺はフェリクスを好きで、ニコラとクラウスの幸せをいつも願っていた。ヒートを起こす直前までニコラを応援していると言い続けていた。

「だけどクラウスは」

「クラウスがなに？」

クラウスは俺を好きだと言ってくれた。ニコラのことは敬愛しているけれど、友達としての好きで、俺とは違うんだと言ってくれたんだ。

救いを求めるようにクラウスを見ると、伏し目がちに唇を固く結び、テーブルの上でこぶしを握りしめていた。

俺に怒りを覚えたようにも、警戒しているようにも見える。

そうだ、今のクラウスは俺を好きじゃない。拒否しているから。

——もし、このまま記憶が戻らなかったら？　このままいつもそばにいるニコラを好きになったら？

悪い想像を打ち消すように頭を振る。

いいや、たとえそれでもあきらめないと誓ったばかりだ。俺はニコラにではなく、クラウスに気持ちを伝えるんだ。

「――クラウス、俺は」

目を合わせてくれないクラウスを見つめて言葉を発したとき、クラウスも唇の結びを解いていた。

「悪いがエルフィー。俺は今とても混乱している。ニコラの話を詳しく聞いて整理したいんだ。ふたりだけにしてもらえないだろうか」

見えない鈍器に頭を殴られたように、息が詰まった。

クラウスはニコラの話だけを信じるということか。

唇を噛み、頭の中にグワングワンと響いてくる鼓動の反響音に耐える。

「エルフィー、あとで君の話も必ず聞く。だからそんなふうに唇を噛まないでくれ」

すると、クラウスが俺の顔を見て、まっすぐに瞳を向けてくれた。黄金色の瞳には光が見えて、真摯に対応してくれようとしているのが伝わる。それに俺の癖を……唇を噛むのをやめろと言ってくれた。クラウスの心のどこかに、俺の思い出が少しは残っているのかもしれない。

――クラウスは俺の言葉もちゃんと聞いてくれる。

そのことだけを頼りに、俺はゆっくりと頷いた。

「わかった。離宮の部屋で、待ってるから、声をかけてくれる？」

「部屋……それは……君とはつがいだから、できればふたりにならない方がいい。互いのためにも、記憶が戻るまでは俺は離宮には入らないつもりだ。悪いが茶話室にしよう」

唇を噛むのをやめ、懸命に上げた口角が下がる。

また線を引かれてしまった。真面目だからこその言葉だとわかっていても、思い出せないつがいの俺を警戒しているんだと感じて辛くなる。

「そうだよね、ふたりになってヒート誘発剤でも使われたら、会話にならないしね」

「ニコラ、俺は！」

「わ。怒らないで、兄さん。怖いよ」

ニコラがキャッキャと笑いながらクラウスの腕に掴まる。クラウスは抱き止めないまでも逃げなくて、服の上からでもわかる胸の隆起と、ニコラの頬が密着した。

見ていたくない。ふたりに背を向け、茶話室を目指す。

するとその通路の途中、応接間の前で、思いも寄らない人物が現れた。

「こんにちは、エルフィー」

執事長さんに恭《うやうや》しく案内されて、応接間に入ろうとしていたのはフェリクスだった。

「どうしてここに」

「どうしてって。親友の帰還祝いに駆けつけたんだけど、おかしいかい？」

そう言われればそうだ。夫人には俺がヒートトラップを仕掛けた相手の名前までは言っていないのだから、アーシェット公爵家のご令息が訪問したとなれば丁重にもてなすだろう。

フェリクスは機嫌よさそうに、くすくすと笑う。

「エルフィーこそ、最近ずっとクラウスと一緒だね。まあ、今回はニコラも一緒だと聞いたけど。あのふたりは相変わらず仲良しなのかな？」

フェリクスの言葉が胸に刺さる。アカデミーの同窓生なら同じように訊ねてくるだろう。さっきのニコラの言葉は真実ではないけれど、嘘でもないのだと思い知らされる。

——俺を思い出せないクラウスは、俺の言葉を信じてくれるだろうか。

俺がなにも答えられないでいると、執事長さんがフェリクスにそっと声をかけた。

「アーシェット様、応接間へどうぞ。すぐにクラウス様にご訪問をお伝えしますので、しばしお待ちください」

「ええ。ゆっくりでかまいません。ちょうどセルドラン君とも話がありましたから。……いいよね?」

そう言われて、執事長さんの前で断るわけにもいかなかった。フェリクスは執事長さんに返答すると、悠々と俺をエスコートしながら応接間の席に着く。

フェリクスが俺としたい話と言えば決まっている。いつクラウスがここに到着するかわからない。早々に話を済ませてしまおうと、俺は自分から話を切り出した。

「フェリクス、あの返事だけど……君は俺と交際する気が、ないよね?」

「突然どうしたんだい? どうしてそんなことを」

フェリクスはあれからご令嬢に会っていないのか、俺が彼女と話したことをまだ知らないようだ。けれどいつかは明らかになるだろうに、どうして俺を騙そうとするんだ。

「この間、テルニア伯爵家のご令嬢に会ったんだ」

「……彼女か! 彼女もしかして、俺と婚約するって、言っていたかい?」

「そのとおりだよ！　それなのにどうして」

「待って、エルフィー。まさか君、俺よりも彼女を信じたのかい？」

フェリクスは困惑したように頭を振って、俺の両手をすくい取った。

「彼女は他の同窓生にもそう言っているんだ。特にプロムで俺がダンスをした相手には、わざわざサロンで牽制しに回っているんだよ。俺もほとほと困ってる」

「いや、だけどプロムの夜、君は俺との約束の場にこなかった。君は彼女の家に行き、泊まってひと晩中抱きしめてキスをしたって聞いたんだ」

全部知っている。誤魔化しが効かないように、すべて言ってしまった方がいい。

途端に、着座しているフェリクスの上体が前のめりになった。俺の目を窺い見てくる。

「エルフィー！　君は純粋な人で、相手の言葉を疑うことを知らないのも魅力だ。でも、それは俺のことを信じてくれてないということだよ。なぜだい？　悲しいよ」

彼のセルリアンブルーの瞳を囲む長いまつ毛が揺れた。

嘘をついているようには見えないけれど、俺がまだフェリクスを好きだと思い込み、俺の気持ちを大事にすると言ってくれたクラウスの言葉に、偽りがあるはずがない。

「クラウスが……あの夜クラウスが、君はこないから帰ろうって伝えにきてくれたんだ。フェリクスは俺には後日謝りに行くからと言って、すぐに彼女と行ったんでしょう？」

俺がそう問うと、フェリクスは力なく椅子の背もたれに背を預け、認める言葉を零した。

「そう、クラウスが……あのあと、君のところに行ったんだね……」

やっぱりそうなんだね、と言いかけると、フェリクスは切なげに眉尻を下げ、ゆるゆると首を横に振った。

「でも、聞いて。彼女の家に行ったのは、テルニア伯爵から俺の新しい事業について早急に話したいことがあると言われたからだ。その流れで彼女との将来もほのめかされ、新規事業をどうしても成功させたい俺は、曖昧に返事をしてしまった。そして確かに彼女の部屋に呼ばれたけど、体の関係は断った。キスだって額や手にしただけだ！」

必死に訴え、もう一度俺を見つめる。

「……エルフィー、君が好きだから」

続いた言葉は、懇願するような愛の告白だった。

けれどフェリクスの言葉はもう、なにひとつ心に入ってこなかった。学生時代あれほど望んだフェリクスからの「好き」は、一滴も俺の心に染み入ってこない。

俺の心の中はもう、クラウスからもらった「好き」の泉で潤っているから。

「ごめん、フェリクス。本当のことを言うと、君が誰とどうなろうと関係ないんだ」

「どういうこと？　まだ俺が信じられない？」

「信じる信じないじゃない。テルニア嬢の話を出したのは、あの夜の経緯を理由に断ろうと思ったからだ。だけど君が話してくれたとおりだとして、俺を本当に好きだと言ってくれるなら、俺も理由を正直に言うよ」

今まではニコラが本当の婚約者になるんだからとか、モンテカルスト家の立場を考えてとか。それで周囲に婚約を伏せてきた。

けれど今、婚約は白紙状態だ。だからこそ言える。

——俺がただ、クラウスを好きだからだって。

「フェリクス、俺はクラウスが好きなんだ」

「なんだって……？　君、いつから……ついこの間まで、俺に好意を向けてくれていたよね？」

「気づいたんだ。フェリクスへの気持ちは、恋に恋してただけなんだって。君を見ると、楽しくて幸せな気持ちになれていた。容姿が素敵、スマートな行動が素敵、なんでも器用にできて、気が利くところが素敵……全部全部、俺の憧れを詰め込んだ偶像のような君の、外側ばかりを見ていた」

フェリクスに憧れていた気持ちを否定はしない。間違いなく、俺の学生時代を彩ってくれた。

「いつも褒めてくれて嬉しかった。だけど違ったんだ。俺もまだうまく言えないけど、楽しいとか嬉しいだけじゃなくて、クラウスを思うと痛くて苦しくて、醜い感情まで出てくる。そばにいると泣きたい気持ちになって、離れているのが辛くなる。君が他のご令嬢と踊ったときも悲しかったけど、自分に言い聞かせて悲しみを呑み込めたあのときとは違う。今クラウスがそうしたら、心の中で燃える炎を抑えられず、俺はその場に乗り込むだろう」

考えるより先に、クラウスとニコラの間に割って入っていったように。

「クラウスを思うと、今まであった感情だけじゃなく、あると知らなかった感情まで激しく動き始めるんだ。俺の全部、髪や爪の先までクラウスを求めている」

クラウスも、そうだったのかな。俺を見ると心が千々に乱れて、平常心を保つのに必死だったと言ってくれた。

夫人が、クラウスは俺の前でだけは人間になれると言ってくれた。

――俺も同じだよ、クラウス。

「クラウスだけが俺の底の底にある感情まで動かす。俺は、クラウスが好きだ」

言い切って、胸の中に熱いものが湧いてくるのがわかった。目と鼻の奥がじんじんして、そこから熱さが漏れ出てくる。

ハンカチーフを持っていなかった俺は、涙を拭うものを探して席を立った。棚にテーブルナプキンの予備があるかもしれない。

けれど、俺の体は立ち上がったところから動けなくなってしまった。

まったく気がついていなかったのだ。いつの間にかドアが開いていて、クラウスにニコラと夫人、侍女さんたちまで揃って近くに立っていたことを。

クラウスは、切れ長の目を大きく見開いて、俺を凝視している。

夫人はご自慢の扇子を床に落として、口を両手で塞いでいた。

聞かれた！　フェリクスだけではなく皆に全部聞かれた！　俺が汚い感情を持っていることまで、全部聞かれてしまった！

「あの、あのクラウス、俺」

こんな状況でクラウスに伝わってほしくなかった。

俺の思いはクラウスとふたりだけのときに、しっかりと向き合って伝えたかったのに。

醜い気持ちではなく、クラウスがくれる、心に温かい泉を作るような、そんな思いを届けたかったのに……！

「クラウス、俺は」

どうしていいかわからない、わからないからクラウスに手を伸ばした。するとクラウスは片手で鼻と口を塞ぎ、もう一方の手でドン、と鈍い音が立つほど強く胸を叩いた。

それから「すまない」と俺の顔も見ずに言うと、大股で部屋を飛び出してしまう。

夫人は「クラウス！」と言いながら、青い顔をしてあとを追いかけた。

俺、きっとまたフェロモンを漏らしてしまったんだ。クラウスへの思いが高まると勝手に漏れてしまうから……

俺はどれだけクラウスに不快を感じさせているのだろう。

醜い気持ちだってそう。俺の今の言葉を聞いて、クラウスだけじゃなく夫人も、俺に嫌悪を抱いたに違いない。

力が抜ける。その場にくずおれた俺を、侍女さんたちが離宮に連れ帰ってくれた。

フェリクスとニコラのことを考える心の余裕は、もうなかった。

翌日。寝苦しいひと晩をやり過ごしていた俺は、昼食に近い時間になるまで起きることができなかった。

「エルフィー様、お目覚めですね。すぐにお食事をご用意します」

本宮に向かうと、執事長さんがすぐに声をかけてくれ、朝食室に促して世話をしてくれる。

「ありがとうございます。あの、今日は夫人や侍女さんたちは……」

いつもなら同じ時間に離宮の寝室を訪れ、着飾らせた俺を本宮に連れて行くのに、今日は姿を見ていない。クラウスやニコラも見ないけれど、庭園を散歩でもしているんだろうか。

昨日は結局クラウスと話せなかった。クラウスは俺が醜い嫉妬心を持っている人間と知って、我欲を満たすためなら弟の思い人を奪いかねないと思っただろうか。

「はい、クラウス様とニコラ様は、一時間ほど前にご一緒に外出されて、その後すぐ、奥様も侍女を連れてお出かけになりました。エルフィー様のお世話は、奥様から私《わたくし》が承っておりますので、なんなりとお申し付けくださいませ」

不安の底に気持ちが沈んでいると、執事長さんが答えてくれた。優しい言葉をかけられているのに、不安の底はますます深くなっていく。

やっぱりクラウスとニコラ、今も一緒なんだ。もしかして昨日、ガゼボでニコラの思いを聞いたクラウスは、ニコラに愛情を持った……？

『俺のただひとりのつがいはニコラだ。アカデミーの頃からずっと俺を思い続けてくれていた、このニコラだけだ』

悪夢でのクラウスの冷たい表情と、その傍《かたわ》らでうなじを見せて微笑むニコラが頭に浮かび、咄嗟にうなじに手を回す。

クラウスとのつがいの印《しるし》がしっかりと触れて、俺は不安の底から気持ちを這い出させた。

「っすみません。失礼します！」

湯気が立つ食事にひと口も手をつけず、執事長さんにひと言だけ謝って粗野に席を立つ。

頭の中にはまだ、クラウスとニコラの去っていく姿が残っていた。

じっとしていられない。とにかくふたりを捜さなくては、と心臓の鼓動が告げている。

邪魔者だと思われてもいい。クラウスを失いたくない。今は記憶がなくても、クラウスは俺への愛情でうなじを咬んでくれた。

クラウスは、俺のつがいだ。ニコラのつがいじゃない。

——ニコラ……

俺は、半身ともいえるおまえを愛している。

数秒違いで生まれてから、ずっと一緒の時間を過ごしてきた。

父様母様にも友人たちにも秘密の内緒話を、ふたりでくっついて話し合った日は数知れない。

お互いを鏡のように見て、考えていることを口に出さなくてもわかり合えてきた。双子の不思議な繋がりなんだと、そんなふうにも思っていた。

だから十二歳のとき、魔力判定に絶望したニコラの苦しみを、高い判定が出た俺では本当の意味で理解してあげられないこと、俺では心の傷を癒やし切れないことがとても悲しかった。

そしてあのときに俺は、幼い頃から気をつけていた「ニコラの大切なものや好きになるものには絶対に手を伸ばさない」を、心に深く刻み直した。

それらは本当に苦じゃなかった。ニコラが「エルフィー、大好き。僕の兄さん！」と抱きついてくれるのが心から嬉しかった。ニコラには悲しい顔より嬉しい顔をしていてほしかった。

だけど——クラウスにだけは、手を伸ばさずにいられない。ニコラに、あげられない。

またひとつ、今まで自分の中になかった思いが生まれていることを自覚しながら、行くべき場所もわからないのに朝食室を飛び出した、そのときだった。

「エルフィー様」

副執事さんがやってきて、俺を呼び止めた。

「あ、は、はい」

「お客様がお見えですが」

「俺に？」

「ええ。フェリクス・アーシェット様より急ぎのご用件があると」

またフェリクスが？　と目を瞬《しばた》かせつつ、俺はすぐに首を横に振った。

「申しわけないですが、断っていただけますか。俺も出かけるので、時間がないんです」

「申しわけございません。私《わたくし》ではお断りいたしかねます。少しだけでもお顔をお出しいただけませんか？」

副執事さんは困った表情で言う。アーシェット家は公爵家だ。確かに、本来は平民である俺が公爵家からの来訪を断ることは不敬に当たるのだから、副執事の彼が断ることなんて無理な話だ。

わずかばかりの冷静さを取り戻した俺は、フェリクスに会うことを了承した。

「エルフィー！　会ってくれてよかった。クラウスが……クラウスが危険なんだ！」

応接間に入るなり、フェリクスは血相を変えて俺の肩を掴んだ。

「クラウスが危険って、どういうこと？」

「ニコラがクラウスに、ヒートトラップを仕掛けようとしているんだ！」

「えっ」

フェリクスは目を見開いた俺に、畳みかけるように話を続ける。

「昨日君に断られ、失意のままで屋敷を出ようとしたとき、ニコラに君とクラウスが事故つがいになったと聞いた。もちろん大事な親友の家名に関わることだ。誰にも言っていないし、初めは俺も信じなかった」

ニコラは涙ながらに言ったそうだ。

プロムの日、フェリクスを思うばかりに思いつめていた俺が、ヒートトラップを画策していたんだと。

けれどフェリクスが約束を破ったためにクラウスが巻き込まれ、俺と事故つがいになってしまったんだと。

「だから、君も泣く泣く俺との交際を断ったと聞いたんだよ！」

「そんな……」

真偽入り混じったその件がニコラにとっては真実でも、決して口外していいことじゃない。

俺は驚愕と焦りで声を詰まらせた。

その様子に真実味を感じたのか、フェリクスは悲哀の表情を浮かべて俺を抱きしめようとする。

「その反応、やっぱり本当なんだね？　ああ、エルフィー。俺のせいでごめんよ」

俺はすぐにフェリクスの手を突っぱねて後退った。

「やめて！　確かに俺とクラウスは事故つがいだけど、つがいになったから好きになったんじゃない。クラウスだから好きになったんだ。昨日も伝えたはずだよ！」

「じゃあ君は、本当にクラウスを愛していると言うのかい？」

「そうだよ！　それより、クラウスが危険だと知らせにきてくれたということは、ニコラのヒートトラップを止めようとしてくれているんでしょう？」

フェリクスは伸ばしかけた腕を引き、しばらく言葉を出し渋っていたものの話を再開する。

「ああ……。君とクラウスがつがいだということは受け入れがたいけど、ニコラに聞いたところではクラウスは記憶障害を起こしているそうじゃないか。その状況でヒートトラップに遭えば脳への負担がかなり大きい。それに真面目一辺倒なクラウスだ。また事故でつがいが増えたなんてことになれば、あいつは自分を責めて、それこそ狂いかねない」

「じゃあどうして知ってすぐ知らせにきてくれなかったの⁉　ああ、それより行かないと。ニコラを止めないと……クラウスを助けないと。どこに行けば……」

最後は自問自答のようになっていると、フェリクスの手が肩に置かれた。

「ふたりはラボだ。俺が送ろう。一緒に行く」

ラボ……！　そうか、今日はラボが休みだから、そこでトラップを仕掛けるつもりなんだ。

俺たちはすぐにアーシェット家の馬車に乗り、ラボに向かった。

馬車の向かいの席に座るとすぐ、フェリクスは俺に頭を下げた。

「すまない。ニコラがヒートトラップを仕掛けるつもりだと聞いても、止められなかった。君たちがつがいになったことに驚き、エルフィーにどう謝ればいいのかと、それしか頭になかったんだ。それにニコラは、エルフィーが本当は今でも俺を好きで、クラウスとニコラは思い合っていると言うから、彼らがつがいになることに問題はないと思った」

フェリクスは必死に釈明をする。

「でも冷静になって考えてみたんだ。君の心が俺にあっても、君がクラウスとつがいである以上、俺は君のヒートを癒やしてあげることもできない。さらにクラウスとニコラが新たにつがいになったとしたら、クラウスは愛するニコラを大事にして君を慰めなくなるかもしれない。……そうしたら、君は心身を病んでしまう。そんなのは耐えられない」

真剣な表情と声は、俺の胸を打った。気持ちは返せなくても、こうして伝えにきてくれたことに感謝の気持ちが生まれる。

「ううん。知らせにきてくれてありがとう」

「あの日約束を破った罪滅ぼしだ……それに、もう一点気がかりな点があるんだ。ふたりが本当に思い合っているなら、ヒートトラップを起こしてつがいになる必要はないだろう？」

フェリクスの言うとおりだ。昨日ふたりで話した時点でクラウスがニコラを受け入れていたとしたら、ヒートトラップで誘惑する必要はないし、それこそ完成まであとわずかのつがい解消薬を使って俺とつがいを解消させてからでいい。

クラウスの性格からしても、つがいの解消が成される前に他につがいを得ようとは思わないはずだ。俺が頷くと、フェリクスは力強く言った。

「このままヒートに流されてしまえば、クラウスは狂ってしまう。俺はエルフィーも大事だけど、クラウスも大事なんだ。助けてやりたいと心から思ってる」

親友を思うその気持ちに、また胸を打たれる。

俺はヒバリのペンダントを握りしめながら、馬車がラボに到着するのを待った。

第五章　真実の、さらに真実

ラボに到着すると、エントランスのドアは大きく開かれていた。

まるで歓迎するかのような開放感に違和感を覚えつつ、フェリクスと共に駆け込む。

「フェリクス、二階の一番奥へ！」

ニコラがいるとしたら、俺の研究室かニコラの研究室だ。

そう直感して階段を二段飛ばしで登り、フェリクスより先に部屋の前に到着した。

小さく息を呑み、取っ手を引いてみる。エントランスと同じく鍵がかかっていない。

ここにはいないのか？　と思いながらも性急にドアを開いた。

「ニコラ……！」

ニコラはいた。試験台に足を組んで座り、膝に肘を置いて頬杖をつきながら俺の方を向いている。その姿は発情期のときにここにきていた日とは違い、まるで俺を待ち構えていたかのように見えた。ただ、クラウスの姿が見当たらない。

俺が室内の奥や左右に視線を巡らせると、ニコラは明るい声で言った。

「いらっしゃい、待ってたよ、エルフィー。だけど思ったより遅かったね」

次に、俺ではなくドアの方向に視線をずらして続ける。

「お話が長かったんじゃないの？　……ねぇ、フェリクス？」

――え？

「悪いね。あんまりエルフィーが純粋に信じるから、面白くてつい芝居が乗っちゃって」

フェリクスも部屋に到着していた。俺は振り返った先の彼の言葉と、人をからかうような表情に、頭に疑問符を浮かべる。

「あんまり遅いと、クラウスが警戒して部屋を出ちゃうじゃないの」

「ごめんごめん。じゃあ早速始めようよ。世紀の大実験！」

フェリクスがショーの司会者のように両腕を広げ、ニコラは声を立てて笑って拍手をした。

ふたりはいったいなにを話しているんだ？　理解ができないのに、急速に背筋が冷えていく。

「エールフィー。これなーんだ」

フェリクスの方を向いていると、ニコラに話しかけられて顔の向きを戻した。ニコラはブリーチズの右ポケットから真鍮のピルケースを取り出す。

俺のピルケースは天使の彫りが施された四角形のもので、ニコラのものは双子の女神が彫られた円形だ。これも母様がふたつ並べてくれたときに、ニコラが先に選んだ。

「僕たちと同じ双子！　僕こっちがいい！」と言って。そのときのニコラの嬉しそうな笑顔は、俺が手にしたピルケースの天使とそっくりで、とても嬉しくなったのを憶えている。

けれど今のニコラは、悪魔のような笑顔でピルケースの蓋を開け、グリーンのソフトカプセルを取り出した。

「ヒート誘発剤か……？」

眉が寄る。現在王国内にあるカプセル型誘発剤は、プロムの夜に俺が使ったピンク色のものしか存在しない。けれどそれ以外に考えられず、自問するようにつぶやいた。

「はずれ！」

俺の言葉を聞き取ったニコラは、答えがはずれているのにはしゃいだ声を出し、カプセルを自身の顔の高さに持ってきて揺らす。

「これはねぇ」

そうやって俺に見せつけ、しばしもったいつけてからニコラは言った。

「つがい解消薬だよ！」

「つがい解消薬!?」

「そ。僕が作ったんだよ。この魔力の低い僕が！　すごいでしょう？」

まさか。ニコラの魔力では前例のない薬を作ることは不可能だ。はったりだ。俺を動揺させようとしているんだ。

「あれぇ？　信じてないみたいだね。じゃあ使ってみようか。……フェリクス！」

ニコラがフェリクスに呼びかけ、俺は反射的に彼に振り返る。

「オーケー！　俺はクラウスの方だね。行ってくるよ」

フェリクスはジャケットのポケットから透明の袋を取り出した。中には同じくグリーンのソフトカプセルが入っていて、彼は袋をひらひらと揺らしながら研究室を出て行く。

「フェリクス、待って！　……ん……！」

閉じられたドアに手を伸ばし、フェリクスを追おうとすると、体が熱くなって心臓がどくん！とはずんだ。ニコラがソフトカプセルを潰したんだろう。この短期間程度で数度経験した、突発的なヒートの症状が俺を襲う。

「ニコラ、なぜ俺に誘発剤を」

鼻と口を手で覆う。ニコラは抑制剤でも使っているのか、影響を受けていないように見える。

「だからぁ。誘発剤じゃなくてつがい解消薬だってば。あー、でも半分は誘発剤か。あのね、実験してみたら、解消される寸前のオメガの細胞の振動……つまりは苦しみが半端なかったの。だからヒート誘発剤を混ぜて緩和したんだ。エルフィー、つがい解消を終えたら、フェリクスをここに呼び戻すから、抱いてもらえばいいよ」

「なに言って……ぅ……」

薬の気化が進んでいるのだろう。ヒートの症状が強くなってきて、俺はその場にうずくまった。

「どうしてこんな……それに、つがい解消薬って、本当なのか？」

「だから本当だってば」

ニコラがゆっくりと試験台から下り、俺のそばでしゃがみ込む。

「僕ね、覚醒系の薬草エキスを使っていたでしょう？　眠らないためもあったけど、発情期に、フェロモンの力を強くするために飲んでたんだ」

「フェロモンの、力……？」

「うん。覚醒系の薬草って、フェロモンを活性化させるじゃない？　それでひいおじい様の手記を漁《あさ》ってたらね、発情期予定の五日前から覚醒系の薬草エキスを飲むと、いつもよりフェロモンの作用が強く出て、魔力も一時的に上がるって書いてあってね。試してみたら本当にそうなったの！」

言っていることは恐ろしいのに、ニコラの笑顔は楽しい遊びに満足した子どものようだ。

だけどそれで納得がいった。

あの日……ヒート中に家を抜け出してラボに行ったのは、高まった魔力でつがい解消薬を仕上げて、さらにその痕跡を消すためだったんだ。ニコラは無意識にラボへ向かってしまったと言っていたけれど、実際は違った。

そして、薬が完成したことで気持ちに余裕が生まれたんだろう。あのタイミングで父様と夫人に俺の過ちを語ったのは、意図的だったのかもしれない。話し合いで、俺がクラウスとつがいを解消したくないと言ったときにあっさりと引き下がったのも、そのためだったんだろう。

油断させるつもりもあったのかもしれない。

もういつでもつがいを解消させられるから、あとは機会を窺うだけだったから。

「だからってニコラ……そんなに大量に劇薬を使ったらどうなるか……ぅうっ」

誘発剤の血中濃度が上がってきている。抑えられない性への衝動が体中を巡り始め、俺は床に倒れ込んだ。

「だって、今度こそなりふり構ってられなかったから。おかげで発情期初日のひと晩で薬ができちゃった」

苦しみに藻掻く俺を見下ろしながら、ニコラは憐れみの目を向けてくる。

「エルフィー、今からヒートだけでなく解消薬の反応も出てきて辛いだろうけど、僕がそばにいてあげるからね」

「ニ、コラ、やめろ。クラウスは今、普通の状態じゃないんだ。こんなことしたら」

「クラウス？　大丈夫だよ。実験では、アルファは解消後の喪失感が少し出るくらいで、体への負担はほとんどない。まあ、それを実証するための今だけど。それよりエルフィーは自分のことを心配して？　そろそろクラウスにも使われただろうから、反応が始まるよ」

ニコラがそう言って俺の手を握ったのと同時に、突如稲妻に打たれたような衝撃が体を駆け抜けた。

「……っ。……あ、あああっ！」

思わずニコラの手を頼って握ってしまうと、ニコラも力を入れて握り返してくる。

「大丈夫だよ、僕がそばにいるからね。これからも、エルフィーには僕がいるからね。約束したでしょう？　僕たちはずっと一緒だって」

「は、はぁ、はぁ……な、に……？」

ニコラは俺のことが嫌になったんじゃないのか？

激しい動悸の中でニコラを見上げると、眉を下げて困ったように微笑みかけてくる。

「やだなぁ。エルフィーはクラウスとつがいになってから、どんどん約束を忘れていっちゃう。エルフィーが言ったんだよ？　僕とエルフィーは双子の一心同体だから、ずっと離れない。僕ができないことはエルフィーが補って、エルフィーができないことは、僕が補うって。僕の魔力が低いとわかったとき、みんなが僕から離れちゃうって嘆いたら、俺がいるよ。俺はずっとニコラのそばにいるよって約束してくれたじゃない」

「あ……？　ううっ、っく……！」

苦しい、痛い。体が熱い、お腹が疼く。

自分の体じゃないみたいだ。頭の芯も痺れて、なにも考えられなくなる。

だけどなにかがおかしい。なにかニコラの言葉に違和感がある。聞かなければ！

「苦しくしてごめんね。でもエルフィーが悪いんだよ？　約束したのに、クラウスを好きになっちゃうんだもん。クラウスとつがいになったらクラウスに夢中になって、僕のことはどうでもよくなっていく、って怖くなったんだ。実際そうだったでしょう？」

「ふ……ぅう、ニコ、ラ……？」

それじゃあまるで、クラウスじゃなくて俺の心を引き留めたかったみたいに聞こえる。

「クラウスは素敵だよね。実直で誠実。ひたむきにひとりを思い続ける……僕と同じ人を。ねえ、大好きだよ。エルフィー。これからも僕だけのエルフィーでいてね」

「ニコラ、おまえ……あ、ぁぁあ！　体が、体がちぎれる！」

「ああ、辛いね。エルフィー。推定ではあと十分くらいだから我慢して。僕が抱きしめていてあげるからね」

上半身を抱き上げられ、腕の中に閉じこめられる。俺の手を握る手にさらに力を込めたニコラは、エメラルド色の瞳を湖面のように揺らして波立たせると、俺の頬に雫を落とした。

「よかった……これでもうすぐ元どおり。あるべき形に収められる。つがいの解消が確認できたら、僕もクラウスのところに行くね。誘発剤も使って、僕たちつがいになってくる。クラウスにはエルフィーを渡さない。エルフィーの心を奪うクラウスを、僕はずっと縛り続ける」

「ニコラ、おまえ。クラウスを……」

好きだったんじゃないのか？　頬を染めてずっと見つめてきたじゃないか。それじゃあ、まるで「支配」だ。

ほとんど動かなくなった俺の口の動きを正確に読み取り、ニコラは涙を浮かべながら首を傾げた。

「好き……だったよ？　クラウスはいつも優しかったもの。幼い頃、足が遅い僕がエルフィーに追いつけないでいると、必ず立ち止まって手を伸ばしてくれた。外遊びが好きなのに、僕のままごとにも付き合ってくれた。……でも、クラウスは、僕を選ばなかった！」

涙に濡れるニコラの下瞼の片側が、ピクピクと痙攣を起こす。

「おじい様も優秀な僕とクラウスの結婚を望んでいたのに……クラウスの好きな子は、エルフィーだった！」

「おまえ……ぐっ……ぅ、は……ぁ……」

ニコラはクラウスの俺への気持ちに気づいていたって言うのか？　そのショックで歪んだ思いを持つようになってしまったのか？

「気がついたのは十二歳になる前……クラウスがエルフィーを避け始めてからだったな。僕には変わらず優しく接してくれたけど、クラウスの目はいつもエルフィーを追ってた。辛そうにぎゅっと胸を握ってね……恋をするってこういうことなんだと、僕に教えたのはクラウスだったのかもしれない。でもね……」

痙攣を止めるかのように、ニコラはいったん瞼を閉じて深い息を吐いた。伴って俺を縛るように抱きしめている力も緩むものの、俺の体はニコラに閉じこめられたままだ。

「それは当時の僕にとっては些細なことだった。幼い頃の恋なんてそんなものだよ。それよりも、僕がショックだったのは魔力判定の結果だ。僕ね、困ってしまったの。魔力もなくクラウスと結婚もできなかったら、ラボにとって要らない子になっちゃうでしょう？　だからクラウスだけは手に入れておかなきゃって思ったんだ」

「まさか、ニコラ」

ニコラは俺の予想を読み取ったとばかりに頷いた。

「僕のことが一番大切なエルフィーは、僕が欲しいものを絶対に選ばないものね！」

背筋がぞく、と震える。ニコラの瞳は底のない沼のようだ。

「僕がクラウスを欲すれば、エルフィーは絶対に彼を好きにはならない。そしてエルフィーは、僕の狙いどおりにクラウスとは正反対の『わかりやすい王子様』に恋をした。これでクラウスからの好意にも気づかないまま、ずっと僕を愛してくれる。クラウスもフェリクスに夢中のエルフィーを見て、幼い恋心なんてすぐに忘れて、僕を好きになる……そのはずだったのに！」

「う、あぁっ」

歌劇の四面舞台が回転するように、ニコラの形相がガラリと変わる。憎悪。そんな文字が浮かぶような恐ろしい形相だ。

「クラウスはエルフィーをあきらめなかった。僕がエルフィーのような服を着て、エルフィーのように振る舞ってみても、僕とエルフィーを重ねることもしなかった。クラウスの中では完全に僕たちは別の存在だった。僕とエルフィーは半身同士なのに、それを否定したんだ！……悔しかった。許せなかった。クラウスまで僕を要らない子にして、そのうえまだエルフィーを奪う可能性がある。だから決めたんだ。僕は絶対に絶対に、クラウスにはエルフィーを渡さないんだって」

ビリビリと痺れている体をきつく抱きしめられて、手足に荊棘《いばら》が巻きつくようだ。

「ニコラ……！　ぐ、うぅっ……あ、ああっ」

体がちぎれそうな痛みと、ヒートの疼きの波が同時にやってくる。意識まで流されそうだった。けれど、胸を深く抉《えぐ》るニコラの歪んだ思いが、俺の意識を保たせる。

「もうちょっと、もうちょっとだ……今度こそ僕の願いが叶う。そうだ！　前祝いにもうひとつ教えてあげるね」

「ぅ……も、ひとつ……？」

「うん。あのね、僕もプロムの夜、ヒート誘発剤をポケットに忍ばせていたの。クラウスにヒートトラップを仕掛けようと思ってね！」

見えはしなくても、ニコラがブリーチズの右ポケットを握ったのを感じた。

「ニコラが、ヒートトラップを……」

……だから、だからクラスメイトに話を振られたとき、様子が違ったのか？　だからいつも以上に右のポケットを気にしていたのか？　あのときも、ピルケースを入れていたから。

「でも、捜してもクラウスはいないし、エルフィーがフェリクスとうまくまとまりそうだったから、今夜はいいかって気が緩んでしまって……。とっても後悔したよ。でも、もうすぐやり直せるから大丈夫。エルフィーはフェリクスと、僕はクラウスとつがいになる。クラウスは真面目な人だから、つがいにさえなれば僕を愛そうと努力してくれるはずだ。そうしたら僕はエルフィーとクラウス両方の一番になれる。ね、名案だと思わない？」

俺は首を横に揺すった。

滅茶苦茶だ。あんなに通じていたはずのニコラの考えが、今はわからない。

「……どうして。ならどうしてフェリクスはいいんだ。クラウスは駄目でフェリクスならいい、なんて……」

僕だけのエルフィーでいてよと言いながら、矛盾している。

俺がもしフェリクスを本気で愛したとしたら、それだってニコラが一番じゃなくなるかもしれないのに、クラウスとなにが違うんだ。

舌がもつれる。それでも必死に問いかけると、ニコラは肩をすくめた。

「エルフィーは本当にお馬鹿さんだね。純粋すぎて……呆れるほど鈍い。フェリクスがあの胡散臭い笑顔の下に隠してる野心にも気づかないで。フェリクスはね、エルフィーの魔力とアルファの子を産める体を愛してるんだ。彼は身分あるアルファ女性を正妻に置いて、エルフィーを妾《めかけ》にするつもりなんだよ。でもね」

気の毒そうに言ったものの、ニコラの頬はどんどん上気し、愉《たの》しそうな口調になってくる。

「それは僕には願ってもないことなんだ。そうなれば悲しみに暮れるエルフィーには僕しかいなくなるじゃない。それにさ、妾《めかけ》でもアーシェット家はラボに協賛するでしょう？　いい事業になるもの。僕は元々ラボに出資してるモンテカルスト家の夫人となり、ラボの所長になる。妾《めかけ》でもアーシェット家の子を産むエルフィーは副所長。ね、本当に名案でしょう！　一度はあきらめた僕の欲しいもの、全部手に入るの！」

なんてことだ。俺には到底理解できない。……理解できていなかった。ずっとそばにいたのに。ずっと見てきたつもりだったのに、ずっと半身だと思ってきたのに、ニコラはいつから歪んでしまったんだ。いつから俺は、間違えていたんだ。

「ニコラ、ごめん。俺、おまえのこと、ちゃんとわかってやれてなかった……大切に、できてなかった……してきたつもりだったのに……俺が、気づけなかったから。……あ……？」

急激にうなじに鋭い痛みが走った。

「んあっ！　い、痛い！　痛い！　あ、あああぁ！」

うなじに大きな剣を突き立てられて、皮膚も肉も骨も、すべてを切り裂かれているかのようだ。

「やった。つがいが解消される……！　刻印が消えていく……！」

うなじに手を回した俺の手を、ニコラが掴み上げる。

高揚した声が、鼓膜をビリビリと震わせた。

「やった！　成功だ！　僕はやったぞ！　エルフィー！　これで僕たち、元どおりだよ！」

「う……ぅう……」

俺の頭、ある？　体の神経、ちゃんと繋がってる？

力が入らない腕と手を動かし、ゆっくりと手のひらをうなじに当てた。

——ない。クラウスが俺への愛情を訴えながら刻んでくれた証が、消えている。

絶望がぞわりとした感覚となって背筋を這い上る。けれどひとつの反応が終わったからか、体がほんの少し楽になっていた。

少なくとも声は出せそうで、俺はニコラを見上げて、できるだけお腹に力を込めて声を発した。

「つがいの印《しるし》が消えても、俺の心まで消すことは、できない……！　俺は、クラウスを愛してる。これからも、ずっとクラウスを愛し続け、伝え続け、またつがいになる。俺はクラウスをあきらめない」

「どうして……？」

つがいが解消されたのに、俺の心が「元どおり」にならないことを憂えているのか、ニコラが唇を震わせた。

「人の心は、薬で操作できるものじゃない」

俺はニコラから目をそらさずに伝える。

「どんなに万能な薬でも、どんなに強い魔力でも変えることはできない……！」

クラウスが俺をずっと好きでいてくれたみたいに。ヒート誘発剤で暴発したフェロモンを浴びてなお、心を失わずに俺のうなじを咬んでくれたみたいに。

そう、だからきっと、俺が思い続ければ、思いを伝え続ければ、クラウスは思い出してくれる。

そうしてまた、俺たちは恋をする。

「俺は、クラウスの心を信じてる」

俺の声はかすれていた。それでもニコラの耳には届いたようだ。

ニコラは泣き出しそうに顔全体を歪め、言葉を詰まらせる。

「――入るよ！　薬は成功だね⁉　エルフィーの刻印は消えたかい？」

そこに、興奮気味のフェリクスがドアを開けて入ってきた。

ニコラは唇を結んで真顔になると、俺を置いてすっと立ち上がる。

「フェリクス、クラウスの様子は？」

「アルファにはあまり影響がないと聞いていたけど、結構うめいていたよ？　失神しちゃうしさ。ていうか、あいつ、記憶失ってなくない？」

……え？

逃げ出そうにもつがい解消の衝撃を受け、ヒートも起きている体はいまだ動かない。眩暈《めまい》や耳鳴りもある。けれど今、確かに聞こえた。

クラウスが、記憶を、失って、ない……？

「カプセルを潰して放りこんだらすぐにうめき始めたけど、記憶もなければつがい解消薬を使われているとも知らないはずなのに、エルフィーの名前を叫んでドアを破ろうとしてさ。ヒヤヒヤしたよ。破る寸前で失神したけどね」

「やっぱりね。僕も昨日まで騙されてたよ。だから本当はもう少しゆっくり進めるつもりだったのに、予定を早めたんだ。正解だったね」

ニコラはあっさりと答えるものの、俺は混乱していた。

「どういう、こと……」

力をふり絞って声を出すと、ニコラは床に這いつくばっている俺を一瞥して肩をすくめた。

「さあね。おおかた夫人と共謀して僕を探ってたんでしょ。夫人は僕を気にかけてるふうで、ずっと見張ってたからね。さて、そうとなれば早々に仕上げをしなきゃ。僕はクラウスのところに行ってくるから、フェリクスはエルフィーをお願いね」

「待……て……」

仕上げ。

それはニコラがクラウスとつがいになりにいき、俺がフェリクスのつがいになるということだ。

「大丈夫、僕はクラウスとつがいになっても、エルフィーが一番だよ」

ニコラは右のポケットからピルケースを取り出すと、中に入っていたいくつかの飲み薬を口に放り込み、咬み砕いて飲み込んだ。

おそらく内服型のヒート誘発剤だ。解消薬に入っていた誘発剤に影響されないよう抑制剤を飲んでいただろうから、多目の誘発剤を飲まないと効果がないんだろう。

だからってそんな無茶な薬の使い方をしたら、ただでさえ覚醒系の薬草エキスを使っていたニコラの体が、ボロボロになってしまう。

「やめ……るんだ、ニコラ、これいじょ……」

薬を使うなと伝えたかった。けれどニコラはヒートトラップをやめろと言われたと取ったようだ。

「ここまできて、やめられないよ」

無表情で抑揚なく言うと、背を向けて部屋を出て行く。

「フェリクス、エルフィーに優しくしてね」

それなのに、顔が見えなくなってしまってから懇願するようにそう言い残した。

「……ニコ、ラ……！」

追いかけて、羽交い締めにしてでも止めたい。今までしてこなかった分、怒鳴って、叱って、殴ってでもやめさせたい。

クラウスを救いたいから。

ニコラを救いたいから。

ふたりを、救いたい……！

「くっ……」

体は鉛のように重い。ヒートも起きていて、お腹を突き上げてくる疼きに耐えるだけでも精いっぱいだ。俺は前腕で体を支え、ズルズルと腹ばいをしながらドアを目指した。

けれどフェリクスが俺の前に仁王立ちし、進みを妨げる。

「逃さないよ。君とつがいにならないと、つがい解消薬の協賛権利をもらえないんだ」

雑談でもするように軽く言いながら、フェリクスはドアを閉めて内鍵もかけた。

悔しさのあまり歯を食いしばって見上げると、彼は冷笑しながら俺のそばにしゃがみ、顎を掴んでくる。

「そう睨まないでよ。可愛い顔が台無しだよ？　まあ、俺の好みではないけどね」

そう言ったフェリクスは、俺が今まで見てきた麗しい表情をしていなかった。

狡猾で、他人を馬鹿にした嫌味な笑顔……これが、フェリクスの本性か。

「フェリクス、君は……あっ！」

肩を押され、あっけなくひっくり返った俺は、床に背を打ち付ける。その上にフェリクスが跨がってきた。

「やめっ……やめて……！」

抵抗するものの、手にも足にもまるで力が入らない。フェリクスは俺のブラウスの襟元を握り、左右に引っ張ってボタンを引きちぎろうとする。

「おっと、君に優しくしないとニコラがうるさいんだった。ニコラの方がひどいことしてるのにね？　ま、いいや、優しく一枚ずつ脱がしてあげる」

「やめろ……！　やめろ……！」

「はい、ベスト終わり。次はリボンをほどいて……ん？　これ、あのときの笛か」

ブラウスの下に大事につけていたヒバリの笛に気づかれ、ぐい、と引っ張られる。

いまだ痛むうなじに革紐が食い込んだ。

「ふん。これ、変な音だったな。あの日、誰が鳴らしてるんだと思わず振り返って見ちゃったよ。エルフィー、君は童顔だけど、中身も子どもっぽいね。こんなのを鳴らして喜ぶんだから。あ、もしかしてクラウスからのプレゼント？　あいつ、センス悪いね」

ハア、と息を吐いたフェリクスは、興味なさそうにペンダントを離す。

俺は力のない手で、落ちてきたヒバリを握りしめた。

「どうして？　どうして君はクラウスをそんなふうに言うんだ。どうしてクラウスを陥れようとするんだ。親友じゃないか……」

「親友だよぉ？　クラウスは俺の価値を高めてくれる大事な人間だ。そこにいるだけで圧倒的な信頼感を与えるリュミエール王国の若き黒豹。将来の国防長官。宰相の息子の俺の親友として、これ以上ない肩書きでしょう？」

「な……」

「でもさ、あいつは俺を親友だと思ってないんだよね。真面目な男だから礼節を払った付き合いはするけど、腹は割ったことは一度もなかった」

フェリクスの片側の頬がひくつく。その直後、彼は唐突に声を荒らげた。

「俺が、ベータしかいない商業流通科の生徒だから馬鹿にしていたんだ！」

「そんなわけない！　クラウスはそんな人間じゃない！　クラウスこそ感じていたはずだ。君が腹の内を隠しているって！　だけどそれでも、君を疑わなかったはずだ！」

だってクラウスは俺に言ったんだ。フェリクスも俺から真剣に告白されたら応じると思ったと。

俺がフェリクスと結ばれても、俺が幸せならそれでいいのだと自分を納得させたと。

それは、フェリクスを信頼できる友人だと信じていたからに他ならない。

つがい解消で受けた痛みもすいぶんと抜け、俺は必死になって叫んだ。

「フェリクスがこんなひどいことができる人間だなんてクラウスも、いいや、アカデミーの誰も思ってなかったはずだ。君はアカデミーでとても立派だった。役員代表として皆から尊敬され、憧れを一身に浴びていたじゃないか！」

ニコラは俺を馬鹿だと、鈍いと言うけれど、フェリクスは間違いなくアカデミーを盛り立てた功労者だ。恋ではなかったけれど、五年間俺が憧れた人だった。

けれどフェリクスは、俺の言葉にさらに声を荒らげた。

「ハッ！　それなのに君は俺をコケにしたじゃないか。アーシェット公爵家の俺が……才色を兼ね備えたこの俺が目をかけ、愛人にしてやろうと思ったのに、君はやっぱり卑《いや》しいオメガだ。アルファにだけ股を広げる、淫乱オメガ！」

「ぅあっ！」

ダン！　と肩を床に押しつけられ、膝の上に乗られて、結局服を破られる。濡れたブリーチズもずらされ、肌が露出した。

「ふん、真っ平らだね」

フェリクスの人差し指が、鎖骨の中心から胸の真ん中をつつっと辿ってくる。

「嫌だっ……！」

もう駄目だ。ただでさえ体格差があるのに、ヒートを起こした状態でアルファに押さえつけられたら、ひとたまりもない。このままつがいにされてしまうのか……！

――いや、おかしい。間違いなくヒートが起きていて、体は性の快楽を求めて疼いているのに目の前のアルファを求めてはいない。フェリクスのような優秀なアルファを前にして、オメガの性《さが》が反応しない。

フェリクスもまた、部屋に充満した俺のフェロモンを吸っているはずなのに、少しも当てられている様子がない。

つがいが解消された直後だから？　フェリクスもラット化抑制剤を飲んでいた？

……どうして？　どうして？

「なにその顔。やる気失くすなぁ。この体もそう。いくらオメガの肌が綺麗だからって、こんなおうとつのない体じゃその気になれないよ。仕方ないな……」

フェリクスは俺の胸の上に座り直し、自身のトラウザーズを寛げた。

「咥えなよ」

目の前に萎えたそれを突き付けられる。空気に触れたせいか、少しだけ膨張を見せた。

そして、気づく。

「亀頭球が、ない……!?」

「あ？　……そうか、オメガにしかわからないもんね。オメガの前でしかアルファの亀頭球は出ないから」

亀頭球は、アルファがオメガとの交接をするときにだけ性器の根本あたりに現れる、瘤《こぶ》のことだ。挿入後、孔内で最大限に膨らみ、交接の途中で抜けないように栓をする。オメガを自分の獲物として捕らえ、子種を一滴も溢《こぼ》すことなく注ごうとする、アルファの本能の表れだ。

それが、ない。アルファであればラット化していなくても、フェロモンを吸った時点で勃起するはずだし、亀頭球が出てくるはずなのに！

「ハア……仕方ないね。誰にも言わせないよ？　俺がベータだってことは」

ベータ？　フェリクスがベータ!?

「これはアーシェット家の家族しか知らない、重大機密だ。漏らしたら、命はないよ？」

「な……なんで、だけど、じゃあつがいには……」

「そ、君と僕ではつがいになれない。でも、定期的にうなじを咬んで痕をつけてあげるから平気さ。それに、オメガはベータとでもアルファの子を産める確率が高い。もしオメガでも、君の子なら高い魔力を持つだろう」

フェリクスは俺の口の前に性器を突き付けたまま、陶酔したように宙に瞳を向けた。

「これでようやく父上も母上も俺の手柄を褒め、兄上にも蔑まれずに済む日がくる。俺はね、ベータでもアルファの正妻を持ち、オメガを愛人にして優秀な子孫を残すんだ。そしてつがい解消薬の権利を得て、商業の世界で確固たる地位を築く！」

「そんな……ニコラもフェリクスも、おかしいよ！」

とうとう天井を仰いで高笑いをするフェリクスに反論を投げつけると、背をかがめて間近で俺の顔を見つめた。

「君やクラウスにはわからないだろうね。神に愛された才能を持つ者が身近にいる、持たざる者の苦悩はさ。だから呆れるほど馬鹿で単純で鈍くて……純粋で……真摯……寛容でいられる」

蒼天色の瞳がどんよりとした曇《くも》り空のような暗さを帯びる。けれど、一瞬だけだった。

フェリクスは再び狡猾そうな笑みを浮かべて、俺の顎をすくった。

「さ、時間がないよ。つがいにはなれなくても君の体を奪えば、君にもクラウスにも絶望を教えることができる。この世は公平なんだってわかるだろう。ほら、口を開けて咥えて」

口の中に親指を突っ込まれ、下顎を押さえられる。強い力に口が開いてしまう。

「ん、んんっ……クラウス！　クラウス！　クラウス！」

「うるさいなあ。聞こえやしないよ。クラウスは内鍵のかかった部屋で、今頃ニコラのフェロモンに当てられて腰を振っているよ」

嫌だ、嫌だ、嫌だ。逃げなきゃ、クラウスを助けなきゃ。俺が、しっかりしなきゃ！

「どけよ！　離せ！　俺はクラウスのところに行くんだ！　クラウスのつがいは俺だけだ！」

「あ〜もう、ほんっとうるさい。鳥みたいにピイピイと！」

――鳥。そうだ、鳥……ヒバリ！　つがい呼びの笛！

手に握りしめていたヒバリを口元に運ぶ。次に尾を含み、思いっきり息を吹き込んだ。

――ピロロロ。ピロロロ。ピロロロ……！

ヒバリよ、高く舞い上がれ。俺のつがいを、俺の愛するつがいを呼んでくれ！

――ピロロロ、ピロロロ、ピロロロ……！

「うるさいってば！」

フェリクスが片手で耳を塞ぎながら、片手でヒバリを奪おうとする。

俺は体をよじってそれから逃れ、もう一度大きく笛を吹いた、そのときだった。

「エルフィーちゃん、そこね！」

夫人の声と共に、ダダダダ、ドンッ、バーン！　と大きな音がして、ドアが破れて倒れた。

「な、なんだ⁉」

驚いた声を出したフェリクスと共に顔を向けると、クラウスに肩を貸し、片手に剣を携えている夫人と、同じくその後ろで剣を構えている侍女さんのひとりが立っている。

「クラウス、それに夫人まで……！」

クラウスは肩で大きく呼吸し、苦しそうに顔を歪めていた。ニコラのフェロモンに当てられたんだろう。クラウスのフェロモンが、焚かれた香《こう》のように強く香ってくる。

もう、ニコラとつがいを結んだあとなのだろうか。

——いや、違う。クラウスはニコラを抱いていない。つがいになっていない。

鼻腔を満たす香りにニコラの香りは感じられず、すぐにわかった。フェロモンは俺のために香り、俺を求めている、と。

「っフェリクス、許さない」

あられもない姿で跨がられている俺を認めたクラウスは、夫人から剣を奪った。

黄金色の瞳を鋭く光らせ、鋒《きっさき》をフェリクスに定める。

「覚悟しろ！」

そう言うと、クラウスはダン、と足を踏み出した。フェリクスに向かうその姿はまるで、縄張りに侵入した敵に牙を剥く黒豹のようで。

「うわぁぁぁぁ！」

慌てて俺から飛び退き、四つん這いで部屋の隅に逃げるフェリクスは、反対に勝ち目のない小動物のように見える。

黒豹は「助けて」と涙ながらに首を振るだけの脆弱な小動物に、大きく剣を振り下ろそうとした。

「クラウス……！」

とどめを刺してしまうのかと、俺は目をつぶって指を固く組む。

「あぁぁぁぁぁぁあ！」

断末魔のようなフェリクスの叫びが廊下にまで響いて、やがて静寂が訪れた。

クラウス、本当にフェリクスを手にかけてしまったの？

「……あ……フェリクス……」

手を祈りの形にしたままおそるおそる瞼を開けてみると、フェリクスの首は落ちておらず、血も一滴も流れていなかった。

ほっと安堵の息を吐く。

フェリクスは尻もちをついて壁に背を預けている。純白のブロケードと同じ真っ白い顔をして、目も口も見開いて固まっているものの、命に別状はなさそうだ。ただ、彼自慢のプラチナブロンドの髪が、無残に床に散らばっていた。

「本当なら命を奪っても足りないところだがフェリクスは友人だったから……悔悛《かいしゅん》すると信じる」

「あ……あ……」

まともな言葉も出ないフェリクスの瞼の下と、お尻の下が濡れていく。

「あなた、これを」

「かしこまりました」

夫人が扇子を取り出してフェリクスを指し示すと、侍女さんは彼のトラウザーズを整え、軽々と小脇にかかえた。

こうして茫然自失のフェリクスは、人形のようにされるがまま連れて行かれたのだった。

「――クラウス」

フェリクスと侍女さんの姿が消えたのち、クラウスに呼びかける。

クラウスは壁を向いて剣を握ったままで、肩を大きく上下させていた。

とはいえ俺もまだ充分に体を動かせない。夫人に抱き起こしてもらい、簡単にブリーチズを整えてもらったところだった。

「あっ！　クラウス！」

俺が声をかけた途端、クラウスの膝ががくんと折れた。土砂が崩れるように、長駆が床に沈む。

「ぐっ……は……あ、ああ……エルフィー」

「クラ……んぁ……！」

呼びかけに応えようとして、全身が総毛立った。

一度に数百、数千杯のコーヒーを沸かしたかのように、クラウスのフェロモンが暴発している。

クラウスは間違いなく俺のフェロモンに当てられている。その証拠に俺のフェロモンも、共鳴して溢れ出している。

「あらあら。エルフィーちゃんのフェロモン、私が耐えられそうにないわね」

「……母上でも、許しませんよ」

夫人が扇子を広げて口元を覆うと、ようやくクラウスが俺たちの方を向いた。

うわ。これは大変。すごい汗。首や額の血管もどくどく脈打って、破れそう。

「わかってるわよ。ほら、いつまでもへたり込んでいないの。情けない。早くエルフィーちゃんを抱きしめておあげなさい。あなたもずっと我慢」

「エルフィー！」

夫人が言い切るより早かった。立ち上がったクラウスは、飛びつくように俺に寄りすがる。

あまりの衝撃に、頬がクラウスのたくましい胸筋にぶつかった。

力強い腕だけでなく、俺を愛していると訴えて香り立つフェロモンに、甘く拘束される。

――ああ、クラウスだ。

確かな感触に涙が溢れる。クラウスがここにいる。クラウスが俺の名を呼び、強く抱きしめてくれる。

――運命のつがい。

そんなものが本当にあるのかはわからない。けれど露店のおじさんの言葉が頭をよぎった。

あってもなくてもいい。俺はクラウスをそうだと思っていよう。

「クラウス……！」

俺はクラウスに負けないくらいに力を入れて、クラウスを抱きしめ返す。

「エルフィー、エルフィー、エルフィー」

「うん、うん。俺だよ。クラウス。俺、ここにいるよ。今まで待たせた分、俺が迎えに行きたかったのに、きてもらったね。ありがとう」

「なにを言うんだ。俺が君を守ると言っただろう。それなのに、遅くなりすまない。体に触れさせ、つがいの刻印を……」

刻印が消えたことに言葉を詰まらせ、俺のうなじに触れてくる。けれどそれに官能を呼び覚まされた俺は、さらに多量のフェロモンを発した。

「ぁ、んっ、クラウス……！」

「っつ……エルフィー！」

俺を抱きしめる腕にいっそう力が入る。体が折れてしまいそう。息ができない。だけど気持ちいい。気持ちよくて、体中がうずうずと疼いて、ブリーチズに新たな染みが広がっていくのがわかる。

クラウスもすごく昂揚している。心臓の音なんて、俺から出ているのかと思うくらい大きい。

「あらあら。ふたりとも家まで持ちそうにないわね。わかったわ。ニコラちゃんとアーシェット君は私が引き受けるから、ふたりはしばらくここにいなさい」

夫人は慈愛たっぷりに微笑むと、クラウスが落としていた剣を拾い、「チャン」とかっこよく鞘にしまう。

そして、言った。

「もう一度、つがいになりなさい」

――もう一度、つがいに。

その言葉を聞いた俺たちは見つめ合い、頷く。

夫人は微笑んで手を振ると、部屋を出て行った。

「クラウス、して」

夫人が去ったのち、フェリクスに破られたベストとブラウス、すっかり濡れてしまったブリーチズを脱いだ。一糸纏《まと》わぬ姿を見せるのはこれが初めてだ。プロムの夜も吐精を手伝ってもらったときも、服を着たままだったから。

「ちょっと、恥ずかしいな。俺の体、真っ平らでごめんね」

フェリクスに言われた言葉が頭に残っていて、内心恥ずかしくて少し躊躇していた。けれどクラウスは失望など知らない人のように目を細めて、ほうっと息を漏らす。

「綺麗だ……初めて見たときから、エルフィーの体は真珠の女神のように綺麗だ」

そう賛辞を贈ってくれると、大きな手を俺の背に回した。繊細な細工品に触れるように、指先だけを使ってそっと撫で下ろされる。

「ん……」

そのかすかな触れ方に劣情を誘われ、俺は頬を熱くして背を震わせた。クラウスの愛の囁きもそう。いつも俺の身も心も熱くする。

「そっか、俺、子どものときに真っ裸を見せていたんだっけ……だからってその言い方。女神とか、恥ずかしくなるよ」

「恥ずかしがっているエルフィーは可愛い。もっとエルフィーが恥ずかしがることがしたい」

「はっ？　な、な、クラウス……おまえやっぱりむっつりか！」

「なんとでも言え。俺がこうなるのはエルフィーだけだ。それより……」

クラウスが俺の体を包む。俺たちは冗談を交わしながらも息をはあはあと切らしていて、お互いの欲望が確かにそびえ立っているのを感じている。

じれったい。早く俺を組み敷いて体中にキスをして、体中をまさぐって一気に貫いて、激しく打ち付けて深くうなじを咬んで……

その欲望が、今にも破裂しそうになったときだ。

「やはり家に戻ろう」

クラウスが至極真面目な面持ちで言った。

「……はっ!?」

なにを言っているんだこの男。この期に及んで、この状態で家に帰る？

「俺と、つがいに戻りたくないの？」

涙がじわっと滲んだ。唇を強く噛んでしまう。

クラウスは黄金色の瞳を揺らして、慌てた様子で首を横に振った。

「……違う！　つがいになりたい。エルフィーのつがいは俺だけだと思っている」

「じゃあなんでだよ。早くつがいにしてよ！」

腰を揺らし、蜜を垂らして懇願している熱芯をクラウスにすりつける。

「待ってくれ。煽らないでくれ。俺は後悔していると言っただろう。本当なら、愛を伝えて、育んで……それからつがいになりたかったと。君が夫だと国に公表して、皆に祝福される盛大な結婚式を終えてから、リラックスできる香《こう》を焚いた部屋で、清潔なシーツが敷かれた柔らかいベッドで、君を大切に抱きたい。嫌なんだ、またこんな事故と同じ状況で――」

「えーーい。めんどくさい！　もう！　この真面目唐変木《とうへんぼく》！　堅物朴念仁！　やっぱりおまえは変わってない。もうそういうのいいから、早くつがいにしてよ！　俺、おかしくなっちゃうよ」

クラウスの頭を両手で掴み、荒々しく唇をぶつける。

途端にクラウスの腕に力が入り、俺の腰をぎゅっと抱きしめた。息もつけないくらいに口内を貪られ、舌を絡め取られる。

「は、ん……」

気持ちいい。クラウスのキス、やっぱり気持ちいい。好き。好きだ。もっと……

「っ、だが、エルフィー」

「って、ぉおーい。また止まるのかよ！」

どちらのものかもわからない蜜糸が唇同士に橋を架けているこの状態で、なんだと言うんだ。

「俺は、エルフィーから、気持ちを、聞かされて、いない」

息を激しく乱し、汗をボタボタと落としながらじっと見つめてくる姿は、鬼気迫るものさえある。

「え……？　いや俺、言った、よね？」

「言ったのは、フェリクスに、だろう。俺は、直接聞いていない。母上は、書簡のやり取りで、君とニコラの様子は書いてきていたが……それぞれの気持ちは、内緒だと。打ち明けられるのを待て、と。だから俺は、ずっと不安だったんだ」

はあはあ、と合間に息継ぎをしながら言うクラウスは、リュミエール王国の若き黒豹の威厳を失ってはいないのに、聞き分けのない駄々っ子のようにも見えた。

――もうホント、真面目堅物唐変木《とうへんぼく》の朴念仁め。

だけどそうだね。あんなに伝えたかったのに、この黄金色の瞳を見つめて一度も言っていない。

俺はクラウスの首に手を回し、瞳をしっかりと合わせて、心を込めて言った。

「好き、クラウスが好き。愛してる。俺を、おまえのつがいにして」

「……エルフィー。愛している！」

伝えた途端に床に押しつけられる。捕食するように唇にかぶりつかれ、舌の根が痛くなるほど強く吸われる。

全身を回し撫でながら下に移動した手は、お尻の片側を揉みしだくと、期待で濡れ窄まっている後孔に触れ、指を埋《うず》めてきた。

「ふぁ、あぁ！」

それだけで、快感の電流が背筋を駆け上がる。すでにぐっしょりと濡れている後孔から、どぷりと孔液が漏れた。

「熱い……エルフィーの中、熱い……入りたい……」

「や、あぁ、クラウス、それされたら……！」

胸の飾りを乳暈ごときつく吸いながら、腰をこすりつけてくる。クラウスの熱塊《ねっかい》が俺の熱芯のくびれをこすり、俺は心の準備なく白濁を放った。

「あ……あ……こんなの……」

これだけで達するなんて恥ずかしい。恥ずかしいのに、気持ちいい。

吐精の余韻に身を震わせている間にもクラウスの指は止まらず、俺の弱いところを執拗に突いてくる。腰が勝手に揺れるのを止められない。瞳の焦点も合わず、よだれも出ていると思う。けれどどうすることもできずに愉悦に身を委《ゆだ》ねていれば、体内に残っていた白濁が小さな噴水のようにお腹に散った。

「なんて扇情的な……」

お臍《へそ》の穴を埋めた白濁を、尖らせた舌先で舐め取られる。

「あ、っぁあ！」

オメガの子宮に、きぃんと快感が響いた。目の前がチカチカと光る。

「ここも感じるのか？」

クラウスはお臍《へそ》に舌を突き当てながら、孔内に入れた指を奥に進めて、お腹側にくいっと曲げた。

「あぁぁぁ……！」

子宮が歓んで、きゅうきゅうと収縮するのがわかる。

「ああ。締まるな。すごい、フェロモンの量もすさまじい」

ちゅる、とうなじを吸われ、胸の飾りをひねられながら、リズムをつけて内壁をこすられる。

「も、駄目、クラウスの、欲しい。クラウスの、入れて。早くしないと、気持ちよすぎてもう気絶するから」

俺のそこかしこが快感を拾う器になっている。クラウスの唇が耳や鎖骨を吸うだけでも全身がびくびくと跳ねてしまい、髪を撫でられるだけでも足の指が丸まる。

「まだ可愛い君を見ていたいのだが」

「馬鹿……これから、何度だって見せるから。ほらぁ、そう言いながら、おまえだってもう限界のくせに」

そっと目を開けると、切羽詰まった黒豹がいた。

黄金色の瞳をぎらつかせ、吹き出る汗で黒髪を濡らしている。

呼吸をするたびに肩や胸が大きく隆起して、肌から蒸気を伴うほどのフェロモンが漏出していた。

「ねえ、挿れてよ……つがいになろう？」

両手を伸ばして荒ぶる熱塊《ねっかい》を握ると、クラウスは喉で低くうめいた。

「エルフィー、俺がわかるか」

「わかるよ。クラウスだよ？」

「ああ、そうだ。君はプロムの夜、相手が俺だとわからずにうなじを咬めと言った。だが、今はわかるな？　君のつがいは俺だと、望んでくれるな？」

「クラウス。俺の、運命のつがいのクラウス。愛してる。つがいになろう」

引き締まったクラウスの顎骨に手を移す。

瞳を合わせて微笑むと、クラウスは美しい光景でも見るみたいに俺を見た。

「俺の世界。俺のすべて。俺の……運命のつがい、エルフィー」

唇が重なる。クラウスの手が俺の膝裏を掴み、腰を上げさせた。

「んっ……」

縫い合わせたように離れない唇同士の端から、混ざり合ったふたりの蜜糸が線を描く。

同時に、後孔が熱いもので覆われた。表面を溶かしてしまいそうに熱いそれは、ぬるりとしたたくさんの蜜を纏《まと》っていて、すでに濡れそぼった俺の中に即座に潜り込んでくる。

「ふ、んんっ、クラウス……！」

昂った熱塊《ねっかい》が俺の中をぎちぎちに埋め、子宮を目指して進む。

狭いところを進むときにいったん止まって少し引かれると、なんとも言えない愉悦が孔内に広がり、腸骨や尾骨にまで甘く響いた。

淫らに腰がくねり、お尻が高く浮く。

「くっ、締まる……エルフィー。優しくしたいんだ。煽らないでくれ」

「煽って、ない。クラウスのがたくましくて頑健だから、俺の中が勝手にうねるんだ。クラウスがお腹にいるって感じると、俺のお腹、悦んで跳ねる」

熱塊《ねっかい》の先が在るところをお腹の上からさすると、クラウスは「ぐるる」と喉を鳴らした。汗で濡れた黒髪が艶やかに光って、本当に黒豹みたい。

健康的に日焼けした肌も好きだ。陰影を作るほど鍛えられた筋肉も好き。焼きたてのビスコッティみたいで、俺もクラウスをはぐはぐと咬みたくなる。

「好き……クラウスが好き……」

頬を包んでくれる手を取り、指を甘咬みする。

「嬉しい。君の心は俺のものか」

指を自由にさせてくれたまま、キスをしてくれる。

「そうだよ、俺の全部、クラウスのもの」

「……っ」

黄金色の瞳に涙の膜がかかる。ひと粒のきらめく雫が俺の鎖骨のくぼみに落ち、またひと粒、ひと粒……やがてひと筋になって、額から落ちる汗と共に、小さな泉を作る。

それはとてもとても温かくて、俺の心の中の、クラウスが満たしてくれた愛の泉と一緒だと思った。

「愛している、エルフィー。絶対に君を離さない」

「うん。俺も、クラウスを離さないよ」

クラウスの抽挿が始まる。初めは緩やかな波のように俺を揺らし、やがては大きな波に、そして激流となって、激しく穿ってきた。

あまりに大きな快感に意識も揺れて、どこかに流されていきそう。

「あ、あぁっ、ん、は、あぁぁ……!」

俺の二度目の劣情がはじける。

クラウスはそのまま腰を打ち付け続け、お腹の上の白濁は、クラウスの腹と床を濡らした。

「あっ、あっ、ぁ……クラウス……!」

継続的な快感の中にいるのに、さらに大きな愉悦がお腹の中で生まれる。手足の指の先の先まで甘い痺れが走った、その瞬間。

繋がっている部分とお臍《へそ》の下に、いっそう強い圧迫感を感じた。

クラウスの熱塊が子宮に届いたと同時に、亀頭球が孔内で最大限に膨らんだのだ。

「エルフィーの最奥まで、すべて埋めた。もうしばらくは離れられない」

「ん、ぅう……クラウスで、いっぱい……」

言葉では表せない充足感。愛情をたっぷりと注がれた体は、歓喜に満たされてわなないている。

プロムの夜もこうだったのかな。思い出せない。だけどいいや、これから何度もクラウスと俺は、抱き合って愛を確かめていくんだから。

——もう、二度と忘れない。

再びクラウスが動き始める。俺はクラウスの首に手を回し、腰に足を絡めてぎゅっとしがみついた。

まるで、ふたつの遺伝子が螺旋《らせん》構造で絡みつくように。

「うう、ぐぅ……」

クラウスのラット化が始まろうとしている。よくここまで「クラウス」でいてくれた。

そして俺も、今日はこの瞬間まで、クラウスから注がれる愛情を感じていられた。

このあと刻印が刻まれたら、俺たちは獣のようになり本能で抱き合うだろう。

きっと、朝まで。

きっと、互いの名前を再び呼んで、微笑み合うまで。

「エルフィー、愛している」

「クラウス、愛してる」

「『俺の、ただひとりのつがい』」

最後の言葉は同時だった。

クラウスは対面で俺を穿ったまま、俺の頭を支え持ってひねり、うなじを、咬んだ――

翌日、俺たちがモンテカルスト家に戻ったのは、太陽が一番高く昇ってからだった。

プロムの夜は、クラウスがラット化するのを抑えていたから一度で終わったものの、元来アルファの交接は果てしなく長い。何度も何度も吐精をして、満足を得るまでに一日や一日半かかることもある。

つがいの再契約をしたあとから理性が飛んでいた俺たちは、いったい何度交わったのか……起きて見てみればそこかしこに赤いうっ血痕があり、床で交接していたせいか、体中の骨が悲鳴を上げていた。

ただそれらは魔法で癒やすことができたのだけれど……

「あら、あら？　あらあらあらあらエルフィーちゃん？」

俺のうなじを見た夫人は、歌うように声を出し、踊るように体を揺らした。目と唇は大きく弧を描き、虹色の扇子の羽根は、いつも以上にはためいている。

「ずいぶん情熱的な刻印になったわねぇ。これは癒えるのに時間がかかるわね。うふ、うふふふふ」

俺の刻印は、真ん中ではなく少し首筋にかかっている。クラウスが正面から咬んだために、柔らかい部分に犬歯が深く喰い込み、治癒魔法では生傷の状態を完全に治せなかったほどだ。

「申しわけない。結局ひどくしてしまった……」

「いいってば。時間が経てば治るんだから。それより」

うな垂れる黒豹の頭を撫でたあと、俺は夫人の方を見た。

「ニコラちゃんと、アーシェット君のことね？」

夫人はまず侍女さんたちにお茶の用意をするよう伝え、テーブルにそれが並んでから話し始めた。

「まずはアーシェット君ね。今回の件は夫からアーシェット宰相にお伝えしたのだけど……彼は留学という名目で、今朝のうちに隣国の僻地《へきち》に送られたそうよ。宰相はもう、彼をこちらに戻すつもりはないって」

「そんな。お母上やお兄様たちはそれでいいんでしょうか」

「宰相もご夫人も自尊心の塊ですからね……私も彼に怒りを覚えたけど、クラウスがかけた情けで生き方を悔い改める彼の姿を、この王都で見守りたかったわ」

クラウスはぐっと唇を結んでうつむき、額を手で覆った。

俺は、フェリクスがベータだったことを誰にも言っていない。

高名なアルファ一家にただひとりベータで生まれた彼の、苦悩と血の滲むような努力を感じずにはいられなかったからだ。

だからひどいことをされたとはいえ、親兄弟からいっさい顧《かえり》みられず、あっさりと見離された彼に胸が痛む。

今彼は、どれほどの絶望の中にいるんだろう。

――君やクラウスには持たざる者の苦悩はわからないだろうね。だから呆れるほど馬鹿で単純で鈍くて……純粋で真摯、寛容でいられる。

いつも輝いていた彼が一瞬見せた、暗い瞳が頭に浮かぶ。

呆れるほど馬鹿で鈍感だと言われてもいい。

どうか彼が家門を外されたことで、逆に第二性《バース》に囚われない新しい人生を歩んでくれますように。

アカデミーで生徒のために尽力していた彼もまた、彼の本当の姿だったのだと思うから。

フェリクス。今、俺の横で辛い表情をしているクラウスも、きっと同じように君のことを祈っているよ。

「それから、これが本題ね。ニコラちゃんだけど」

「はい」

「ニコラちゃん……彼こそプロムパーティーのあとにクラウスにヒートトラップを、と考えていたそうよ」

「それは本人からも聞いています」

クラウスには話していなかったけれど、クラウスの目を見て手を握ると、「いいんだ」というように頷いてくれた。

「そう。それでは、そのときにクラウスを捜していて体調が悪くなったのも知っているかしら」

「はい。実際にその様子も見ていました」

「では、プロムの夜に体調を悪くした本当の理由を伝えるわね。ニコラちゃん、正直に話してくれたわ。彼はもう一年前くらいから、顕在能力を上げる効果がある、数種類の薬草エキスを試していたんですって」

「一年前⁉」

俺がまだフェリクスに夢中だった頃じゃないか。なぜそんな前から。

俺が愕然とすると、夫人は力なく肩を落とした。

「ええ。覚醒系を使ったのはつがい解消薬の錬成に入ってからだけど、五年生になって卒業が近づいて不安だったんですって。アカデミーでは席次が評価してくれたけど、努力が結果にならないと評価されない自分は、社会に出れば……魔力が必要なラボでは、価値がないんだって」

「そんな、誰もニコラにそんなことを思わないのに！」

夫人は俺の嘆きに同調するように頷き、さらに続けた。

ニコラに「自分は価値がない」と植え付けたのは、おそらく今は亡きおじい様だろうと。

ラボを創設したひいおじい様の息子であるおじい様も、その息子の父様も魔力はそれなりに高い。おじい様は座学嫌いの俺には期待をかけていなかったけれど、俺の魔力が判明したとき、ニコラの前で言った。

「おまえは価値ある人間だ」と。

「今まで溺愛してくれていたおじい様がそうあなたに言った。それが『ニコラには価値がない』と聞こえたようなの。それでも四年生までは自力で頑張れていたものの、いよいよ五年生になったとき、成績が少しでも落ちれば卒業後にラボに入れなくなるかも、と焦りが出たそうよ。お薬に頼って勉強にも、苦手な魔法の練習にも根を詰めていたんですって」

「そんな……言われた俺でさえ今まで忘れていたのに」

「大勢にとってはなんてことない言葉でも、ある人にとっては一生忘れられない傷になることもあるわ。その人の今後の人生を左右してしまうほどに……ニコラちゃんはきっと、双子のあなたと肩を並べていたくて必死だったのね」

だから……だからニコラは五年生になってから青白い顔色をしていることが多かったのか……

そうやって薬の効果で成績と元来の潔癖さを保ちながらも、副作用で鬱や攻撃性、衝動性の症状が出始めていたところに、俺とクラウスのつがい契約、つがい解消薬錬成の難航が続き、俺のクラウスへの気持ちの変化も感じ取った。

俺が離れていくことを強く憂えたニコラは、とうとう覚醒系の薬草エキスに手を出し、他の薬も併用して使い続けた。

紛れもない、薬の過剰摂取だ。

「双子という繋がりがそうさせたのかしらね。おそらくニコラちゃんは、あなたと自分の境界線がわからなくなっていたんだわ。自分にない部分を埋めてくれるあなたが、自分の寂しさや不安を埋めてくれるあなたが、まるで自分の一部……いいえ、半身だと思い込むようになっていたのね」

「それは、俺自身がそう思っていたんです。すべて俺のせいです」

ニコラの悲しみは俺の悲しみだった。だからニコラの悲しい顔を見るのが辛くて、愛情と過保護を取り違えて接していたように思う。他人には我儘に見えるだろうことも、父様や母様にも見せないのに、俺の前でだけ表現するニコラがいじらしかった。

だから、ニコラには俺がいてやらなきゃ、なんて。

「俺、ニコラを……可哀相だと……思って、しまっていたんだ……」

ああ、俺は、無意識下でニコラを見下していたんだ。俺は高慢だ。双子の弟の本心も理解できていないのに、俺がそばにいて「あげる」、俺がニコラのできないところを補って「あげる」なんて。

好きなものは全部ニコラに「あげる」だなんて。

「エルフィー」

クラウスが震える俺の肩を抱きしめ、唇で涙を拭う。

ただ名前を呼んで、寄り添うように、静かに。

それすらも今の俺には心苦しく感じる。

「俺もニコラにこうすればよかった。好きなものを譲るとか、いつまでもそばにいるよ、とか。兄弟ではいつかできなくなってしまうことでその場を凌ぐんじゃなくて、ただ寄り添って涙を拭けばよかった」

「エルフィーはそうしていた。だからニコラはエルフィーを愛していたんだ。ニコラは俺に好意を寄せていると言ったが、それを親愛の情だと俺が受け取っていたのは、なぜだかわかるか？」

止まらない涙を唇と指で拭いながら、クラウスは訊いてくる。俺は小さく首を振った。

「ニコラは俺と話すとき、大半は君の話をしていた。エルフィーは本当に汚れたところがないんだと。人を疑うことを知らず、人のために一生懸命になれる素敵な人なんだと、まぶしそうに目を細めて」

それでクラウスが同意をすると、途端に拗ねた顔をして「でもエルフィーの一番は僕だから」だとか「エルフィーは僕とずっと一緒にいるって約束してくれてるの。クラウスの入る隙はないんだからね」と言っていたそうだ。

クラウスがわずかに苦笑する。

「ニコラは俺の気持ちを知っていたのだろう。いつもそうして牽制されていたから、内心誰よりも手強いライバルだと俺は思っていた。だが……最後には必ず泣き出しそうでいて、子どものような無垢な笑顔で言うんだ。クラウスには、エルフィーの心の輝きがわかるんだね、と。魔力の強さじゃなく、エルフィーの心の強さがわかるんだね、と」

「う……」

ニコラ、駄目な兄貴の俺を、そんなふうに思っていてくれたのか。

拭ってもらうそばから涙が溢れる。

クラウスは俺に唇を噛ませないように、唇もそっと撫でてくれた。

「多くが重なり、今は糸がもつれたようになってしまっているが、ニコラは君を心から愛している。きっと、君を同じように愛する俺を同志のようにも感じ、俺と共に君を愛し続けていきたかったんだ」

――エルフィー、大好き！　僕の大事な兄さん！

「ニコラ……！」

天使のような笑顔で、俺に抱きついてくる柔らかい手と頬。俺と瓜ふたつの、俺の半身だったニコラ。

もう俺には、繰り返し名前を呼ぶことしかできなかった。

「エルフィーちゃん。これが大人になっていくということよ。双子でもいつまでも一緒ではいられない。あなたはクラウスとつがいになったことでそれに気づけたけど、ニコラちゃんの心は魔力判定を受けて絶望した幼い日のままなのよ。あなただけが心の寄る辺だった。でもニコラちゃんも気づかなきゃね。自分たちは別の人間で、別の人生を歩いていくんだと」

夫人も俺の隣に座って、心ごと包み込むように抱きしめてくれる。

「エルフィーちゃん、ニコラちゃんは今、治癒魔法だけじゃ解毒できない部分の治療を医術師が始めたわ。セルドラン夫妻が付きっきりでいるから安心して。それに、私がニコラちゃんを強く育てると約束するから、安心して」

夫人は教えてくれた。ニコラにはニコラ本人も気づいていない魅力がたくさんあると。

勉強ばかりに打ち込んで、用意されたものを選ぶしかしてこなかったニコラが、自発的に好きなものを見つければきっと強いと。

ニコラは夫人に見張られていたと表現したけれど、それだけじゃない。夫人はニコラのことを細やかに見て、心から考えていてくれたんだ。

「心が回復したら、色んな場所に連れ出すわ。世界は美しいと教えて、ニコラちゃんが好きなものを一緒に探すの。……それに、あなたたち、孤児院で勉強を教えていたじゃない？」

「はい……」

たったの三日間だったけれど、あの日々の中でとても楽しい思い出だった。頷くと、夫人は柔らかく微笑んで、また教えてくれた。

「ニコラちゃんは勉強を教えてくれていたでしょう。その中でひとり、どうしても時計が読めなかった子がいたんだけど、根気よく教えてくれてね。その子はニコラちゃんを天使のようなお兄さん、と言って、時計の針を眺めながら、次はいつきてくれるかな、って心待ちにしているの」

その言葉に、じわりと胸が熱くなった。俺やクラウス、父様や母様、夫人以外にも、ニコラの優しさを知っている人がいる。

ニコラは自分が認められないと、長い間不安に思ってきた。

俺はずっと「俺がニコラのそばにいるから」と言い続けてきたけれど、それがニコラの世界を狭めていたのかもしれない。きっとニコラには、もっと他の人からの目線が必要だったんだ。

そう思うと寂しくて、けれどニコラを思う他の人がいることが嬉しくて――俺は声が漏れるのを我慢せずに涙を流した。


クラウスと夫人に抱きしめられながらひとしきり泣いて、昨日の交接の影響もあってか疲れが頂点に達していた俺は、ソファの上でクラウスにもたれてウトウトし始めていた。

「そろそろ離宮のお部屋に戻りなさい。クラウスの荷物も離宮に戻してあるから」

「はい……あ！」

返事をしたものの、もうひとつ大事なことを聞いていない、と思い出した。

「どうして記憶がなくなったなんて言ったんだ」

あのときのことを思い出すと、今でも胸が引き攣れる。

部屋が別になり、避けられて、クラウスの体調が把握できずにとても心配だった。

心だけじゃなく体の距離まで離れて、俺は迷子の子どもみたいな不安な気持ちに襲われた。

それだけはどうしても今聞いておきたい、と詰め寄ると、黄金色の瞳が揺れる。

「それは……」

「発端はクラウスの遠征出発の前日、あなたとニコラちゃんが、ラボで話していたことからだったわ」

申しわけなさそうに口ごもるクラウスの代わりに、歌劇を見ているかのように臨場感たっぷりに話してくれたのは夫人だった。

＊＊＊

「母上、ニコラの様子が気がかりなのです。原因はわかりませんが、エルフィーに対してなにか狂気めいた思念を感じました。俺がいない間、セルドラン家に戻るエルフィーの身が心配です」

それは、クラウスが遠征に出発する前日。

ニコラがラボで俺に薬液をかけようとしたあと、意識を失ったあの日のことだ。

クラウスは、ニコラが「クラウスのことはどう思っているの」と俺に訊ねたあたりでラボの研究室の前に到着したそうだ。俺の返答に胸を痛めながらも緊迫した様子を察し、ニコラを刺激しない頃合いを見計らって踏み込もうと考えていたらしい。

その後、俺と倒れたニコラをセルドラン家に送り届け、自分はモンテカルスト家に戻るとすぐに、夫人に相談を持ちかけた。

「今夜は母上とじっくり相談をしたかったので、エルフィーを一日早くセルドラン家に戻しましたが、明日早いうちにふたりの様子を見てきていただけませんか？　また、俺が帰還するまでなるべくふたりを気にかけていただきたいのです」

そう頭を下げたクラウスに、夫人が「それなら早速、明朝ふたりを迎えに行って、一緒にここで預かる」と答えたのだという。

そして翌日。ニコラが家を抜け出し、ラボでつがい解消薬を仕上げていた日だ。

夫人は俺の過ちを露見するニコラの様子を見て、確信したそうだ。

ニコラが心に闇をかかえており、俺に対して危害を加えるおそれがある、と。

夫人は俺たちと遊びたいから迎えにきた、と言っていたけれど、クラウスと一緒になって思慮を巡らせていてくれたのだ。

その日から、夫人はニコラの動向を探りながらも、ニコラの鬱屈の理由と昇華の方法を考えてくれていた。

また、クラウスと事細かに書簡でやり取りを続け、俺たちの様子を伝えていたそうだ。

たとえば、と言って、夫人が侍女さんたちに目配せをすると、彼女たちはワゴンに書簡を載せて、持ってきてくれた。

どっさりとある巻紙の山に、目をみはる。

それらに目を通していくと、俺の知らない間の動きがだんだんとわかってきた。

ある日の書簡では――

『ちょっと知ってる？　エルフィーちゃんたら、他に好きな殿方がいるんですって！　その方に告白するお守りとして持っていた誘発剤が作用して、ヒートを起こしていたそうよ。あの感じじゃ、まだ気持ちが残っているわね～。クラウスどうする？　あなた、略奪愛よ！』

文面から、夫人が面白がる様子が見えた、とクラウスがその書簡を見て苦笑して、俺もつられて苦笑した。

ていうか夫人。クラウスが帰ってきたら自分たちの口から経緯を伝えるようにと言ったくせに、速攻でバラしていたなんて。

しかも「まだフェリクスが好き」とはひと言も言っていないのだが。

『どうも致しません。ヒートがどんな形であったにせよ、つがいになったのは俺の意思ですし、俺はなにがあってもエルフィーを離しません。それより、ニコラの考えが読めませんね。なにか切り札を持っているのではないでしょうか』

男らしくも美しい字で「エルフィーを離しません」と書いてあるのを見て、頬を熱くしながら夫人の返答を手に取る。

『あなたのお手紙、とっても面白くないわ。癪《しゃく》だから、私が入手したエルフィーちゃんの気・持・ち。教えてあげない。せいぜい悩むがいいわ。それはさておき。確かにニコラちゃんには得体の知れない余裕があるわ。ただ、気がかりなのは鬱傾向もあることよ。楽しそうに微笑んでいるかと思えば、目に光なく黙り込んだり、エルフィーちゃんをなんとも言えない表情でじっと見ていたりするの。覚醒系のお薬の離脱ができていないのかも。外に連れ出して疲れさせてみるわね。外の空気に当たれば、ニコラちゃんの魅力も引き出せるかもしれないし、一石二鳥ね』

『お願いします。俺の方は精一杯任務に当たっております。騎士の中には感染して記憶障害が出る者もおりますが、俺は息災にしております』

その書簡に突き当たって、目を見開く。

ということは、疫病に感染したのも嘘だったということだ。不謹慎な嘘までついて心配させやがって……あとで怒ってやる！

そう思いながらまた次の書簡を開く。

『ねえ、クラウス。あなたのお手紙は本当に面白くないわね。エルフィーちゃんへの募る思いでも書けばいいのに。ところであなたの帰還まで今少しなのに、まだニコラちゃんの思惑はわからないわ』

『母上、帰還したら俺がニコラに接触します。ただ、ニコラに不信感を持たせずに心の奥に踏み込むには、彼のそばにいて彼の信頼を得る必要があるかと』

そしてクラウスは、記憶障害を演じることにした――

＊＊＊

「――そうだったんですね」

長い長い往復書簡を読み終えた俺は、ふう、と背もたれにもたれかかった。

すると、いつものようにご自慢の扇子を揺らしていた夫人が、思い出したようにぷっと吹き出す。

「でもねぇ、あまりにもお芝居が下手なんですもの。私、クラウスが帰ってきた瞬間、おかしくて涙と震えを止められなかったわ」

「おかげで俺は母上を羽交い絞めすることになり、堪《こら》えてください、と耳元で囁く羽目になってしまった」

「あの抱擁にはそんな裏が！」

「そうよ。盛大に鈍感なエルフィーちゃんは大丈夫として、聡いニコラちゃんがいつ気づいてしまうかと冷や冷やしたわ。それで、エルフィーちゃんとニコラちゃんに、自分の気持ちを言うのはクラウスの記憶が戻ってからにしてね、と言ったのよ。エルフィーちゃんの気持ちを知ってしまったら、クラウスはお芝居ができなくなるでしょう？」

閣下も共謀者だけれど、閣下は仕事以外ではダメダメだから扱いに困ったわ、とため息を吐く夫人。

え、閣下をダメダメって表現するのも驚きだけど、夫人、さらっと俺のこと「盛大に鈍感」って言わなかった？

　みんなして俺のことを単純とか鈍感とか……さすがにちょっとへこんで肩を落とすと、クラウスがそっと背を撫でてくれる。瞳で「クラウスは思っていないよな？」と問うと、察したようで、労るような目で頷いてくれた。

　つがいのやさしさが心に染みる……と、そのまま黄金色の瞳に魅入られていれば、対面の夫人が「仲睦まじくて尊いわ～」と満足そうにつぶやいてから続けた。

「離宮じゃなく本宮にクラウスの部屋を置いたのは、ニコラちゃんを油断させる目的もあったけど、あの部屋に戻ったらクラウスの仮面が崩壊しちゃうと思ってねぇ」

「崩壊……確かに、エルフィーと寝室を共にすれば、俺は芝居を保てなかったでしょうね」

　クラウスが頬を包んでくれる。その温かい手は俺を煮溶かして、心も体もジャムにしてしまいそうだ。

　崩壊かあ……事故つがい第一回目から「人格崩壊してるぞ！」と心配するほど甘くなっていたクラウスだけれど、第二回目の今は、もっともっと甘くなっていくんだろうか。そうしたら俺はジャムじゃなくて、なにになるんだろう。

　そんな幸せな想像をしていると、ぼんやりとしているように見えたのか、クラウスが心配そうに目の下を撫でてきた。

「眠いか、エルフィー。話はここで終えて、部屋に戻るか？」

「違うよぉ。実感していたんだ。俺のつがいはいい男だなあって」

途端に、日焼けした頬を赤らめて額を押さえ、黙ってしまうクラウス。精悍な造りの顔なのに、可愛い。

フフフ、と笑うと、クラウスは小さく咳払いをしてから話を元に戻した。

「……だが俺は、君のフェロモンが常時香るのが辛く、芝居を保つ自信が失せそうだったため、君にひどい態度を取り続けてしまった。ガゼボに出たときも、ニコラの思惑があと少しで聞けそうだったから、ニコラとの話を優先してしまった」

可愛い顔が憂い顔になる。これはこれで色気があって、俺の目を惹きつけてやまない。

「辛かった、君を抱きしめて愛を伝えたいのに、できないことが本当に辛かった。長年我慢できたのに、一度口にすると歯止めをかけるのがこんなに困難だとは……騎士として不甲斐ない」

「……うん、本当に辛かった。俺も、クラウスが好きだと皆の前で言ったから、早くおまえにも伝えたかったよ」

手を取り合い、再び視線を絡め合う。甘い空気が俺たちを包んだ。

ああ、キスしたいな。クラウスもそういう顔してる。

けれど……俺たちをじい～～っと見つめる視線に気づいた。ハッとして顔を向けると、扇子で顔を隠している夫人が。

夫人！　扇子の羽根の継ぎ目から瞳が見えていますから！

「あら、チュウしてくれてもいいのに残念。だけど本当に、クラウスはエルフィーちゃんの前では人間になっちゃうから、エルフィーちゃんがアーシェット君に熱い演説をしていたのが聞こえたときは、どうしようかと思ったわ」

「ぅ……あれは。俺、嫉妬とか醜いことを言ってしまって。恥ずかしくて死にそうでした。嫌な人間ですよね」

あんなふうに身勝手な思いで、人に腹を立てることはしたくない。

居たたまれず小さく縮こまってしまうと、夫人がぐっとこぶしを握った。

「なに言ってるの！　それこそが愛慕よ！　ママンは嬉しかったわ。やっとエルフィーちゃんが心からクラウスを好きになってくれたって！　とはいえクラウスはもう大変。その場でお芝居を解きそうになって、さすがに私も危機を感じて青くなったわ。現に、ニコラちゃんはあれで感づいていたものね」

夫人とクラウスは目を合わせて同意し合った。

「その夜だ。君とフェリクスとの会話を聞いた俺が動揺していると察したニコラは、実はつがい解消の飲み薬ができ上がっている。見てみないかと持ちかけてきた。だから俺はそれを取り上げ、原材料もセルドラン所長に預かってもらおうと考えたんだ」

「ニコラは飲み薬って言ったの⁉」

思わず声を大きくすると、クラウスが「ああ」と頷き、夫人が続けた。

「ニコラちゃんも焦ったんでしょうね。クラウスの記憶障害は嘘かもしれないって。それでクラウスと私は相談をして、セルドラン夫妻にも立ち会ってもらって薬を奪取しようと話した。ただ、夫妻はラボがお休みでお出かけをしていらしてね。捜すのに手間取って、合流が遅れてしまったのよ」

「俺は過去に薬を使う機会がなかったため内服型と言われて露ほども疑わず、すっかり油断してしまった。薬を持ってくるからと言われて、待っていると急に苦しくなり、君が俺の元を去る映像が頭の中を巡った」

そのときフェリクスによって、潰したカプセルを投げ込まれていたんだろう。

そうか……そうだったんだ。俺が気づかないところで、皆が立ち回ってくれていたんだ。

「恐ろしかった。どんなに呼んでも、振り返らずに去っていく君の背しか見えず、君の名を呼び続けているうちに息ができなくなった。そして、見えない大きな力に心臓と脳を押し潰され、抜き取られるような感覚がして、激しい喪失感を感じながら、俺は不甲斐なくも気を失った」

思い出すと苦しみが再燃するんだろう。クラウスはシャツの胸元をきつく握る。

ニコラはアルファの副作用は少ないと言っていたけれど、もしかすると心の繋がりが解けていないつがいの解消は、アルファにも強い苦痛を強いるのかもしれない。

「それからどれくらい経ったのか、今度はがらんどうになった体に残ったわずかな血肉を無理に奮い立たされ、瞼を開かされた……その視界の先で、ニコラが座り込んでいた」

クラウスが意識を取り戻したとき、ニコラはフェロモンを暴発させていた。けれどクラウスから少し離れた場所にいて、制御できない劣情を抑え込むかのように自分を抱きしめていたそうだ。その瞳はどこを見ているかわからず、それが強制的なヒートのせいなのか、薬草エキスの副作用なのか、クラウスには判断しかねたらしい。

「ニコラを襲うつもりは毛頭なかったが、あの体の状態でフェロモンを浴びるのは危険だった。だがニコラをこのまま残して出て行けるわけもなかった」

そしてクラウスは、鼻と口を塞いで耐えながら、ニコラに何度も呼びかけた。

するとニコラは俺の名前を繰り返しつぶやきながら、ふらりと立ち上がった。

「ニコラは試験台まで足を引きずって歩き、台の上にある空の薬草瓶を床に落とした。まさか、と思った瞬間にはもう、割れた薬草瓶の破片を手首に突き立てようとしていて、俺は動かない足に必死に命令をした。だがどうしても動かず、こぶしで床を殴ったそのときだ」

ピロロロ、ピロロロ……ヒバリの笛の音が、クラウスの耳に届いた。

「エルフィーがきている。そう知った。同時にエルフィーもまた危機的状況にあるのではないかと気づき――」

このままではいられない。そう思ったそうだ。

そこからクラウスの体は奇跡のように動いたという。ニコラから破片を取り上げ、拘束した。ただ、そのためにフェロモンを大量に吸い込むことになってしまったので、泣き喚くニコラを押さえるだけで精一杯になってしまった。

「それでも笛の音が、エルフィーが、俺を呼んでいた。行かねばと思った。ニコラをこのまま引きずりながら向かえと、また足に命じた。動け、動け、エルフィーが俺を呼んでいると……エルフィー、ペンダントを着けていてくれたんだな」

「うん。ずっと、ずっと着けていたよ。それで、必死になってクラウスを呼んだ」

胸に止まっているヒバリを見せると、クラウスは愛でるように手のひらに乗せ、また胸に戻してくれる。

「それから俺は、腹ばいではあったがニコラを片腕にかかえながら、ずるずるとドアに進んだ。すると、ドアには鍵がかかっておらず、半分開いた状態になっていた」

「え……」

俺の驚きに賛同するように頷いて続ける。

「だから俺は、部屋からすぐに上半身を出すことができた。そうしたら……」

夫人と侍女さんたちの姿が見え、自分はここにいる、と存在を知らせることができた。

「私はクラウスに肩を貸して、急いで一緒に笛の音がする方へと向かったわ。驚いたわよ、エルフィーちゃんは家にいるものだとばかり思っていたのに！　本当にもう、向こう見ずなんだから」

「……すみません」

「クラウスもよ？　エルフィーちゃんの前で人間になれるのはいいことだけど、愛する人を泣きどころにしては駄目よ」

「ごもっともですが、エルフィーの心を得た今後は、決してそのようなことはありません。エルフィーは、俺が全力で守ります」

クラウスは左胸に手を当てて誓いを立てる。

夫人は両方の手のひらを天井に向け、やれやれと言ってから、侍女さんのひとりに手を向けた。

「話を戻すわ。それで、その間にこの子にお願いをして、下で待機してもらっていたセルドラン夫妻の元にニコラちゃんを連れて行ってもらっていたの」

侍女さんによると、ニコラは何度呼びかけても反応をせず、魂が抜けたように朦朧《もうろう》としていたという。

「だけど……ニコラはもしかして……」

クラウスが言った、「ドアが開いていた」という言葉が俺の胸に引っかかっていた。

ニコラはクラウスとつがいになる気はなかったんじゃないか？　最初はあったんだろう。けれど俺の顔と言葉が頭によぎって、苦悶したんじゃないのか？　気を失っているクラウスの姿を見て、葛藤したんじゃないのか？

だから鍵をかけないでクラウスが逃げられるようにして、だからクラウスから離れた場所で座り込んだ……それが憶測なのか、真実なのか、いつか、ニコラの口から聞けるといい。

クラウスも夫人も同じ気持ちなんだろう。俺たちは揃って口を閉じて、それぞれにあの日の追想を終えた。

「お茶を新しいものにお取替えいたします」

止まった時間を動かすかのように、侍女さんたちがすっかり冷めたお茶のカップを下げ、湯気の立つお茶のカップを置き直してくれる。

夫人が「ありがとう」と微笑み、侍女さんたちが控えめな笑みを浮かべて一礼するのを眺めながら、俺はしみじみと言った。

「それにしても、夫人って完全無欠の超人ですよね。アルファだからかなぁ。侍女さんたちも夫人のそれぞれの片腕、という感じで、ここにきてから俺は、感服しきりです」

「もったいないお言葉です」

侍女さんたちが俺に向けてカーテシーをする。

すると、夫人は「あら」と言い、クラウスは「おや」という表情をしてから俺に言った。

「なんだ、エルフィーは知っていたんじゃないのか？」

「なにを？」

「母上は『リュミエール王国の咲き誇る薔薇』で、彼女たちは『芽吹きの蕾《つぼみ》』と呼ばれた元近衛騎士だ」

「えーーーー！」

俺は目を見開いて、夫人と侍女さんたちを見比べた。

リュミエール王国の咲き誇る薔薇と芽吹きの蕾《つぼみ》といえば、公爵夫人教育初日に読んだ『リュミエール王国戦記』の中で活躍を記された、女性騎士団長とその従者たちじゃないか。

俺が生まれる前のことだし、実名も出ていなかったから、まさか彼女たちのことだとは露とも思わなかった。

そうだったのか……と改めて尊敬の眼差しを夫人に向けると、夫人はすくっと立ち上がった。

開いた扇子を片手で高く掲げ、もう片方の手を腰に当ててポーズを取る。その後ろでは、侍女さんたちが胸に手を当てて跪《ひざまず》いた。

「おーほほほほ！　まだまだ猛《たけ》き黒豹にも若き黒豹にも負けなくてよ！」

女性騎士団は閣下が現役の騎士だった頃、閣下率いる王都騎士・第一近衛騎士団よりも強い権限を持っていたとその本に書いてあった。当時の国防長官も宰相たちも、国王陛下でさえも逆らえなかったというエピソードまで。

「なるほど……」

超絶納得。だからこの圧倒的信頼感が全身から醸し出されているんだ。

「ニコラのこと、どうかよろしくお願いします」

俺は『リュミエール王国の咲き誇る薔薇』に最敬礼を捧げてのち、クラウスと離宮へ戻った。

終章　事故つがいの夫は俺を離さない

「やっと俺たちの『家』に帰れるね」

「ああ、そうだな。今日はエルフィーを抱きしめながら、幸せを噛みしめて眠りたい」

「きょ、今日はもう無理だからな！」

「わかっている。でも触れるだけなら……」

部屋に入るドアの前で、クラウスがつがいの刻印にキスをしてくる。

片方の腕は俺の腰に回し、片方の手は胸を撫でた。

「んっ……こ、こら。クラウス！」

取っ手から手を離し、クラウスの方を向いて顔を上げる。止めるためにそうしたのに、クラウスはすぐに唇を重ねてきて、優しく食《は》んだ。

最初は可愛い啄《ついば》み。しだいに水音が立つキスを交わしながら、ドアを開いて中に入る。

クラウスは俺のお尻の下で手を組んで、縦に抱き上げた。

俺の顔の位置がクラウスのそれより高くなり、口内で湧いた愛おしさがクラウスの中に流れ込む。

クラウスは俺と舌を絡ませながらも、男らしい喉を上下させて呑み込んだ。

「エルフィーは、なにもかも甘いな。すべてがカシスジャ――」

俺への賛美の途中で言葉を中断し、突然固まって動きを止めるクラウス。

「ん……クラウス……？」

クラウスの目線を追うと、俺を通り超して、ベッドに釘付けになっていた。

ベッドになにかあったっけ……あっ！

「あ、あ、あ～～。見るな。見ないで！」

そこにあるのは、巣作りの残骸。

ヒートが始まったときに作った巣をずっと片付けずに置いていて、夜になると衣類をかぶりまくって崩し、朝にまた整えて……の繰り返しをしていた。昨日はクラウスとニコラを捜しに行くのに急いでいたから、巣を作り直さないまま外に飛び出してしまったのだ。

失敗した巣や崩壊した巣をつがいに見られるのは、オメガにとってとても悲しいことだ。大好きなつがいには綺麗に作り上げた巣を見てほしい。巣の造りは、愛情の形そのものだから。

「嫌、嫌、嫌ぁぁ！」

クラウスに抱き上げられたまま手足をバタつかせる。

頑健なクラウスはものともせず、俺を運んでベッドに一緒に腰掛けた。

「うう〜〜作り直すから見ないでよぉ」

「……最高だ」

クラウスの口から漏れたのは、感動するようなため息混じりのつぶやきだった。

「え……」

「エルフィー、とても嬉しいよ。俺が不在の間、俺を思って巣を作ってくれたんだな。本宮にいつもの衣類がないと思っていたが、巣にしてくれていたのか。母上が見せたくなかったわけだ。これは、芝居どころか理性が崩壊してしまう」

……あ。夫人、言っていたな。「あの部屋に戻ったら、クラウスが崩壊してしまうと思って」と。

「本当に？　本当にそれくらい喜んでくれる？」

「ああ、とても素敵だ。今日は俺もこの巣で君を包ませてくれ」

「わわ」

クラウスはあっという間に衣類をベッドの中心に集め、その上に俺を寝かせた。キスをしながら俺の服を脱がせ、ベッドの端に置いたら自分も服を脱ぐ。

さらに脱いだそれを俺のうなじの下に敷いて、柔らかいクッションを作ってくれた。うなじがまだ痛むだろうと、気を遣っているんだろう。

クラウスは俺の足を開かせて肩に乗せ、後孔の表面をくるりと撫でながら、首筋の咬み痕に舌を這わせた。

「んっ……今日はもう無理だって言ったのに」

「すまない。最高の巣といじらしい君を見ては我慢できない。十年間、君への思いを募らせた俺に慈悲をくれ」

黄金色の瞳でじっと見つめられる。

——俺はやっぱり、この瞳に弱い。

返事の代わりは瞼へのキスにしよう。

——そして、次の日はとうとう一日起き上がることができず、幸せな後悔をすることになる。

＊＊＊

十月《とつき》後。

真っ青な空の下、色とりどりの花で飾られた屋根なし馬車《バルーシュ》が、秋陽《しゅうよう》にきらめく白亜の大聖堂を目指して進んでいる。

湿り気のない爽やかな風が吹き、馬車を引く四頭の白馬のたてがみと、座席に座っている俺のピンクブロンドの前髪を揺らした。

俺の隣では、真っ白な手袋をつけたクラウスが、風の遊びに踊った俺の前髪を梳《と》いてくれる。

馬車が、大聖堂からまっすぐに敷かれた赤い絨毯の末尾に停車した。

クラウスが先に降りて俺に手を差し出し、俺はその手を取って馬車から降りる。

ふたりで絨毯に並んで立てば、途端に大聖堂の前で待ち構えていた観衆から、大きな拍手と歓声が上がった。

「ご結婚おめでとうございます！」

「モンテカルスト家、セルドラン家、両家に祝福を！」

その中でもひときわ目立つ高い声は、モンテカルスト公爵夫人だ。

「きゃあぁぁぁぁ！　エルフィーちゃん、素敵、素敵よ。可愛いわ、最高よ！　そこの絵師！　この最高の瞬間を早く絵に写して！　エルフィーちゃん、こっちを向いて！」

俺は今日、夫人が閣下に頼み込み——脅しているように見えたのは多分気のせいじゃない——国王陛下の許可を得て、王族専属のテーラーに依頼したドレス風の礼服を着て、結婚式に臨む。

礼服は金糸銀糸を使った繊細な刺繍と、宝石でできたビーズを贅沢に散りばめた純白で、ベールにもたくさんのクリスタルビーズが縫い付けられ、陽に当たるとキラキラと輝いて頬に光を差してくれる。

クラウスもまた、俺が着ているのと同じ生地を使った純白の軍服に、国王陛下からじきじきに賜《たまわ》った、第一近衛騎士の証の深紅のサッシュを掛け、深紅の長いマントを羽織っている。

「エルフィー、どんな女神も霞むほど美しい」

黄金色の瞳を細め、クラウスがまぶしそうに俺を見る。俺は嬉しくも恥ずかしくもなって、深紅のリボンがついた白薔薇のブーケで、目から下を隠してしまう。

それから、なんとか素直な言葉を見つけ出した。

「クラウスだって、素敵だよ」

クラウスの艶やかな黒髪は、後ろに撫でつけられている。普段は前髪が無造作に垂れている額があらわになって、凛々《りり》しい眉と黄金色に輝く瞳が際立っている。

ああ、俺の夫は本当にかっこいい。

騎士になって一年。クラウスは精悍さを増し、大人の男になってきている。

腕を組んだ俺たちが馬車から大聖堂へと続く赤い絨毯を進むたび、黄色い声と恍惚の表情に出会う。皆もクラウスに見惚れているのだろう。

「皆がエルフィーの美しさを讃《たた》えているな」

「えっ？　俺じゃないでしょ。クラウスでしょ」

「どっちもよ！　あなたたち、どっちも素敵よ〜！」

わ、夫人。本当なら夫人は、すでに大聖堂の最前列の席に座っていなきゃいけないのに、俺たちが絨毯を進むのに合わせて一緒に歩いている。

観衆は彼女が公爵夫人だとわかっているので、彼女のドレスに触れないくらいの間隔を開けてくれていた。

「母上、皆様の邪魔になりますのでさっさと中でご準備ください」

クラウスが前を向いたまま愛想なく言う。

「まっ、可愛くないわね。一生に一度なのよ！　息子と大切なお嫁さんの結婚式は！　いいじゃない。国王陛下の許可も取ってあるわ！」

さすが『リュミエール王国の咲き誇る薔薇』だ。国で一番偉い人まで黙らせてしまう。

夫人には心から感謝している。

俺は心の中で、美しく咲き誇る彼女に最敬礼をした。

深く関係を築くようになってから一年を経た今でも、彼女はその明るさと牽引力で、ニコラを導いてくれている。

――ニコラは今日、結婚式には参列しない。二月《ふたつき》ほど前に毒抜きの治療を終えたニコラは、夫人たちの慈善団体が運営する教会付属の孤児院で、住み込みの教師として奉仕を始めている。まだ笑顔はぎこちないものの、毎日を懸命に過ごしていると、父様も母様も、希望に満ちた涙を流しながら教えてくれた。

そして昨日、母様がニコラからの手紙を届けてくれた。

手紙は何度も書き直したんだろう。前のページに書いていた文字の形が写って、新しいページに書いた文字がいびつに揺れていた。

涙を零しもしたんだろう。インクが滲み、手で拭いてかすれたようになっていた部分もある。

そして開いた途端に、たくさんの「ごめんね」と「ありがとう」が目に飛び込んできた。

エルフィー、結婚おめでとう。いつか、ちゃんとおめでとうを言いに行くね。

いつか、ちゃんとごめんなさいとありがとうを言いに行くね。

エルフィー、ごめんね。ごめんね。ごめんね。

何度書いても、僕がしたことは許されないけど、ごめんね。

それと、ありがとう。夫人に僕をお願いしてくれて、ありがとう。

僕は今、多分子どもたちの役に立てていると思う。

もっと、もっと、この子たちの笑顔が増えるように、毎日精一杯生きてみる。

そう思わせてくれてありがとう。

君はいつも、僕の道標でいてくれた。ここから先は、自分で道を探していくよ。

僕はもう大丈夫。だからエルフィー、自分のために幸せになってください。

エルフィー、おめでとう。

いつの日か必ず、おめでとうと、ごめんなさいと、ありがとうを、必ず君に届けます。

大好きな兄さんへ

「う……」

「エルフィー？」

手紙を思い出して涙が滲んだ。クラウスが手袋をはめた指で頬を拭ってくれる。

「ごめんね。濡れちゃう」

「かまわない。今から幸せの涙で、エルフィーの頬は濡れっぱなしになるだろうから、手袋の替えを準備してきている。……母上が」

「……っ！」

思わず噴き出した。俺は涙を流したまま笑って、夫人を見るとウィンクをしてくれた。

それで涙がすうっと引いて、俺は深呼吸をして、荘厳な大聖堂の扉へと足を進める。

隣には俺の愛しいつがい。俺が起こした事故でつがいになり、一度はつがいが解かれたけれど、弟が起こしたヒートトラップにより再びつがいになった。

あの最初の事故がなかったら、俺たちはつがいになっていなかったのかもしれない。いや、これもひとつの運命か。

事故もまた、俺たちがつがうための運命だったんじゃないだろうか。

「ねえ、クラウス」

いよいよ大聖堂が目前となったとき、俺は前を向いたままクラウスに呼びかけた。

「どうした？　緊張しているのか。俺がそばにいるから安心してほしい」

クラウスはほんの少しだけ俺の方に顔を傾ける。

「じゃなくて。もし俺が……俺がさ、クラウスを好きな気持ちを認めないままだったら、どうしていたの？」

「なぜ今さら、答えがわかりきっていることを聞く」

「聞きたいからだよ。ねえ、教えて」

ちょうど大聖堂の扉の前に着き、立ち止まるしばしの時間にクラウスを見上げる。

クラウスはゆっくりと俺の方に顔を向け、きりりとした表情で言った。

「俺は君を待つとは言ったが、あきらめるとはひと言も言わなかった。君に愛を伝え続け、必ず君の心を得る。そう決めていたからな。だから……健やかなるときも、病めるときも、喜びのときも、悲しみのときも……共に歩く。この命ある限り、いや、魂となっても。君を、離さない」

黄金色の瞳に射抜かれる。

事故つがいの夫は俺の心を射貫いて決して離さない。

「ふふっ。クラウス、気が早いよ。誓いの言葉は祭壇の前で言わなきゃ。だけど……俺も同じ気持ちだよ。俺も、絶対におまえから離れない」

大聖堂の扉が開いた。俺たちを祝福してくれるたくさんの人と、永遠の愛を誓う祭壇が見える。

俺たちは今日、つがいであるだけでなく、夫夫《ふうふ》になる。

――事故つがいの夫夫《ふうふ》は、一生離れない。

番外編　クラウスの激重執着愛の日々

エルフィーのうなじに二度目のつがいの刻印を刻んだ翌日。

これまでの追想を終えてふたりの「家」に戻った俺は、エルフィーが巣作りをしていたのを知った。

エルフィーは崩れた巣を気にしたが、どの衣類にもついた深いしわが彼からの愛情を示してくれるようで、こんこんと湧き出る愛情を体内に留《とど》めていられない俺は、エルフィーの体を求めた。

「今日はもう、無理だって言ったのに……」

そう言いながらも、エルフィーの可憐な分身は熱を持つ芯となり、つるりとした露頭の小さな口からは、朝露を思わせる蜜が生まれている。この露のひと雫さえ愛おしい。エルフィーは可愛すぎる。可愛くない要素がひとつもないから当たり前なのだが。

「すまない。最高の巣といじらしい君を見ては我慢できない。十年間、君への思いを募らせた俺に慈悲をくれ」

いつか俺だけを映してほしいと切望したエメラルドの湖を見つめると、そっと瞼を閉じてしまう。

もう少し俺を映していてほしい。

俺の世界――エルフィーに願っていると、エルフィーは俺の頬を包み、瞼に口づけを落としてくれた。ほわりとした温かさが瞳の奥にまで伝わる。

――待ってくれ、エルフィー。行かないでくれ！

同時に、頭の隅に澱《おり》となって残っていた、無理につがいを解かれた際の映像がぱちぱちとはじけ、泡沫《うたかた》の如く消えていく。

俺はほぅ、と息をついて、エルフィーの柔らかな髪をそっと撫でた。

「エルフィー、君はその花びらのような手のひらからだけでなく、唇からも魔法が使えるのか」

「花びら!?　……あっ」

俺は、肩に乗せていた艶めかしい足を下ろし、魅惑的な膝頭に手を添えて大きく開かせた。

髪色と同じ薄桃色の茂みに、一輪の花のように咲いて身を揺らす可憐なエルフィーの分身を、手折らぬように優しく包む。昨日何度も交わったのに、俺という男は性懲りもない。

帰還してから、記憶障害の芝居のためにエルフィーの顔をまともに見ることができなかったため、どうしても自制が利かない。

「んっ、クラウス」

ほんの少し力を入れて握るだけで、エルフィーは驚いた子ウサギのように体を跳ねさせた。

エルフィーが俺の手で感じながら、俺の名を呼んでくれている。

いつもフェリクスの名を呼んでいた甘い声に、欲望を刺激された。やはり俺は、エルフィーに対しては堪《こら》え性がない。

「ぅあ……！　や、クラウス、そんなところ」

「すまない、エルフィー。君のすべてを喰らいつくしたい」

エルフィーの花のような熱芯を、根元から先まですべて口の中に迎え入れる。

じゅぼっと音を立て、絞るように吸い上げれば、エルフィーは再び子ウサギのように体を跳ねさせた。

「ぁ、あっ。だめ、クラウス、だめっ……」

声が一段と甘い。

俺は昨日、確信したことがひとつある。

「エルフィーの駄目、は感じている証拠だな」

「はっ？　なに言っ……あ、あぁあ！　だめ、だめ、クラウスッ、それ、きもちい、から。あっ……」

真珠のようにきらめく頬と首、肩までを薔薇色に染めて、エメラルドの湖面を揺らすエルフィーはこの世の者とは思えない可愛らしさだ。そして淫ら。なんと目に毒か。

「君の感じる様《さま》を見ていたくてこうしたのに、目に毒すぎる」

「おまえは……またなにを言って……ぁ、あぁん！」

エルフィーの腰を下ろし、ベッドに敷き詰めた俺の衣類の上に丁寧に置いた。ヒートではないのに蕾《つぼみ》からたくさんの愛液がしたたっている。

どうか俺を、君まみれにしてくれと思いながら、彼の熱芯を口に含む。

「ん、んんっ、クラウスッ……！」

口の中で包み、甘い飴を転がすように茎を舐《ねぶ》る。

ちぢれに舌を当てこすり、段差に歯をひっかけて甘噛みした。

舌にエルフィーの蜜が染み入ってくる。エルフィーのフェロモンと同じ、甘酸っぱいカシスジャムの味と香り。貪欲に味わいたくて、口を窄めて先まで一気に吸い上げた。

「あぁぁ！」

華奢な体が大きく弓なりになる。口の端から蜜糸を垂らしながら目を見開いて、その直後、濃厚な甘さのぬめりを俺の口に放った。

エルフィーがびくびくと震えている間にそれを呑み下す。どんな美酒よりも芳醇なそれは、俺の心身を満たしていく。

「う……。そん、なの……飲んじゃ、やだ」

俺の衣類の上で、赤子のように丸まるエルフィー。腰はまだ揺れている。

「エルフィーは俺のすべてだ。エルフィーが俺で感じて出してくれたものは、すべて俺が引き受けよう」

目の端に滲んだ涙を吸いながら背や腰を撫でた。すべらかな肌はまた、彼への思慕を募らせる。

「エルフィー、愛している」

目尻に置いた唇を頬に、耳朶に、顎に移す。震える肩にも、そして首筋にも。

——つがいの、印《しるし》。俺がエルフィーにつけた、一生涯の愛の誓い。

最初の刻印は消えてしまったが、昨日つがいを結び直すとき、一度目よりもさらに深く強く歯を喰いこませた。わざと首筋にかかるように、服で隠しきれず、誰が見てもエルフィーにはつがいがいるのだとわかるように。

「俺の、愛しいつがい」

まだ痛々しい咬み傷に歯を重ねて舌を這わすと、エルフィーが首をすくめる。同時にうなじからカシスの香りが匂い立った。煮詰めたカシスジャムの鍋をひっくり返したかのように、瞬く間に部屋の中に甘い香りが充満する。

愛しいつがいのフェロモンに、血が湧き立ち肉が踊った。そして俺は、自身の体からもフェロモンを漏らしてしまう。

「ん……クラウスのフェロモン、好き」

熱を帯びた瞳を向けて、手を伸ばしてくれる。俺の首に腕を回し、ぎゅ、と力を入れながら、真似して首筋にかじりついてきた。

「クラウス、好き。好き」

かじかじと咬んで、ちゅう、と音を立てて吸いついてくる。そしてすんすんと数度鼻を鳴らして嗅いでから深く息を吸い込むと、目の端に涙を溜めてコットンキャンディのように微笑んだ。

「へへ、クラウスにも、つがいの刻印」

……

……

……

「……ハァ……」

「えっ、なんでため息？　馬鹿にした？」

「違う」

この蠱惑的な人は、考えずに行動しすぎる。男がどれほど惑わされやすい生き物か、第一性は同じ男なのに、本当にわかっていないのか？

国を守る騎士として心を鍛えてきた俺でも、瞬時に理性を崩されてしまう。

「エルフィー、頼むから、他の男の前でそんな誘うような顔はしないと約束してくれ」

これではどれだけ目立つ刻印を刻んでいようと、フェロモンが俺にしか効かなくなっていようと、全世界の男がエルフィーを狙ってしまう。

やはり、前に露店で見た人形と呪符を買っておくべきだったか……？

「誘う⁉　そんな顔してないだろ、なんの話だよ、あっ！」

わからず屋の唇は奪ってしまおう。

「んっ、ん、ぅむぅっ。んぁっ、ぁ、やめ……」

同時に、胸の小さな果実にも言い聞かせた。俺以外を誘ってくれるなと、意地悪かもしれないが強めに捻って伝える。

引っ張って爪ではじけば、エルフィーは腰を大きくくねらせた。

「あ、ぁ……やめっ……だめぇ」

「その顔だ。少し刺激しただけで簡単にそんな表情になるんだ。心配で堪らない」

「……馬鹿！　おまえ以外触らないだろ、こんなところ。ぁ、あっ！」

硬い種のようになった果実を口に含めば、エルフィーは高い声を出してさらに腰を揺すった。

いつの間にか、エルフィーの分身はまた熱芯となっていて、俺の腹の筋肉の溝をこすっている。

「お腹、疼いてる、お尻、お尻が淋しっ……は、んん、クラウス、なぁ、俺、お前にしかこんなこと言わなっ……ぁあ、お願いだ。して、して、してっ……！」

途端に甘い声になってしがみついてくる。一生懸命に熱芯をこすりつけてきて……可愛い。

その可愛さと返答に満足した俺は、尊い孔に指を埋《うず》めた。最初から二本入れるが、濡れそぼった窄まりは抵抗なく俺の指を呑み込む。

「は、ぁぁ、ああっ」

胸の果実と孔を同時に可愛がると、胸を突き出して背を反らせ、小さな手をぎゅっと丸めた。きっと足の指も同じように丸まっているだろう。

「う、ああっ、クラウス、きて、俺の中に、きて……」

「……くっ……エルフィー、君は本当にっ……！」

魔力だけでなく、男を煽る才能も人一倍だ。もう我慢できない。

指を抜き、自分でもケダモノだと眉根を寄せながら杭を一気に押し進める。愛しい人を裂いてしまわないだろうか。

だがエルフィーの艶めかしい襞《ひだ》は俺を包み、淫靡な肉は俺を喰い締めてきた。

「ぐ……っくっ……」

持っていかれそうなほど絡みついて締め上げてくる。動かなければ、情けなくもすぐに果ててしまいそうだ。

「んぁっ、クラウスっ、激しっ……」

優しくしたいのに、愛しさが衝動となってひどく腰を打ち付けてしまう。本当に俺は性懲りもない。

「んんっ、クラウス……っ、気持ちぃっ……溶けちゃう、溶け、ぁあ、もうっ……」

しかしエルフィーは悦んでくれているようで、蕩《とろ》けた表情で俺の腰に足をしっかりと絡みつけ、受け入れてくれた。

愛しい愛しい俺のつがい。一緒に絶頂を迎えよう。

――――だが。

今夜は一度だけ、と思っていたのだ。俺は確かにそう思っていたのだ。だが体がいうことを聞かず、ラットになってもいないのに、俺の亀頭球はエルフィーの中で大きく膨らんだ。

「っ……！　クラウス、またお腹の中でっ……！」

そこから数度、エルフィーに涙目で首を振られながらも、俺はエルフィーの中に入ったままで勃起と射精を繰り返した。

後ろから。腹の上に乗せて下から。後ろ向きで膝の上に座らせて、背中に赤い痕を残しながら。最後はまた、顔を見ながら、長い長い時間をかけて。

「も、駄目だ……」

ちょうどエルフィーがそう言って果てたとき、俺の亀頭球は収縮し、ようやくエルフィーを解放できた。

エルフィーはそのまま眠ってしまったので、濡れてしまった俺の衣類は端によけ、俺という巣の中で眠ってくれと、エルフィーを包み込む。

「明日こそは我慢する……愛しいエルフィー、おやすみ」

疲れさせてすまない。大切にしたいのに、無茶をしてしまう俺をどうか赦してほしい。

「愛と狂気は紙一重かもしれないな」

穏やかな寝息を立て始めたエルフィーの額に口づけを落とす。

同じ人を愛したニコラの狂気に同調しながら、しかしエルフィーを苦しめることは絶対にしないと、強く誓いながら。

＊＊＊

「ねえクラウス！　もういいよ～！　おれとニコラを見つけて！」

今日で五度目。セルドラン家の双子が俺の家に遊びにきている。

兄のエルフィーは快活な性格で、少しも立ち止まることなく庭を駆け回り、今日も俺をかくれんぼに誘った。

俺はそれを快諾した。エルフィーを、俺はすぐに見つけることができる。彼のきらきらした笑顔を想像すると、隠れているところがわかるのだ。

「エルフィー、ここだな」

「あ！　またすぐに見つかっちゃった！　おれ、かくれんぼするのうまいのに、クラウスはすぐに見つけるな。すごい！」

モンテカルスト家の紋章である、聖杯に向かい合う二匹の豹を象《かたど》った生垣の、豹の喉部分にエルフィーはいた。そして俺が見つけると想像どおりの笑顔を向け、すぐに俺の手を握って「ニコラをさがそう！」と走り出す。

俺はエルフィーよりも速く走ることができるが、彼の薄桃色の髪が揺れるのが見たくて、手を引かれるままに後ろについて行く。

リュミエール王国には桃色のウサギがいるが、それに似ていてとても可愛い。

今まで目がよく見えていなかった俺は、『可愛い』という意味を本や人の会話からでしか知らなかった。だがエルフィーに出逢って、それを目の当《ま》たりにした。

エルフィー、可愛いとは君のことだと思う。君は姿も仕草も、声まで可愛い。

「ねえ、クラウス、ニコラはどこにいると思う？」

エルフィーがきょろきょろしながら俺に振り返り、聞いてきた。

エルフィーは俺がニコラの隠れている場所を当てると、そのときも嬉しそうに笑う。

だから俺は、彼の居場所もすぐに当てることができるようになった。

「ニコラはきっと、ローズガーデンのフラワーポットの後ろだ」

「ようし、じゃあいくぞ！」

エルフィーが俺の手を握る力を強くした。

俺は顔が熱くなるのを感じて、頷くふりをして下を向いた。

「ニコラ！　見いつけた！」

「エルフィー、クラウス！」

ニコラは予想どおりの場所にいて、エルフィーが抱きつくと頬を寄せて抱き返し、俺にははにかむような笑顔を見せる。

同じ顔をした天使のような双子に、庭師は笑みを零した。また、ひとしきりかくれんぼをしてガゼボに向かうと、母上も「頬が落ちそうに可愛いわ」と頬を持ち上げて笑っている。

「さあさあ、ちょうどスコーンも焼けたし、三人とも休憩にしましょ」

「ふじん、おきづかいありがとうございます」

「わあい！　カシスジャムとクリームチーズのスコーンだ！　おれの大こうぶつ！」

貴族の子どもたちのように振る舞うニコラとは違い、エルフィーは頂きますも言わず、席に着く前にスコーンを鷲掴みした。

「エルフィー、だめだよ、おぎょうぎがわるいよ」

どちらが兄かわからない。ニコラがエルフィーをいさめるが、母上は楽しそうな笑みを崩さないままでいる。俺は、エルフィーはそんなにこれが好きなのか、と、頭にしっかりと刻み付けた。

エルフィーの好きなものはすべて知って憶えていきたい。

そんな俺の内心など露知らず、エルフィーは無垢な笑顔を浮かべて、再び皿に手を伸ばす。

「だって、おいしいんだもん。がまんできないよ！　もういっこ、もっておく！」

「もう、エルフィーったら」

エルフィーはひとつ目のスコーンにかじりつきながら、空いている方の手で新しいスコーンを掴んだ。

「ふふ。エルフィーちゃん、焦らなくてもスコーンは逃げな……」

「「……あ！」」

母上とニコラの声が揃って重なり、俺は椅子から立ち上がった。

エルフィーが勢いをつけてスコーンに手を伸ばしすぎて、手前のティーカップを倒してしまったのだ。ティーカップの中には淹《い》れたばかりの熱いフルーツティーが入っている。

エルフィーが火傷してしまう！

俺は咄嗟にエルフィーの体に腕を回し、お茶がかからないように抱き寄せた。

エルフィーの背が俺の胸につき、柔らかくていい匂いの体がすっぽりと腕の中に収まる。

お茶は地面に向かって流れた。

「……ふう。……っと」

エルフィーにお茶がかかるのを防げ、安心して息を吐く。と同時に、エルフィーが掴んだ二個目のスコーンが、俺の右の口角に突き刺さった。

「わ、ごめん、クラウス、大じょうぶ?」

俺より頭ひとつ分小さなエルフィーは、顎を持ち上げて逆さまに俺を見た。エメラルドの瞳が大きく開いて、俺を見上げている。

「……っ」

もう、可愛いという言葉では足りない。俺の『世界』が腕の中にいるのだ。俺にもたれる重さも温かさもなにもかも、世界のすべてが尊くて愛しくて、エルフィーがここにいることを神様に感謝したくなる。

愛しい、尊い。愛しい、尊い……!

「あ! クラウスの口にジャムとクリームチーズがついちゃった!」

「え?」

「ごめん、とるね!」

突如、エルフィーが俺の腕の中でくるりと体の向きを変えた。対面になり、俺の服の胸元をきゅ、と握りながら、踵を上げて顔を近づけてくる。

そして、赤く小さな舌を突き出して、俺の頬についたジャムとクリームチーズをぺろ、と舐め上げた。

「……!」

甘い衝撃が体を走り抜ける。エルフィーの舌が、俺の唇を少しかすめたのだ。俺は驚きのあまりに硬直してしまった。

「あらあらあら、エルフィーちゃんたら」

「エルフィー、ぼくにするみたいにしちゃだめ！」

「あ」

母上に笑われ、急いで立ちあがったニコラに腕に抱きつかれて、エルフィーはぽかんと口を開けて俺を見上げた。

「あ～～。ごめん、クラウス。いつもみたいにしちゃったぁ。ごめんよ。もうしないからゆるして」

俺が固まっている様子に気づいてか気づかないでか、エルフィーは「えへっ」と笑って、服の袖で俺の口元を拭き直す。

「だ……大丈夫だ」

「ほんと？　ほんとにごめんね」

エルフィーが謝ってくれたが、俺はそのあとのことはほとんど憶えていない。

唇の端にエルフィーの柔らかな舌の感覚が残って熱く、胸はどっくどっくと跳ね、頭の中はエルフィーの髪色一色で、なにも考えられなくなった。

そして――

「母上、今日、口に、エルフィーの舌が……口に触れたのですが」

エルフィーたちが帰ってから、治まらない胸の拍動に手を当てて母上にどうしようかと問う。家族と親愛を示し合うときでも、唇が触れるようなキスはしない。

「クラウス……責任を取らなきゃいけないわ」

すると母上は姿勢を正し、神妙な面持ちで言った。

「責任、ですか？」

「そうよ。あなたはアルファでエルフィーちゃんはオメガちゃん。オメガちゃんの純潔を頂いてしまったんだもの。あなたは将来、エルフィーちゃんとつがいになり、結婚して幸せにする責任があるわ」

「つがい。結婚……」

まだよくは学んでいないが、俺たちのようなアルファとエルフィーのようなオメガは「つがい」という、結婚よりも強い効力を持つ一生涯の愛の約束を交わすことができる。

愛の約束……エルフィーと俺が……？

「……なんてね～。あら？　あらあら？　クラウス？」

母上がなにか言葉を続けていたが聞こえない。俺は椅子に座っていられなくなって、ふらふらと自分の部屋に戻り、剣を握って外に出た。

体から湧き上がる力を剣に込めて振り下ろす。

愛の約束。俺とエルフィーが、つがい。……つがい！

――必ずなる。俺は強い大人になり、エルフィーとつがいになって、彼の一生涯を愛で守り抜く。

俺の世界《エルフィー》の美しさは、俺が守り抜く。

八歳のこの日、俺の将来は決まった。

＊＊＊

懐かしい夢を見ていた。

目覚めたのが先か、腕の中でごそごそと動くぬくもりに気づいたのが先か、瞼を開くとエルフィーが俺の胸に頬をすり寄せ、手のひらをぺたりとつけてきた。

ふにゃりと笑《え》んで「ふわふわ……」とつぶやいたが、まだ眠りの中にいるようだ。華奢な体を丸めて寝息を立てている。

「安らかな眠りが君に続きますように」

ニコラの件で気を張り通しだっただろう。俺の芝居で心配もかけた。愛しい人の瞼がもう二度と悲しみの涙で濡れぬよう、祈りを込めてそっと瞼に口づけを落とした。

それから、細い肩がすっぽりと隠れるようにデュべをかけ直し、しっかりと抱き直す。

感動だ。ついこの間まで、いつもベッドの端に逃げて俺に背中を向けて丸まっていた君。

だが今は、俺の腕の中で幸せそうに眠っている。

とはいえ、背中から抱きしめるのも好きだ。エルフィーとつがいになると決意した日のことを思い出すから。

——そうだ、エルフィーが目覚めたら。

今朝は母上もさすがに遠慮してくれたのか、侍女と共に起こしにくる気配はない。俺のカロルーナ遠征後の休養休暇も明日までだから、憩いの時間をエルフィーと過ごせとの計らいがあるのだろう。

俺は愛しい世界の安穏を守るべく、体を撫でたい気持ちを抑えて包むことに徹し、エルフィーの目覚めを待った。

「た、立てない……」

太陽が東と南の中心くらいの位置になった頃、ようやく目を覚ましたエルフィーを湯浴《ゆあ》みに誘うとふたつ返事が返ってきた。が、上半身を起こしたあと、動けないでいる。

「どうした」

「どうしたもこうしたも！　おまえが激しすぎるんだよ！　腰ががくがくして動けないの！　あんな、あんな、二日も続けて何回も、普段しない姿勢で散々するから！」

顔を真っ赤にしたと思ったら、うわぁぁと言いながら頭を振り、手で顔を覆う。

悲しい涙を流させぬようにと祈ったところなのに、早速俺のせいで泣かせてしまっているのだろうか。

「……すまない」

どうしよう。どうすれば。

しばらく考えて、解決策に思い当たった。

「それでは俺がかかえて行こう」

「えっ、あっ……」

寝衣のズボンだけ着た姿で、エルフィーには俺のローブをかけてくるみ、横抱きに抱き上げた。

最初は驚いていたエルフィーだが、すぐに俺にしっかりとしがみつく。その頼りなげな様子まで愛おしく思いながら、俺はエルフィーの頬に口づけを落とした。

「これでバスルームまで運ぶ。湯の中で時間をかけてマッサージをしよう。体を洗うのもマッサージも俺がする。エルフィーのことならすべて俺がやりたい。これからは俺がエルフィーの従僕《しもべ》だ」

すると、エルフィーは再び頬を赤らめた。今度は取り乱す様子はなく、困ったように眉尻を下げて、唇を結んでいる。

なにか嫌な言葉を言ってしまっただろうか。そんなつもりは少しもないのだが……

「エルフィー？」

「俺、クラウスにすごく大切にされてる……だけどクラウスは従僕《しもべ》じゃなくて、俺のつがいだろ」

俺の胸に顔を埋めて言う。耳とうなじまで赤い。

もしかして照れているのか……思わず口元がほころんでしまう。

「ああ、そうだ。俺は君がとても大切で……そして、君のただひとりのつがいだ。知っていてくれて、嬉しい。でもお願いだ。ときどきは君の忠実な従僕《しもべ》にならせてくれないか」

「うっ。その顔にその瞳、卑怯だぞ！」

顔と瞳が卑怯とはどういうことかわからないが、エルフィーはぎゅっとしがみついてくれるから、嫌でも怒ってもいなく、了承したということだろう。

俺はそのまま彼を抱いて、蒸気が立ち込めるバスルームに入り、大理石でできたバスタブにそっと下ろした。

「わ……気持ちいい。これ、ローズガーデンで咲いていた薔薇？」

「ああ、そうだ。薔薇から取ったオイルも入れてくれている」

侍女たちがエルフィーの疲れを癒やすために用意してくれたものが気に入ったようだ。

両手で赤や黄色、オレンジ色の薔薇の花びらをすくう嬉しそうな横顔を見ながら、俺もズボンを脱いでバスタブに入った。

――湯の中で素肌をぴったりとつけて背中から抱きしめたい。

今朝浮かんだ小さな野望を実現する。

「ん……クラウス」

華奢な体を脚で挟み、抱きしめてうなじに唇を落とすと、エルフィーはぴくりと体を揺らし、手にすくった花びらを湯面に落とした。

「体を、洗おう」

薄い肌を傷つけないようにそっと撫でれば、エルフィーは小さく「ん」「ん」と声を漏らす。

「そんな可愛い声を出されては……」

「だって、だって、クラウスの触り方が悪い！　んっ……」

肌のなめらかさと官能的な声に、つい手が勝手をする。エルフィーの胸の果実と太ももの間の花を可愛がってしまった。

「ぅう〜〜。もう今日は駄目！」

エルフィーに両手を掴まれる。俺にもたれて顎を上げ、逆さまになった涙目で俺を睨んだ。

「今は従僕《しもべ》だろ、俺の言うことを聞いて！　こんなにずっと感じてたら俺、おかしくなってしまう」

「……イエス、サー」

俺が従順に答えれば瞳を湯面に移し、うなじをあらわにしてうつむくエルフィー。そのあまりの可愛らしさに完敗だ。

俺は両手を上げて無抵抗を示した。だが、頭の隅で——おかしくなってしまえばいい。ずっと俺に抱かれて感じ続けて、俺なしではいられない体になればいい——とよぎったことを打ち消すために、すぐに腕をエルフィーの体に回した。

「その代わり、抱きしめていても？」

エルフィーが嫌だと思うことはしたくない。彼にとって、いつでも安心できる存在でありたい。

「もうしてるじゃん……好きなだけ、しろよ。あったかくて気持ちいいし」

エルフィーが尻をずらし、俺の肌に肌を寄せてくれた。柔らかな肌が薔薇のオイルでより柔らかになっていて、マシュマロのような感触で吸いついてくる。

エルフィーも俺の肌を心地いいと感じているのか、「お湯の中でくっついているの、気持ちいいな」と満足そうに目を閉じた。

よかった。俺の邪《よこしま》な気持ちには気づいていない。

「だけど……クラウスってさぁ」

「な、なんだ？」

エルフィーは俺にもたれていた体を急に起こすと、尻でくるりと回転して、対面になった。

やはり気取られたか？　抱きしめ方に独占欲が表れてしまっただろうか。

「そ、その……ほ、他の人と、経験、あるんじゃないのか？」

「経験？　なにのだ？　他人との湯浴みなら、騎士科の仲間とはあるが」

「じゃなくて。あの、交接……とか、キス。ずいぶん手慣れてるし、いろんなやり方を知ってるなって」

「は⁉」

想像だにしなかった言葉と疑うような視線を向けられて、湯浴みで緊張を失っていた筋肉がピクっと動くのが自分でもわかった。

「なんてことを言うんだ。俺はエルフィーひと筋だ。八歳の頃から君だけだ。他の者と行為に及ぶわけがないだろう。知識は騎士科の先輩から教わったものだ」

「前にサイラスさんもそう言ってたけどさぁ～、あんまりにも慣れてて怪しい……本当に俺とだけかぁ？」

唇をへの字にして眉根を寄せつつ、ジトッと上目遣いに見てくる。

「誓ってエルフィーだけだ。俺の身も心も君に捧げている」

ただ教わったこと以外にも、エルフィーの反応を見ればどこにどう触れればいいかはすぐにわかって、淫らになってほしかったのはおおいにある。

そんな邪《よこしま》な気持ちに気づかれてしまったか……だが疑われたくない。

「ふーん。……クラウスさあ、俺に他の男を誘うような顔するな、って言ったけど、クラウスも他の人にしちゃ駄目だからな！　クラウスの気持ちいい手も感じてる顔も、俺だけのだからな！」

納得してくれたものの、ぷん！　と頬を膨らませてそっぽを向いた。

まるで、拗ねているかのような仕草に、俺の心臓が跳ねる。

「もしかして妬いてくれているのか」

ありもしないことに。未来永劫、心配がないはずのことに？

けれど、俺の言葉に、エルフィーは顔を赤らめながらも頷いた。

「う。そ、そうだよ。……心狭いけど、クラウスはもてるし、卒業してからどんどんかっこよくなってるから、心配なんだよ！　クラウスは俺だけのクラウスなん——っ」

言いかけた唇を塞ぐ。最後まで聞きたい言葉なのに聞くことができないほど、エルフィーを強く強く抱きしめ、濃厚なキスをした。

——エルフィーを閉じ込めたくないのに、誰にも見せたくない。愛する人を自分勝手に扱いたくないのに、自分だけのものにしたい。

最初につがいになった日、俺は自身の身勝手でエルフィーのうなじを咬んだ。それが、エルフィーの起こしたヒートによるものであったにせよ、なかったにせよ、咬んだのは俺自身の意思で、エルフィーへの狂おしいまでの愛情ゆえだ。

君に、俺だけのエルフィーになってほしかったから。

そんな狂気にも似た気持ちを、エルフィーも俺に持っている。

俺の「世界」が同じように思ってくれるなら、俺もこの気持ちを否定しなくてもいいのかもしれない。

「んっ……ぷ、はっ。苦しい」

「すまない。君がそんなことを言ってくれるとは思わなくて」

「言っただろ……フェリクスにだけど。俺、おまえが誰かに微笑みかけるだけで、ここ、痛くなる」

湯にあたったせいもあるだろうが、赤い顔をとろんとさせて、左胸に手を当てるエルフィー。

「こんなの醜いって思ったけど、夫人はそれが恋だって言ってたし……クラウス相手にしか思わないから、いいよな？　好き同士の、特権、だよな？」

そして、また上目遣い。

「うっ……」

胸になにかが刺さった。それは、甘やかな蜜を先にたっぷりと塗りたくった矢のようで……

エルフィー、君は言葉にも魔力を乗せることができるのか、とくらくらとする。

先輩騎士にも負けない自信がある俺を、きっと一撃で倒してしまえるだろう。

「クラウス？　どうした。大丈夫か」

うめいて胸を掴んだ俺を覗き込む。

「……大丈夫だ。だが、俺はますますアレが欲しくなった。俺は別として、君自身が気をつけていても周りが放っておかないだろうから」

「は？　誰も俺なんて構わないだろ。それよりアレって？」

アレがわからない様子のエルフィーにうん、と頷いた。

＊＊＊

「やあ！　お客さん、わざわざ店舗を探してきてくれたのかい？　今日はなにがご入用かな？」

翌日エルフィーを連れて商業街に出てやってきたのは「つがい呼びの笛」を売ってくれた店主の店だ。

「ま、まさかクラウス、アレを買う気か？　やめろ、インチキだ。その前に気味が悪いぞ！」

「いや、ヒバリの笛の効き目を考えれば、コレもぜったいに効果がある。店主の言い値で買おう」

「クラウス！」

エルフィーの嫌なことはしたくないが、コレだけは譲れない。

俺は、三歳児くらいの大きさの魔除けの人形を購入することに決めた。

これで俺が任務でそばにいられない間も、エルフィーの身は守られるだろう。いつまでも母上に頼ってばかりではいられないからな。

「まいどあり〜」

無事購入できた人形は、俺たちの寝室のベッドに置くことにした。最初は渋い顔をしていたエルフィーだが、今は慣れたようだ。

俺が不在の夜は、巣の中に一緒に入れて抱き枕にして眠っているらしい。

そして俺は、いつなんどき、どこにいようとどんな手を使ってでも俺の世界の幸せを守るのだと、改めて誓ったのだった。

この作品に対する皆様のご意見・ご感想をお待ちしております。

おハガキ・お手紙は以下の宛先にお送りください。

【宛先】

〒150-6019 東京都渋谷区恵比寿4-20-3 恵比寿ｶﾞｰﾃﾞﾝﾌﾟﾚｲｽﾀﾜｰ19F
（株）アルファポリス　書籍感想係

メールフォームでのご意見・ご感想は右のＱＲコードから、
あるいは以下のワードで検索をかけてください。

アルファポリス　書籍の感想　検索

ご感想はこちらから

本書は、「アルファポリス」（https://www.alphapolis.co.jp/）に掲載されていたものを、
加筆・改稿のうえ、書籍化したものです。

事故《じこ》つがいの夫《おっと》が俺《おれ》を離《はな》さない！

カミヤルイ

2025年 1月 20日初版発行

編集－古屋日菜子・森 順子
編集長－倉持真理
発行者－梶本雄介
発行所－株式会社アルファポリス
〒150-6019 東京都渋谷区恵比寿4-20-3 恵比寿ｶﾞｰﾃﾞﾝﾌﾟﾚｲｽﾀﾜｰ19F
TEL 03-6277-1601（営業） 03-6277-1602（編集）
URL https://www.alphapolis.co.jp/
発売元－株式会社星雲社（共同出版社・流通責任出版社）
〒112-0005 東京都文京区水道1-3-30
TEL 03-3868-3275
装丁・本文イラスト－さばるどろ
装丁デザイン－kawanote（河野直子）
（レーベルフォーマットデザイン—円と球）
印刷－中央精版印刷株式会社

価格はカバーに表示されてあります。

落丁乱丁の場合はアルファポリスまでご連絡ください。

送料は小社負担でお取り替えします。


ISBN978-4-434-35138-9 C0093